을 유 세 계 문 학 전 집 · 3 5

젊은 베르터의 고통

젊은 베르터의 고통

DIE LEIDEN DES JUNGEN WERTHER

요한 볼프강 폰 괴테 지음 · 정현규 옮김

❀ 을유문화사

옮긴이 **정현규**

서울대 독어독문학과에서 학사, 석사 학위를 받은 후 독일 베를린공과대학 독어독문학과에서 『괴테의 문학 작품에 나타난 베일 모티프 연구』로 박사 학위를 받았다. 원광대 인문학연구소, 성신여대 인문과학연구소 전임 연구원을 거쳐, 지금은 이화여대 이화인문과학원 HK연구교수로 재직 중이며, 서울대, 인천대 등에서 강의하고 있다. 「암호와 문학 - 『서동시집』에 나타난 자연미」, 「번역가와 돌아온 탕자 - 타문화 수용과 자기 이해라는 관점에서 본 괴테와 릴케의 동방 여행」, 「은유와 가상 공간」 등 다수의 논문이 있으며, 『생각하며 읽는 문화 교양』(공역), 『웃는 암소들의 여름』 등을 옮겼다.

을유세계문학전집 35
젊은 베르터의 고통

발행일·2010년 7월 30일 초판 1쇄 | 2023년 10월 15일 초판 5쇄
지은이·요한 볼프강 폰 괴테 | 옮긴이·정현규
펴낸이·정무영, 정상준 | 펴낸곳·(주)을유문화사
창립일·1945년 12월 1일 | 주소·서울시 마포구 서교동 469-48
전화·02-733-8153 | FAX·02-732-9154 | 홈페이지·www.eulyoo.co.kr
ISBN 978-89-324-0365-6 04850 978-89-324-0330-4(세트)

차례

가련한 베르터의 이야기 중에서 내가 찾아낼 수 있었던 것을 열심히 모아, 여기 여러분 앞에 내놓습니다. 여러분이 이에 대해 내게 고마워하리라는 것을 나는 알고 있습니다. 여러분은 그의 정신과 성격에 경탄과 사랑을, 그의 운명에는 눈물을 금치 못할 것입니다.

　그리고 바로 그와 마찬가지의 충동을 느끼는 그대 선한 영혼이여, 그의 고통을 통해 위안을 얻기 바랍니다. 그리고 그대가 상황 때문에, 혹은 자신의 실수로 친한 친구를 발견할 수 없다면 이 조그만 책을 그대의 친구로 삼도록 하십시오.

제1부

1771년 5월 4일

떠나오게 되어 얼마나 기쁜지 모르겠어! 나의 절친한 친구여, 사람의 마음이란 게 도대체 무엇인지! 내가 너무나 사랑해서 떨어질 수조차 없었던 너를 떠났으면서도 기쁜 마음이 들다니 말이야! 네가 이 점을 용서해 주리라는 것을 난 알고 있어. 그 외 내가 사람들과 맺고 있던 관계는 운명이 나 같은 사람의 마음을 두렵게 하기 위해 마련해 놓은 것이 아니었을까? 불쌍한 레오노레! 하지만 나는 잘못이 없어. 그녀의 여동생이 지닌 독특한 매력이 내게 기분 좋은 즐거움을 주는 동안, 레오노레의 불쌍한 마음에 열정이 빚어진 것을 나더러 어쩌란 말이야? 그렇긴 하지만, 내게 잘못이 아주 없는 걸까? 내가 그녀의 감정을 부추기진 않았을까? 너무나도 진실한 그녀의 표현들로 인해 나 자신이 즐거워하지 않았던가? 비록 그다지 우습진 않았지만 우리로 하여금 그처럼 자주 웃게 만들었던 그 표현들 때문에 말이야. 그리고 또 내가……. 아, 자기 자신에 대해 불평을 늘어놓다니, 인간이란 도대체 어떤 존재인지! 사랑하는 빌헬름, 너에게 약속할게. 나는 말이야, 스스로 나를 고쳐 나가겠어. 운명이 우리 앞에 던져 놓는 하찮은 불행에 대해 전처럼 곱씹는 일은 그만둘 거야. 난 현재를 즐길 생각이야. 그리고 과거는 지나간 것으로 내버려 둘 작정이야. 맞아, 네가 옳아, 빌헬름. 만약 인간들이 ─ 그들이 왜 그렇게 만들어졌는지는 신만이 아시겠지! ─ 열심히 상상력을 발휘해서 지나간 불행의 기억을 되살리는 일에 몰두하지 않고, 아무래도 상관없는 현재를 참고 넘긴다면 그들의 고통은 훨씬 덜할 거야.

내 어머니께 말씀드려 줘. 맡기신 일은 잘 처리해서 되도록 빨리 소식 전하겠다고 말이야. 내가 만나서 얘기해 본 바에 따르면, 숙모는 우리가 고향에서 말하곤 하던 그런 나쁜 분이 전혀 아니었어. 선한 마음을 지닌 명랑하면서도 격정적인 분이더군. 나는 숙모에게 아직 남아 있는 유산에 대한 어머니의 불만을 말씀드렸어. 그랬더니 숙모는 내게 그 이유와 원인 그리고 어떤 조건하에서 자신이 모든 것을 내어 줄지를 말해 주시더군. 그것도 우리가 요구하는 것 이상으로 말이지. 간단히 말해서, 난 지금 그 일에 대해 쓰고 싶진 않아. 어머니에겐 모든 일이 잘될 거라고 전해 줘. 그리고 빌헬름, 나는 이 사소한 일을 통해 오해와 태만이 간교함과 악의보다 세상에서 더 많은 갈등을 일으킨다는 사실을 다시 한 번 알게 됐어. 적어도 간교함과 악의는 훨씬 드물지.

어쨌든 나는 여기서 아주 잘 지내고 있어. 이 낙원 같은 곳에서 고독은 내 마음의 값진 향유지. 그리고 청춘의 이 시절은 온갖 풍요로움으로, 섬뜩해지곤 하는 내 마음을 따뜻하게 해 줘. 모든 나무와 모든 울타리 자체가 화환이야. 그래서 이 향기의 바다 속을 헤엄쳐 다니며 그 속에서 온갖 영양분을 발견할 수 있는 풍뎅이가 되고 싶은 심정이지.

이 도시 자체는 쾌적하지 않아. 대신 교외의 자연은 말할 수 없이 아름다워. 지금은 고인이 된 M 백작이 이런 자연에 이끌려, 더할 나위 없이 아름답고 다채롭게 교차하며 사랑스러운 골짜기를 이루고 있는 언덕들 중 하나에 정원을 꾸몄지. 정원은 소박해. 그래서 사람들은 그곳에 들어서자마자, 학식 있는 정원사가 아니라 스스로를 향유하려는 풍부한 마음의 소유자가 설계했다는 것을 느끼게 되지. 벌써 여러 번 나는 고인이 가장 좋아했고 나도 좋아하는 퇴락한 정자에서 그를 위해 눈물을 흘렸어. 나는 곧 이 정원의 주인이 될 거야. 여기 온 지는 얼마 되지 않았지만 정원사는 내 마음에 들어. 그도 나와 지내는 것을 탐탁잖게 생각진 않을 거야.

5월 10일

멋진 상쾌함이 마치 달콤한 봄날 아침을 채우듯 내 영혼을 송두리째 차지해 버렸어. 나는 이 상쾌함을 온 가슴으로 느끼고 있어. 나는 혼자서, 마치 나와 같은 영혼을 위해 창조된 듯한 이 지역에서 내 삶을 즐기고 있어. 빌헬름, 나는 지금 너무 행복해. 그리고 고요한 현존의 느낌 속에 푹 빠져 있어 내 예술이 그로 인해 고통받고 있지. 지금 나는 그림을 그릴 수 없을 것 같아, 한 획도 말이야. 그런데 바로 이 순간만큼 내가 위대한 화가인 적은 없었어. 내 주위의 정다운 골짜기가 안개를 피우고, 높이 솟은 태양은 나의 숲이 드리운 어스름을 뚫고 들어오지 못한 채 그 주위에 머무르고, 단지 몇 가닥의 빛줄기만 성스러운 내면으로 숨어들 때, 그리고 흘러 내려가는 시냇가의 무성한 풀숲에 누워서 지표면 한층 가까이에서 온갖 작은 풀들이 내게 기이한 느낌을 줄 때 — 또 풀 줄기 사이에서 작은 세계가 북적거리는 모습이나, 수많은 작은 벌레와 모기들의 수수께끼 같은 형상이 내 마음에 더 가까이느껴질 때, 우리를 자신의 형상에 따라 창조한 전능자의 현존과 우리가 영원한 기쁨 속에서 헤엄치도록 받쳐 주고 지켜 주시는, 만물을 사랑하시는 분의 숨결을 느낄 때 — 친구여, 그리고 마침내 어둠이 깃들고 내 주위의 세계와 하늘이 마치 연인의 형상처럼 내 영혼에 완전히 깃들 때, 그럴 때면 나는 동경에 사로잡혀 이런 생각을 하지. 아, 빌헬름 네가 저것을 다시 표현해 낼 수 있다면, 네 안에 이처럼 충만하고 따뜻하게 살아 있어서 마치 네 영혼이 저 무한한 신의 거울인 것처럼 네 영혼의 거울이 될 수도 있을 그것을 종이에 불어넣을 수만 있다면! 하고 말이야. 하지만 나는 그 때문에 허물어지고 말아. 나는 이 현상들의 장엄한 힘에 압도당하고 말지.

5월 12일

이곳에 사람의 눈을 속이는 정령들이 떠돌고 있는 건지, 아니면 주변의 모든 것을 이렇게 낙원처럼 만드는 따사로운 천상의 환상이 내 마음속에 존재하고 있는 건지 나는 모르겠어. 그곳 바로 앞에는 샘이 하나 있는데, 나는 마치 멜루지네와 그 자매들이 그랬던 것처럼 이 샘의 마력에 붙잡혀 있어. 나지막한 언덕을 하나 내려가면 아치문 앞에 이르는데, 거기서 약 스무 계단을 더 내려가면 그 밑에 대리석 바위틈으로 맑디맑은 물이 흘러나오지. 위쪽을 둘러싸고 있는 작은 담과 그곳을 둥글게 덮고 있는 높은 나무들 그리고 그 장소의 서늘함, 이 모든 것이 매혹적이면서 전율을 일으키는 무엇인가를 지니고 있어. 내가 그곳에 한 시간이라도 앉아 있지 않은 날은 하루도 없어. 시내에 사는 아가씨들이 그리로 와서 물을 길어 가는데, 이 일은 옛날에 왕의 딸들도 했던 가장 천진하면서도 가장 필요한 일이지. 내가 거기 앉아 있으면, 족장 시대의 생각이 생생하게 살아나. 마치 그 모든 조상들이 샘물가에서 인사를 나누고 청혼을 하기라도 하는 것처럼, 또 샘물과 우물 주위로 선량한 정령들이 떠돌고 있기라도 하듯이 말이야. 아, 이것에 공감할 수 없는 사람은, 여름날 힘든 방랑을 끝내고 차가운 샘물을 맛보지 못한 것이 분명해.

5월 13일

내 책을 이곳으로 보내도 되겠느냐고? 빌헬름, 제발 그러지 마! 난 더 이상 무엇에 의해 지도를 받거나 격려되거나 고무되기를 원치 않아. 내 마음은 혼자서도 충분히 끓어오르고 있으니 말이야. 내게 필요한 건 자장가야. 한데 그것은 내가 좋아하는 호메로스의 작품 속에 충분히 있어. 얼마나 자주 나는 그의 시를 읊으며 들끓는 나의 피를 잠재우고 있는지 몰라. 정말 내 마음처럼 불규칙하고 불안한 것을 너는 본 적이 없을 거야. 빌헬름! 내가 너에게 이 사실을 말할 필요가 있을까? 내가 고민에 빠졌다가 무절제하게 되거나, 달콤한 우수에 잠겼다가 해로울 정도의 열정에 빠진 상황으로 넘어가는 것을 지켜보며 자주 무거운 짐을 져야 했던 너에게 말이야. 나도 내 마음이 병든 아이와 같다는 생각이 들어. 병든 아이에겐 무엇이든 다 허락되는 법이지. 이 얘긴 다른 사람에게 말하지 마. 이런 나를 달갑지 않게 생각하는 사람이 있을 테니 말이야.

5월 15일

이곳의 신분 낮은 사람들과는 벌써 낯을 익혔는데, 이들은 나를 호의적으로 대해 줘. 특히 아이들이 그래. 한번은 서글픈 일을 경험하기도 했어. 처음에 나는 그들과 어울려 다정스럽게 이것저것 물어보았는데, 몇몇 사람이 내가 자신들을 조롱한다고 생각했는지 무례한 방식으로 나를 외면하더군. 그렇다고 이 일로 기분이 상하진 않았어. 다만 이미 자주 느껴 오던 것을 아주 생생하게 느끼게 되었지. 어느 정도 지체 있는 사람들은 차가운 태도로 평범한 서민들과 항상 거리를 두려고 해. 마치 그들과 가까워지면 손해라도 보는 것처럼 말이야. 그런데 간혹 자신들의 우월함을 가난한 서민들이 더욱 민감하게 느끼도록 하기 위해 자신을 낮추는 듯 보이는 경박한 자나 질 나쁜 허풍쟁이가 있어.

나는 우리가 평등하지도 않고 그렇게 될 수도 없다는 것을 잘 알고 있어. 하지만 위엄을 지키기 위해 자신들이 천박하다고 여기는 사람들과 거리를 두는 것은, 싸움에 질까 두려워 적 앞에서 몸을 숨기는 겁쟁이와 마찬가지로 비난받아야 한다고 생각해.

얼마 전 우물가에 갔다가 어떤 젊은 하녀를 만났어. 그녀는 물동이를 계단 맨 아래에 세워 놓은 채, 그것을 머리 위에 얹는 걸 도와줄 친구가 오지 않을까 주위를 둘러보고 있었지. 나는 밑으로 내려가서 그녀를 바라보았어. 그리고 물어봤지. "도와줄까요, 아가씨?" 그녀가 얼굴을 점점 붉히면서 말했어. "아니에요, 나리!" 나는 사양할 것 없다고 말해 주었어. 그러자 그녀는 머리 위의 똬리를 바로잡았고, 나는 그녀가 물동이 이는 것을 도와주었어. 그녀는 고마움을 표하고는 계단을 올라갔지.

5월 17일

온갖 다양한 사람들을 알게 되었지만, 교제할 만한 사람은 아직 발견하지 못했어. 내가 어떤 매력적인 면을 가지고 있는지는 모르겠지만, 많은 이들이 나를 좋아하고 나에게 호의를 베풀어. 그러나 우리가 함께 갈 수 있는 길이 아주 짧다는 사실이 나를 서글프게 해. 만약 네가 여기 사람들이 어떠냐고 묻는다면, 다른 어느 곳과 별반 다르지 않다고 대답할 수밖에 없어. 인간이란 다들 비슷한 존재니까 말이야. 대부분의 사람들은 살아가는 일에 가장 많은 시간을 소비하고, 조금이라도 여가 시간이 생기면 너무 불안한 나머지 그 시간으로부터 벗어나기 위해 모든 수단을 강구해. 아, 인간의 운명이라니!

그렇긴 해도 이곳 사람들은 정말 선량해! 때로 내가 나 자신을 잊고, 아직 인간에게 허락된 기쁨을 그들과 더불어 누릴 때, 그러니까 깨끗하게 준비된 식탁에 둘러앉아 마음을 툭 터놓고 진실한 마음으로 농담을 주고받거나 적당한 시기에 마차를 타고 나들이를 가거나 무도회를 여는 등의 일이 내게 아주 좋은 영향을 끼치고 있어. 다만 그 경우, 사용되지 않고 썩어 가거나 내가 조심스럽게 감춰야만 하는 다른 많은 힘이 아직 내 안에 남아 있다는 사실이 내 머릿속에 떠올라선 안 돼. 아, 그런 생각이 떠오를 때면 가슴이 옥죄어 와. 하지만 오해받는 것이야말로 우리 인간의 운명이지.

아, 내 젊은 시절의 여자 친구가 세상을 떠나 버리다니, 아, 내가 한때 그녀를 알고 지냈다니! 나는 나 자신에게 이렇게 말해야할 것 같아. "너는 바보야! 너는 지상에서 발견할 수 없는 것을 찾고 있어!" 하지만 나는 그녀를 가졌고, 그 마음과 위대한 영혼을 느꼈어. 그녀가 함께 있을 때면 난 스스로를 본래의 내 모습보다월등한 어떤 존재로 여겼지. 왜냐하면 그때의 나는 나의 잠재력을모두 실현한 존재였으니까. 아아! 그때 내 영혼의 힘 중에 사용하지 않은 것이 있었던가? 그녀 앞에서는 내 마음이 온통 경이로운감정으로 자연을 얼싸안는 그런 감정을 계발할 수 있지 않았던가? 우리의 교제는 섬세하기 그지없는 느낌과 예리한 위트로 짜여 가는 직물 같은 것이 아니었던가? 그 직물의 무늬가 ─ 때로대담할 정도로까지 ─ 변형되어 천재적이라는 각인이 찍힐 정도로 말이야. 그런데 지금은! 아, 나보다 몇 살 위였던 그녀는 앞서저세상으로 가 버렸어. 나는 결코 그녀를 잊지 못할 거야. 그녀의굳은 마음과 숭고한 인내심을 말이지.

며칠 전 나는 V라는 청년을 만났는데, 아주 행복한 표정을 짓고있는 소탈한 젊은이였어. 대학을 갓 나온 그는 자신이 똑똑하다고여기지는 않았지만, 다른 사람보다 더 많이 알고 있다고는 믿고있었어. 이모저모 살펴본 바로는 성실하기도 했어. 간단히 말해,제법 지식이 있는 친구였지. 그는 내가 그림을 많이 그리고 그리스어를 할 줄 안다는 얘기를 듣고는(이 나라에서 그 두 가지는 혜성과 같이 주목을 받는 일이지) 나를 찾아와서, 자신의 지식을 자랑했어. 바퇴*에서 우드*에 이르기까지, 또 드 필레*에서 빙켈만*에 이르기까지 말이야. 그러고는 자신이 줄처*의 이론 가운데 제1

권을 철저히 독파했으며, 하이네*의 고대 연구 필사본도 한 부 가지고 있다고 큰소리치더군. 나는 잠자코 그의 얘기를 들어주었어.

그 외에 또 한 사람을 알게 되었는데, 후작 가문 출신의 정무 집행관으로 솔직하고 진실한 마음을 가진 훌륭한 사람이야. 사람들 얘기로는, 그가 아홉 명이나 되는 자기 아이들 틈에 섞여 있는 것을 보면 저절로 기분이 좋아진다더군. 특히 그의 맏딸에 대해서는 칭찬이 자자해. 그가 나더러 한번 놀러 오라고 해서 조만간 찾아가 볼 생각이야. 그는 후작령의 사냥용 별장에 살고 있는데, 여기서 한 시간 반 정도 걸리는 거리야. 부인이 세상을 떠난 후에 그는 그곳으로 옮겨도 좋다는 허락을 받았지. 여기 시내에 있는 관사에서 사는 것이 그에게는 너무 고통스러웠기 때문이야.

그 밖에도 괴팍스러운 별종을 몇 명 만났는데, 이들은 정말 비위에 거슬리는 치들이었어. 가장 참을 수 없는 것은 그들이 내게 친구인 척할 때이지.

잘 있어! 이 편지는 네 마음에도 들 거야. 아주 사실적으로 썼으니까.

5월 22일

인간의 삶이 한갓 꿈에 불과하다는 사실은 이미 많은 사람들이 경험한 바야. 그런데 이러한 감정이 나에게까지도 항상 집요하게 따라다니고 있어. 활동하고 탐구하는 인간의 힘이 갇혀 있는 한계를 볼 때나, 우리의 비참한 현존을 연장시키는 것 외에는 아무 목적도 갖지 못하는 온갖 욕구를 만족시키는 데 모든 힘이 집중되는 것을 볼 때, 그리고 탐구가 어느 정도 이루어졌을 때 느끼는 모든 만족이 단지 꿈꾸는 듯한 체념에 불과하다는 것, 이때 사람들이 자신들이 갇혀 있는 사면의 벽을 화려한 형상과 밝은 전망으로 색칠하는 것을 볼 때마다, 빌헬름, 이 모든 것이 나로 하여금 할 말을 잃게 만들어. 나는 나 자신의 내면으로 깊이 가라앉아 거기서 하나의 세계를 발견하지! 생생한 힘이나 묘사를 통해서가 아니라 또다시 예감과 막연한 욕망 속에서 말이야. 그러면 내 감각 앞에서 모든 것이 부유하듯 떠도는데, 그럴 때면 나는 꿈꾸듯 그 세계를 향해 계속해서 미소를 던져.

어린아이들이 무엇을 원하면서도 그 이유를 모른다는 점에 대해서는, 학식이 풍부한 학교 교사나 가정 교사들이 한결같이 동의해. 하지만 어른들도 어린아이들과 마찬가지로 이 지상을 헤매고 다니면서도 자신들이 어디서 왔으며 어디로 가는지 모른다는 사실, 참된 목적에 따라 행동하지 않고 아이들처럼 비스킷이나 케이크, 자작나무 회초리에 지배당하고 있다는 사실은 누구도 믿고 싶어 하지 않아. 내게는 손에 잡힐 듯이 분명한 것으로 여겨지는데도 말이지.

네가 이 점에 대해 내게 뭐라고 할지 잘 알고 있으니 기꺼이 고백하지. 어린아이들처럼 하루하루에 몰두하며, 인형을 가지고 이리저리 돌아다니거나 옷을 입혔다 벗겼다 하고, 엄마가 설탕 입힌 빵을 넣고 잠가 둔 서랍 주위를 심각하게 서성거리다가, 원하던 것을 마침내 손에 넣으면 볼이 터질 듯 욱여 넣고는 "더 줘!"라고 소리치는 이들이 가장 행복한 사람들이겠지. 그들이야말로 행복한 피조물일 거야. 자신들의 하찮은 관심사나 열정에 그럴듯한 이름을 붙이면서, 인류의 구원과 복지를 위한 대규모 사업이라고 간판을 거는 자들 역시 행복하지. 그럴 수 있는 사람은 행복해! 하지만 겸손한 마음으로 이 모든 것이 어디로 가고 있는지 아는 사람이나, 행복한 모든 시민이 자신의 작은 정원을 얼마나 예쁘게 낙원으로 꾸밀 줄 알며, 또 불행한 사람도 무거운 짐을 진 채 자신의 길을 힘겹지만 쉬지 않고 나아가는 모습을 보는 사람, 그리고 이 모든 사람들이 똑같이 이 햇빛을 1분이라도 더 보는 것에 관심 있다는 것을 아는 사람……. 그래, 바로 그런 사람은 입을 다물고 내면으로부터 자신의 세계를 만들어 내지. 그리고 그 역시 자신이 한 명의 인간이라는 사실 때문에 행복하다고 할 수 있어. 비록 그는 제약을 받고 있긴 하지만 마음속에 언제나 자유라는 달콤한 감정을 지니고 있어. 그것도 자신이 원하면 언제라도 이 감옥 같은세상을 떠날 수 있는 자유 말이야.

5월 26일

너는 오래전부터 내가 정착하는 방식을 알고 있어. 마음에 드는 어떤 곳에 오두막을 한 채 짓고 모든 것을 절제하며 사는 방식 말이야. 여기서도 내 마음을 끄는 아담한 장소를 하나 발견했어.

시내에서 한 시간 정도 떨어진 곳에 발하임*이라고 불리는 곳이 있어. 언덕에 자리 잡은, 아주 흥미로운 곳이야. 그 위에 난 오솔길을 따라 마을 쪽으로 가다 보면, 어느 순간 갑자기 계곡 전체가 눈앞에 펼쳐지지. 나이가 들었어도 명랑하고 호감이 가는 선량한 음식점 여주인이 포도주나 맥주, 커피를 따라 주곤 해. 그리고 무엇보다 마음에 드는 것은 교회 앞 작은 광장 위로 가지를 넓게 드리우고 있는 두 그루의 보리수야. 광장 주변으로는 농가들과 헛간, 마당이 둘러싸고 있어. 그렇듯 정답고 친숙한 장소를 찾기란 쉬운 일이 아니지. 나는 음식점에서 광장 쪽으로 나의 작은 탁자와 의자를 내오게 해서, 내가 즐겨 마시는 커피를 마시고 내가 좋아하는 호메로스를 읽어. 내가 어느 아름다운 오후에 처음으로 우연히 그 보리수 아래에 왔을 때 그곳은 너무나도 고적했어. 모두들에 나가 있었지. 네 살쯤 돼 보이는 아이 한 명만 땅에 앉아 생후 여섯 달쯤 될 법한 아이를 다리 사이에 앉히고 있었는데, 두 팔로 자신의 가슴에 기대도록 해서 마치 자기가 의자라도 되어 주는 듯한 자세였어. 그 아이는 검은 눈망울로 명랑하게 주위를 둘러보며 아주 점잖게 앉아 있었어. 그 광경이 너무 마음에 들어 나는 맞은편에 있는 쟁기 위에 걸터앉아, 두 형제의 모습을 즐거운 마음으로 스케치했어. 그러고 나선 바로 옆에 있는 울타리와 헛간 문 그리고 부서진 수레바퀴 몇 개를 그려 넣었지. 모든 것을 차례차례 있는 대로 그렸는데, 한 시간쯤 지나고 나서 보니, 나 자신의 것이라고는 하나도 덧붙이지 않았는데도 잘 정돈된 아주 흥미로운 그림이 완성됐어. 이러한 경험을 통해 나는 앞으로 오직 자연에만 의지하겠다는 결심을 더욱 굳게 되었어. 자연만이 한없이 풍부하고, 자연만이 위대한 예술가를 만드는 법이야. 예술 규칙이 가진 장점에 대해서는 많은 얘기를 할 수 있겠지만, 그 장점이란 대략 시민 사회를 칭송하기 위해 할 수 있는 그런 말들일 뿐이야. 규칙에 따라 자신을 형성해 가는 사람은 결코 몰취미하거나 조악한 것을 만들어 내지 않을 거야. 마치 법과 안녕에 따라 자신을 가꾸는 사람이 결코 참을 수 없는 이웃이나 이상한 악한이 될 수 없는 것처럼 말이야. 하지만 이와 달리 규칙이라고 하는 것은 그것이 무엇이든 간에 자연의 진정한 느낌과 참다운 표현을 파괴해 버려! "그렇게 말하는 건 너무 가혹해! 규칙은 단지 제한할 뿐이야. 웃자란 포도 덩굴을 쳐 내는 것과 같지"라고 너는 말할 거야. 빌헬름, 내가 비유를 한 가지 들어도 될까? 그건 마치 사랑과 같은 거야. 한 젊은이가 어떤 아가씨에게 푹 빠져 온종일 그녀 곁에서 시간을 허비하며, 자신의 모든 것을 그녀에게 바치고 있음을 매 순간 표현하기 위해 모든 힘과 재산을 쏟아 붓는다고 하자. 그런데 이때 공직에 몸담고 있는 어떤 속물 같은 인간이 나타나 청년에게 이렇게 말하는 거야. "이보게 젊은이! 사랑을 한다는 건 인간적인 거야. 그러니 사랑도 인간적으로 해야 하는 걸세! 자네의 시간을 잘 쪼개서 얼마는 일하는 데 쓰고, 나머지 시간을 자네의 아가씨에게 바치도록 하게. 자네 재산이 얼만지 따져 보고 필요한 경우를 대비한 나머지 돈으로 그녀에게 선물을 하는 것은 막지 않겠네. 하지만 그것도 너무 자주 하면 안 된다네. 생일이나 수호성인의 날에나 해야지." 이 충고를 따른다면 그 사람은 쓸 만한 젊은이가 되는 거야. 그리고 나 역시 모든 제후에게 그를 공무원으로 임명하라고 충고하겠어. 다만 그의 사랑은 끝난 거야. 그리고 그가 예술가라면 그의 예술도 끝난 거지. 오, 나의 친구들이여! 천재의 물줄기가 터져 나오는 일은 어쩌면 그렇게 드문지, 높은 물결로 격렬하게 밀려 들어와 너희들의 놀라는 영혼을 뒤흔드는 일은 어찌 그리 드물단 말인가? 사랑하는 친구들아, 양쪽 강변에는 여유로운 신사들이 살고 있어. 자신들의 정원 집들과 튤립 화단 그리고 채소밭이 물에 잠길까 봐 제때에 둑을 쌓고 물길을 돌려 앞으로 다가올 위험에 대비할 줄 아는 사람들이지.

5월 27일

생각해 보니 내가 흥분한 나머지 비유와 열변에 빠져, 앞서 얘기한 아이들이 어떻게 되었는지 네게 끝까지 설명하는 것을 까맣게 잊어버린 것 같군. 어제 너에게 보낸 편지에서 아주 단편적으로 묘사한 것처럼, 나는 화가가 된 기분에 사로잡힌 채 쟁기 위에 두 시간가량을 앉아 있었어. 저녁 무렵이 되자 작은 광주리를 팔에 낀 젊은 여자가 그때까지 얌전하게 있던 아이들에게 다가가면서 멀리서 외쳤어. "필립스, 넌 참 착한 아이로구나." 그녀는 나에게 인사를 건넸고, 나는 그녀에게 감사를 표하며 일어나서는 다가가 아이들의 어머니냐고 물었지. 그녀는 그렇다고 했어. 그리고 큰 아이에게 빵을 잘라 건네면서 작은 아이를 안아 올리고는 어머니의 사랑이 넘치는 입맞춤을 하더군. 그리고 이렇게 말했어. "저는 필립스에게 작은 아이를 맡기고, 흰 빵과 설탕, 옹기로 된 냄비를 사러 맏아들과 함께 시내에 나갔다 오는 길이에요." 뚜껑이 떨어져 나간 광주리에 그것들이 담겨 있는 것을 나는 보았어. "저는 한스에게(작은 아이의 이름이었어) 저녁에 수프를 끓여 줄 생각이에요. 개구쟁이 큰 녀석이 어제 필립스와 남은 죽을 가지고 다투다가 냄비를 깨뜨렸지 뭐예요." 나는 맏아들은 어디 있느냐고 물었어. 들판에서 거위를 쫓아다니고 있다는 말을 그녀가 끝맺기도 전에 녀석이 달려와서는, 필립스에게 개암나무 가지를 하나 건네주었어. 나는 그녀와 좀 더 얘기를 나누면서, 그녀가 학교 선생의 딸이라는 것과 그녀의 남편이 사촌의 유산을 받기 위해 스위스로 여행을 떠났다는 사실을 알게 되었어. 그녀는 계속해서 이렇게 말했어. "그 사람들은 남편을 속이려는 생각이었어요. 편지를 여러 번 보내도 답장을 하지 않았답니다. 그래서 남편이 직접 간 거지요. 그이가 무사하기만 했으면 좋겠어요. 아무 소식도 듣지 못하고 있거든요." 그녀와 헤어지는 것이 못내 마음을 무겁게 했어. 나는 아이들에게 각각 1크로이처짜리 동전을 쥐여 주고 막내의 몫은 그녀에게 주면서, 혹시 시내에 가거든 수프와 빵을 막내에게 사 주라고 했어. 그러고 나서 우리는 헤어졌지.

빌헬름, 솔직히 말해 마음을 종잡을 수 없을 때 그런 사람들을 보면 온갖 혼란이 진정돼. 행복하고 태평하게 자신들의 존재가 속해 있는 좁은 영역 속에 살아가며, 그럭저럭 하루하루를 견디고, 낙엽이 떨어지는 것을 보면서 겨울이 온다는 것 외에는 아무것도 생각지 않는 그런 사람들 말이야.

이후로 나는 자주 그곳을 찾아가. 아이들은 나와 아주 친해져서, 내가 커피를 마실 때면 설탕을 얻기도 하고 저녁에는 버터 빵과 요구르트를 나눠 먹기도 하지. 일요일에는 빠짐없이 1크로이처씩을 내게서 받아. 그리고 예배 시간이 지나도 내가 나타나지 않으면 음식점 여주인에게 대신 나눠 주라고 해 두었어.

이제 아이들은 나한테 온갖 얘기를 해 줘. 특히 나를 즐겁게 하는 것은, 마을의 다른 아이들이 함께 모여 있을 때면 그 아이들이 열을 내거나 자신들의 욕심을 솔직히 드러낼 때야.

아이들이 혹시 내게 폐를 끼치지 않을까 하는 어머니의 걱정을 덜어 주기 위해선 많은 노력이 필요했어.

5월 30일

최근에 내가 그림에 대해 너에게 얘기한 것은 문학에도 꼭 맞는 말이야. 다만 여기서는 탁월한 것을 인식해서 그것을 말로 표현하려 할 뿐이지. 물론 이렇게 얘기하는 건 적은 말에 많은 걸 담은 것이긴 해. 오늘 나는, 문자 그대로 표현하자면, 세상에서 가장 아름다운 목가적인 장면을 목격했어. 하지만 문학이니 장면이니 목가니 하는 게 도대체 뭐지? 우리가 어떤 자연 현상에 참여할 때 늘 그렇게 인위적이어야 할까?

서두를 이렇게 꺼내 놓으니 너는 굉장히 고상하고 품위 있는 걸 기대하겠지만, 만약 그렇다면 너는 또 한 번 불쾌하게 속은 셈이야. 나로 하여금 이토록 생동감 넘치는 관심을 갖도록 이끈 것은 다름 아닌 어떤 젊은 농부이니까 말이야. 언제나 그렇듯 나는 설명하는 것이 서툴 거야. 그리고 내 생각에 너는 언제나 그렇듯 내가 과장하고 있다고 생각할 테고. 이것 역시 발하임에서 생긴 일이야. 그래, 늘 그렇듯이 이처럼 드문 일이 생기는 것은 발하임이지.

한 무리의 사람들이 보리수 아래서 커피를 마시고 있었어. 그들은 나와 잘 맞지 않아 나는 핑계를 대고 뒤로 물러나 있었지.

근처에 있는 집에서 한 젊은 농부가 나와서는, 내가 최근에 그린 적이 있는 쟁기를 열심히 손보고 있었어. 그 친구가 마음에 들어 나는 그에게 말을 걸며 이것저것 물어보았어. 우리는 이내 친해졌고, 내가 이런 유의 사람들과 지낼 때 늘 그렇듯이 곧바로 마음을 터놓게 되었지. 그는 자신이 어떤 과부의 집에서 일을 하고 있으며 좋은 대우를 받고 있다고 말해 주었어. 그런데 그녀에 관해 많은 것을 털어놓으며 칭찬을 해서, 나는 그가 진심으로 그녀를 좋아하고 있다는 것을 알아차렸지. 그의 얘기에 따르면, 그녀는 더 이상 젊지 않으며, 첫 남편이 하도 못되게 굴어 결혼 같은 건 다시 하지 않겠노라 생각하고 있었어. 그의 설명을 듣노라니, 그녀가 그에게 얼마나 아름답고 매력적이며, 첫 남편에 대한 쓰라린 기억을 지우기 위해 자신을 남편으로 맞아 주기를 얼마나 간절히 바라고 있는지 너무나도 분명해졌어. 내가 그 사람의 순수한 애정과 사랑 그리고 성실함을 너에게 생생하게 전하기 위해서는 그의 말 한마디 한마디를 그대로 되풀이해야 할 거야. 그래, 그의 몸짓이 표현하는 바와 그의 조화로운 목소리, 그의 시선 속에 숨어 있는 열정을 동시에 생생하게 표현하려면, 아마도 가장 위대한 시인의 자질을 가지고 있어야 할 거야. 아니, 그 어떤 말로도 그의 전 존재와 그가 하는 표현에 깃들어 있는 다정함을 표현할 수 없을 거야. 그러니 내가 다시 재현할 수 있는 것이래야 모두 서툰 것에 지나지 않아. 무엇보다 나를 감동시킨 것은, 그녀와 자신의 관계가 격이 맞지 않는다고 내가 생각하거나 그녀의 행실에 의심을 품을까 봐 걱정하는 그의 모습이었어. 그가 그녀의 모습과, 비록 젊음의 매력은 없지만 그를 강하게 매료시켜 사로잡은 그녀의 자태에 관해 얘기할 때 얼마나 매력적이었는지는 내 영혼의 가장 깊숙한 곳에서만 재현할 수 있어. 이제까지 살아오는 동안 간절한 욕망과 뜨겁고 동경에 찬 소망이 이처럼 순수하게 표현되는 것을 본 적은 이번이 처음이야. 아니, 그 같은 순수한 표현은 생각해 본 일도, 꿈을 꿔 본 일도 없었다고 할 수 있을 것 같군. 이러한 순진무구함과 진실함을 기억에 떠올릴 때 내 영혼 깊숙한 곳이 뜨거워진다는 사실과, 이렇게 성실하고 섬세한 모습이 어디든 나를 따라다니며 나 자신도 마치 그것에 의해 불이 붙은 듯 갈망하고 애타한다는 사실을 네게 털어놓는다고 해서 나를 비난하지는 마.

나는 될 수 있는 한 빨리 그녀도 만나 보고 싶어. 아니, 잘 생각해 보니 오히려 만나지 않는 것이 좋을 듯해. 그녀를 사랑하는 애인의 눈을 통해 보는 것이 더 낫겠어. 아마 내가 그녀를 직접 보게 되면 그녀는 지금 내 눈앞에 어른거리는 모습과는 전혀 다른 모습

일 거야. 그러니 내가 왜 이 아름다운 이미지를 망쳐 버리겠어?

6월 16일

왜 네게 편지를 하지 않느냐고? 그런 걸 묻다니 너도 별수 없는 철학자로구나. 내가 잘 지내고 있다고 너는 짐작해야 했을 거야. 게다가 간단히 얘기해서, 내 마음을 사로잡는 사람을 알게 되었어. 나는 말이야…… 아니, 난 잘 모르겠어.

어떻게 내가 너무나도 사랑스러운 한 여인을 알게 되었는지 네게 조리 있게 설명하기는 어려울 것 같아. 나는 마냥 유쾌하고 행복해서, 역사가처럼 차근차근 설명할 수가 없어.

천사와 같은 존재! 아니야, 이런 말은 누구나 자기 애인에게 쓰는 말이지, 그렇지 않아? 하지만 나는 그녀가 얼마나 완벽하고 또 왜 그런지 너에게 설명할 방도가 없어. 어쨌든, 그녀는 내 모든 감각을 사로잡아 버렸어.

너무 영민하면서도 소박하고, 그토록 꿋꿋하면서도 선량함이 넘치며, 실제 삶 속에서 활발하게 일하면서도 영혼의 평온함을 지닌 존재.

내가 그녀에 대해 말하는 이 모든 것이 역겨운 수다이며, 그녀의 한 가지 특성도 제대로 표현하지 못하는 불쾌한 추상화일 따름이야. 다음에, 아니 다음으로 미룰 게 아니라 지금 당장 설명하는 게 낫겠어. 지금 하지 않으면 앞으로는 기회가 없을 것 같아서 말이야. 왜냐하면 ─ 우리끼리 얘기지만 ─ 이 편지를 쓰면서 벌써 세 번이나 펜을 내려놓고, 말에 안장을 채워 달려 나가려고 했으니 말이야. 하지만 오늘 아침 나는 나가지 않겠다고 맹세를 했었어. 그런데도 불구하고 나는 시간 있을 때마다 창가로 가서 해가 아직 얼마나 높이 떠 있는지 확인하곤 해.

아무래도 참을 수가 없어 난 그녀에게 달려가고 말았어. 이제야 다시 돌아왔지. 빌헬름, 지금 난 저녁으로 버터 빵을 먹고 네게 편지를 쓰려고 하는 참이야. 그녀가 사랑스럽고 명랑한 여덟 명의 동생들에게 둘러싸여 있는 모습을 볼 때면 내 영혼은 얼마나 기쁜지 몰라!

이런 식으로 계속 나가면 너는 새로운 얘기라곤 하나도 듣지 못하게 될 것 같군. 이제부터 자세히 얘기하도록 애쓸 테니 잘 들어 봐.

최근에 보낸 편지에서, 내가 정무 집행관인 S 씨와 어떻게 해서 알게 되었으며, 그가 자신이 머무는 곳 ─ 아니, 그보다는 그의 자그마한 왕국이라고 하는 게 낫겠어 ─ 을 방문해 달라고 내게 부탁했었다는 얘기를 한 적이 있지? 나는 그 약속을 차일피일 미루고 있었어. 만약 내가 조용한 곳에 숨어 있는 보물을 우연히 발견하지 못했다면 아마 결코 그곳으로 가지 않았을 거야.

이곳의 젊은 친구들이 무도회를 연다기에 나도 기꺼이 가기로 했었어. 나는 이곳 출신으로, 선량하고 아름답지만 그 외에는 평범한 아가씨에게 파트너가 되어 달라고 부탁했지. 그런 다음 마차를 한 대 빌려 파트너 아가씨와 그녀의 사촌 자매와 함께 무도회가 열리는 곳으로 가기로 했고, 중간에 샤를로테 S 양을 태우기로 약속이 되었어. 우리가 넓게 트인 숲을 지나 사냥 별장 쪽으로 가고 있을 때 내 파트너가 이렇게 얘기했어. "당신은 아름다운 아가씨를 알게 될 거예요." 사촌 자매도 거들었어. "사랑에 빠지지 않도록 조심하세요!" 왜냐고 묻자 내 파트너가 대답했어. "그 아가씨는 이미 어떤 훌륭한 남자 분과 약혼한 사이거든요. 지금은 그분 아버지가 돌아가셔서 그 일을 수습할 겸, 또 괜찮은 지위도 얻을 겸 여행 중이지요." 그 얘기에 나는 아무런 관심도 기울이지 않았어.

우리가 별장 정문 앞에 도착했을 때는, 해가 산마루에 걸리기까지 아직 15분 정도 남은 시간이었어. 날씨는 아주 후텁지근했는데, 아가씨들은 지평선 주위에 습기를 머금은 회백색 구름이 있는 곳으로 뇌우가 몰려드는 것 같아 걱정하고 있었어. 우리의 여흥이 깨지고 말 것이라는 예감이 내 머릿속에도 들기 시작했지만, 나는 주제넘게 기상학적 지식을 들먹이며 아가씨들의 걱정을 덜어 주려 했지.

내가 마차에서 내리자, 하녀가 대문으로 다가와 로테 아가씨가 곧 나오실 테니 잠시 기다려 달라고 하더군. 나는 정원을 지나 훌륭하게 지어진 저택 쪽으로 다가갔어. 내가 현관 앞 계단을 올라가 문 안으로 들어섰을 때, 이제까지 본 적이 없는 너무나도 매력적인 장면이 눈에 들어왔어. 현관홀에 열한 살에서 두 살 사이의 아이들 여섯 명이 아름다운 용모의 한 아가씨를 둘러싸고 있었지.

아가씨는 중간 키에, 팔과 가슴에 분홍색 리본이 달린 소박한 하얀 옷을 입고 있었어. 그녀는 흑빵을 들고, 주위에 선 동생들에게 나이와 식욕에 맞게 잘라서는 모두에게 너무나도 다정하게 나눠주었어. 그러자 빵이 잘리기 전부터 조막손을 높이 쳐들고 있던 아이들은 모두 꾸밈없는 태도로 "고마워!"라고 외쳤어. 그리고 아이들은 저녁 식사용 빵을 들고 만족감을 느끼며, 로테가 타고 갈 마차와 낯선 사람들을 보기 위해 대문 쪽으로 뛰쳐나가기도 하고, 온순한 성격을 가진 아이들은 조용히 걸어 나가기도 했어. 그녀는 내게 이렇게 말했어. "이렇게 일부러 들어오시게 하고, 아가씨들을 기다리게 해서 죄송합니다. 옷을 갈아입고 집안일을 이것저것 미리 해 놓다 보니 아이들에게 빵 나눠 주는 것을 깜박했답니다. 아이들이 다른 사람한테서는 빵을 받으려 하지 않거든요." 나는 그녀에게 별 의미 없는 칭찬의 말을 했지만, 내 정신은 온통그녀의 모습과 목소리, 행동에 쏠려 있었어. 그녀가 장갑과 부채를 가지러 방 안으로 들어갔을 때에야 비로소 놀란 마음을 진정시킬 시간을 가질 수 있었지. 아이들은 조금 떨어진 곳에서 곁눈질로 나를 유심히 바라보고 있었어. 그래서 나는 그중에서 제일 복스럽게 생긴 막내에게 다가갔어. 아이는 뒤로 물러섰지만, 마침 그때 로테가 방에서 나와 말했어. "루이스, 사촌 형과 악수해야지." 그러자 아이는 순순히 그렇게 했어. 그 순간 나는 아이가 콧물을 흘리고 있는 것도 아랑곳하지 않고 진심으로 입 맞추지 않을 수 없었어. "사촌이라고요?" 나는 그녀에게 손을 건네며 말했어. "당신은 제가 당신과 친척이 될 만한 행운을 누릴 자격이 있다고 생각하시

나요?" 그녀가 가벼운 미소를 지으며 대답했어. "아, 저희는 친척
이 아주 많아요. 그런데 당신이 그중에서 가장 나쁜 친척이라면
유감스러울 거예요." 그녀는 나가면서 자기 바로 아래 여동생으
로 나이가 열한 살쯤 된 소피에게 동생들을 잘 돌볼 것과 아버지
가 승마 산책에서 돌아오시면 잘 말해 달라고 당부했어. 다른 동
생들에게는 소피를 자신으로 생각해 말을 잘 들으라고 말했지. 몇
몇 아이는 그러겠다고 약속했어. 하지만 여섯 살쯤 돼 보이는 금
발의 야무진 여자아이는 이렇게 말했어. "소피 언니는 로테 언니
가 아니잖아. 로테 언니, 우리는 언니가 더 좋단 말이야." 동생들
중에 나이가 제일 많은 사내아이 둘은 마차 뒤에 매달려 있었어.
내가 사정하자 로테는 아이들이 숲에 도착할 때까지 함께 타고 가
도 좋다고 허락해 주었어. 만약 장난치지 않고 꼭 붙잡고 있겠다
고 약속한다면 말이지.

우리가 자리에 앉자마자 아가씨들은 반가워하며 인사를 나누고
는 서로 번갈아 가며 상대방의 옷과, 특히 모자에 대해 한마디씩
주고받았고, 로테가 마차를 세워 동생들을 내리게 할 때쯤엔, 으
레 그렇듯이 무도회에 참석할 사람들에 대한 얘기가 한 바퀴 돌았
어. 동생들은 로테의 손에 다시 한 번 입 맞추려고 안달이었는데,
큰 녀석은 열다섯이라는 나이에 걸맞게 아주 부드럽게, 다른 아이
는 아주 격렬하면서도 대수롭지 않게 입을 맞췄어. 로테는 동생들
에게 다시 한 번 인사를 시켰고, 우리는 그곳을 떠났어.

내 파트너의 사촌 자매가 로테에게 지난번에 보내 준 책은 다
읽었느냐고 물어보았어. "아니요, 그 책은 제 마음에 들지 않아요.

다시 가져가셔도 좋아요. 그전의 책도 더 나은 것 같진 않았어요." 나는 어떤 책들이냐고 물어보았다가 그녀가 『……』*라고 대답하는 것을 듣고는 놀랐어. 나는 그녀가 하는 말에서 아주 뚜렷한 개성을 느꼈고, 그녀가 한마디 한마디 할 때마다 그녀의 얼굴 표정에서 새로운 매력과 정신의 광채가 솟아 나오는 것을 보았어. 내가 자신을 이해하고 있다는 것을 느낀 듯 그녀의 표정은 점점 만족스럽게 퍼지는 것 같았지.

그녀는 이렇게 말을 이었어. "어린 시절에 저는 소설만큼 좋아하는 게 없었답니다. 일요일이면 방구석에 앉아 미스 제니의 행복과 불행에 온통 마음을 뺏기곤 했을 때 제가 얼마나 즐거웠는지는 하느님만 아실 거예요. 아직 제가 그런 유의 소설에 끌린다는 사실도 부정할 생각은 없습니다. 하지만 지금은 책을 잡기가 힘들어, 정말로 제 취향에 맞는 것이어야 한답니다. 제가 가장 좋아하는 작가는, 제가 살고 있는 세상과 비슷한 세계나 제 주변에서 일어나는 일을 그리거나, 천국은 아닐지라도 전체적으로 보아 말할 수 없는 행복감의 원천인 저 자신의 가정 생활과 같이 흥미롭고 진실한 이야기를 쓰는 작가예요."

나는 이 말에 대한 나의 감동을 숨기느라 애썼어. 물론 언제까지고 숨길 순 없었지. 왜냐하면 그녀가 지나가는 말로 『웨이크필드의 시골 목사』와 『……』*에 관해 너무나도 올바른 소리를 하는 것을 들었을 때, 나는 완전히 정신이 나간 채 내가 꼭 해야만 할 얘기를 남김없이 털어놓았어. 그러고 나서 얼마 후 로테가 다른 아가씨들에게 말머리를 돌렸을 때에야 비로소, 나는 그 아가씨들이 내내 놀란 눈을 하고 마치 그 자리에 없는 듯 꼼짝 않고 앉아 있었다는 사실을 알아차렸어. 내 파트너의 사촌 자매가 몇 번이나 조소하는 듯한 눈길로 쳐다보았지만, 나는 전혀 개의치 않았어.

화제가 춤의 즐거움에 대한 것으로 바뀌었을 때 로테는 이렇게 말했어. "춤에 대한 열정이 잘못된 것이라 할지라도, 솔직히 말씀 드리면 제가 춤보다 더 좋아하는 것은 없답니다. 머릿속이 복잡할 때 조율도 제대로 안 된 제 피아노로 대무곡*을 뚱땅거리다 보면 다시 기분이 좋아지거든요."

대화를 나누면서 내가 그 검은 두 눈에서 얼마나 큰 즐거움을 느꼈는지, 생기 넘치는 입술과 건강하고 원기 넘치는 두 뺨이 어찌나 내 온 영혼을 매혹시켰는지, 그리고 훌륭한 의미를 담은 그녀의 이야기하는 모습에 푹 빠져서 그녀가 하는 말들을 얼마나 자주 흘려들었는지 몰라. 그 모습이 어땠는지 상상이 갈 거야. 너는 나를 잘 알고 있으니 말이야. 간단히 말해서, 우리 마차가 별장 앞에 멈춰 섰을 때 나는 꿈꾸고 있는 사람처럼 마차에서 내렸어. 그렇게 꿈을 꾸면서 어스름이 깔리는 세계 속을 헤매다 보니, 불이 환하게 켜진 홀에서 우리를 향해 흘러나오는 음악은 거의 귀에 들어오지 않았어.

내 파트너의 사촌 자매와 로테의 짝인 아우드란 그리고 아무개 라고 불리는 남자 — 누가 이름을 일일이 기억하겠어 — 가 마차 의 문 옆에서 우리를 맞아서는 각자의 파트너를 데리고 갔어. 나도 내 파트너를 데리고 올라갔지.

우리는 미뉴에트에 맞춰 서로의 주위를 돌며 춤을 쳤어. 차례로 파트너를 바꿔 가며 춤을 추고 있었는데, 꼭 제일 마음에 들지 않는 상대가 한번 손을 잡으면 놔주려 하지 않더군. 로테와 그녀의 파트너는 영국식 춤을 추기 시작했는데, 그녀가 우리 대열에 끼어 춤추기 시작했을 때 내가 얼마나 기뻤는지 너도 느낄 수 있을 거야. 그녀의 춤추는 모습을 너도 봐야 해! 마치 이런 식이지. 그녀는 온 마음과 영혼을 다해 춤을 추는데, 그녀의 몸 전체가 조화를 이루는 거야. 아무 근심도 없고 솔직해서, 마치 춤추는 것만이 일체의 모든 것인 듯, 그 외에는 아무것도 생각지 않으며 아무것도 느끼지 않는 듯하지. 그 순간 다른 모든 것은 그녀 앞에서 사라져 버리는 거야.

나는 그녀에게 두 번째의 대무(對舞)를 청했어. 그러자 그녀는 세 번째 춤을 같이 추겠다고 약속하고는, 세상에서 가장 사랑스럽고 솔직한 태도로 자신은 독일식 춤을 추고 싶다고 말했어. 그러고는 계속해서 이렇게 얘기했지. "이 고장에서는 함께 짝이 된 커플은 독일식 춤을 반드시 추는 게 관례예요. 그런데 제 파트너는 그 춤을 잘 못 추니까 그 수고를 면제해 주면 내게 고마워할 거예요. 당신의 파트너도 그 춤을 잘 못 출 뿐 아니라 좋아하지도 않아요. 영국식 춤을 출 때 보니 당신은 춤을 잘 추시더군요. 만약 당신이 독일식 춤을 출 때 제 상대가 되고 싶으시다면 제 파트너에게 가서 양해를 구해 보세요. 그럼 저는 당신의 파트너에게 가볼게요." 나는 그 제안에 동의했어. 그리고 우리가 춤추는 동안 그녀의 파트너와 내 파트너가 담소를 나누도록 배려했지.

드디어 춤이 시작되었어. 우리는 한동안 온갖 포즈로 팔을 바꿔 잡으며 즐겼지. 그녀가 얼마나 매력적이고 경쾌하게 움직이던지! 왈츠를 출 차례가 되어 우리가 마치 천체처럼 서로의 주위를 빙글빙글 돌게 되었을 때, 이 춤을 제대로 추는 사람이 별로 없었기 때문에 처음에는 얼마간 요란스럽게 뒤엉키고 말았어. 우리는 머리를 써서 다른 커플들이 먼저 마음껏 추도록 한 후, 서투른 커플들이 자리를 비웠을 때 끼어들어 아우드란 커플과 어울려 실컷 추었어. 이제까지 이렇듯 경쾌하게 춤을 춘 적은 없었어. 나는 더 이상 이 세상 사람이 아니었어. 너무나도 사랑스러운 그 피조물을 팔에 안고 민첩하게 이리저리 날아다닐 때 주변에 있는 모든 것이 사라져 버렸어. 그리고 빌헬름, 솔직히 말하자면 나는 이렇게 맹세했어. 내가 사랑하고 원하는 여자는 나 외에 다른 누구와도 춤을 춰서는 안 된다고 말이야. 설령 내가 그 때문에 파멸하는 일이 있더라도 말이지. 너는 나를 이해하겠지!

우리는 잠시 숨을 돌리기 위해 홀 안을 몇 바퀴 걸었어. 그리고 그녀는 자리에 앉았지. 내가 남겨 놓았던 것으로 몇 개밖에 없던 오렌지가 대단한 효력을 발휘했어. 다만 그녀가 옆자리에 앉은 염치없는 여자에게 예의상 오렌지 조각을 나눠 줄 때마다 내 가슴이 찢어지는 것 같았지.

세 번째 영국식 춤을 출 때 우리는 두 번째 조(組)였어. 대열을 누비며 춤추면서 가장 솔직하고 순수한 만족을 가득 드러내는 그녀의 진실한 눈과 그녀의 팔에 내가 사로잡혀 있을 때 — 얼마나 환희에 차 있었는지는 신만이 아실 거야 — 우리는 어떤 부인 곁을 지나게 되었는데, 그녀는 그리 젊다고 할 수 없는 얼굴에 애교스러운 표정을 짓고 있어서 내 눈에 띄었어. 그녀는 웃으며 로테를 응시하다가, 마치 위협하듯 손가락을 들어 올리고는 우리 옆을 지나면서 의미심장하게 알베르트라는 이름을 두 번 말했어.

나는 로테에게 물었어. "묻는 게 실례가 안 된다면, 알베르트가 누구죠?" 그녀가 막 대답하려 할 때, 우리는 커다란 팔자 형을 만들기 위해 서로 떨어져야 했어. 그리고 우리가 서로의 앞을 교차하며 지나갈 때 나는 그녀의 얼굴에서 뭔가 곰곰이 생각하는 듯한 표정을 본 듯했어. "제가 당신께 뭘 감추겠어요." 그녀는 회전 연결 동작을 하기 위해 내게 손을 내밀며 말했어. "알베르트는 저와 약혼한 사이나 다름없는 분이에요." 그것은 내게 새로운 사실이 아니었어(오는 도중에 아가씨들이 이미 얘기해 주었으니 말이야). 그런데도 그 말이 너무나도 새롭게 다가왔어. 왜냐하면 아까는, 그토록 짧은 시간 안에 내게 너무나도 소중하게 된 그녀와 결부시켜서는 아직 생각해 보지 않았기 때문이지. 그건 그렇고, 내가 혼란에 빠져 제정신을 잃고 다른 조 사이로 들어가는 바람에 모든 게 뒤죽박죽이 되었어. 로테가 온갖 노력을 기울여 수습한 덕분에 대열은 금방 제자리를 찾았지. 아까부터 지평선 근처에서 번쩍이던 번개를 나는 단지 더위를 식히기 위한 것이라고 둘러댔는데, 춤이 끝나기도 전에 번개는 점점 강해지기 시작했고 음악 소리는 천둥에 파묻혀 버렸어. 세 명의 아가씨가 대열에서 빠져나갔고, 그녀들의 파트너도 쫓아 나갔지. 무도회장은 어수선해졌고 음악도 그쳤어. 우리가 만족하고 있을 때 불행이나 어떤 끔찍한 일이 닥치면 평소보다 더 강한 인상을 받게 마련이야. 한편으로는 대조가 너무 생생하게 느껴지기 때문이고, 다른 한편으로는 — 이게 더 중요한 이유인데 — 우리의 감각이 일단 느낌을 쉽게 받아들이도록 열려 있어서 그만큼 빨리 어떤 인상을 받아들이기 때문이지. 몇몇 여자들이 묘하게 얼굴을 찡그린 것이 바로 이런 이유때문이라고 나는 생각해. 그중 가장 영리한 여자는 구석에 앉아창을 등진 채 귀를 막았어. 다른 여자는 이 여자 앞에 무릎을 꿇고그녀의 무릎에 머리를 파묻었지. 또 다른 여자는 앞의 두 여자 사이를 비집고 들어가 그들을 끌어안고는 하염없이 눈물을 흘렸어.집으로 돌아가려는 사람도 몇 명 있었지. 자신들이 무얼 하고 있는지도 모르는 여자들은 분별력을 상실한 나머지, 겁에 질린 자신들이 두려움에 떨며 하늘에 올리는 기도를 막으려고 입을 맞추기에 바쁜 젊은 친구들의 장난을 막을 생각조차 하지 못하고 있었어. 몇몇 남자들은 담배를 피우기 위해 조용히 아래로 내려갔지.나머지 사람들은, 여주인이 덧문과 커튼이 있는 방으로 안내하겠다는 멋진 생각을 내놓자 이 제안을 차마 거부하지 못했어. 우리가 그 방에 들어가자마자 로테는 바삐 움직이며 의자를 빙 둘러세웠고, 사람들이 그녀의 청에 따라 자리를 잡자 한 가지 놀이를제안했어.

　나는 몇몇 남자가 달콤한 벌칙을 얻어 내려는 희망에 가득 차입을 앞으로 내밀고 사지를 펴는 것을 보았어. "우리 숫자 세는 놀이를 해요!" 로테가 말했어. "잘 들으세요! 제가 오른쪽에서 왼쪽으로 돌아가면 여러분도 순서대로 자기에게 오는 숫자를 말하는건데요, 도화선이 타들어 가는 것처럼 빨리해야 해요. 막히거나 숫자를 잘못 댄 사람은 뺨을 맞게 됩니다. 그렇게 천까지 세는 거예요." 이 놀이를 보고 있자니 아주 재미있었어. 로테가 한쪽 팔을 쭉 펴고 원을 따라 돌기 시작했어. 첫 번째 남자가 "하나"라고 하자, 옆 사람이 "둘", 그다음 사람이 "셋" 하며 계속 이어 갔어. 이윽고 그녀가 도는 속도를 점점 높이기 시작했는데, 결국 누군가 실수해서 철썩 하고 뺨을 맞았어. 웃는 와중에 다음 사람도 뺨을 맞았지. 속도는 더욱 빨라졌어. 나도 두 차례나 맞았는데, 그녀가 다른 사람보다 나를 더 세게 때린 것 같다고 느끼며 속으로 만족해했지. 모두 왁자하게 웃으며 떠드는 가운데 천을 다 세기도 전에 놀이가 끝났어. 친한 사람들끼리는 짝을 지어 자리를 떴고, 천둥 번개는 지나갔어. 나는 로테를 따라 홀로 갔지. 도중에 그녀가 이렇게 말했어. "뺨을 맞다 보니 사람들이 날씨고 뭐고 다 잊어버렸나 봐요!" 나는 아무 대답도 할 수 없었어. 그녀는 계속 말을 이어 갔어. "저도 굉장히 무서웠어요. 그런데 다른 사람들에게 용기를 주려고 애쓰다 보니 용기가 생기지 뭐예요." 우리는 창가로 다가갔어. 천둥은 멀찌막한 곳에서 치고 있었고, 비가 시원스러운 소리를 내며 땅 위에 내렸지. 주위를 가득 둘러싼 따뜻한 대기 속에서 상쾌한 향기가 우리 쪽으로 솟아 올라왔어. 그녀는 팔꿈치를 괸 채 서서 바깥 경치를 뚫어질 듯 바라보았어. 그녀는 하늘을 쳐다보다가 나를 봤는데, 눈에 눈물이 가득 고여 있었어. 그녀는 자신의 손을 내 손 위에 얹으며 말했어. "클롭슈토크." 그녀가 생각하고 있는 멋진 송가가 즉시 내 머릿속에 떠올랐고, 나는 그녀가 암호와 같은 이 한마디로 내게 쏟아 놓은 감상의 물결 속에 빠지고 말았어. 나는 참지 못하고 몸을 숙여 그녀의 손에 입 맞추며 기쁨에 가득 찬 눈물을 흘렸어. 그리고 그녀의 눈을 다시 보았지. 고귀한 시인이여! 당신은 이 시선 속에 담긴 당신에 대한 숭배를 보았어야만 했습니다. 난 이제 그처럼 종종 속되게 되어 버린 당신의 이름이 더 이상 다른 사람들에 의해 불리는 것을 듣고 싶지 않습니다.

6월 19일

지난번에 내가 어디까지 얘기하다 말았는지 잘 모르겠군. 새벽 2시에 잠자리에 들었다는 건 기억나. 그리고 이렇게 편지를 쓰는 대신 네 앞에서 떠들어 댈 수 있었다면 아침까지 너를 붙잡아 두고 싶은 심정이었다는 점도 말이야.

우리가 무도회장을 떠날 때 무슨 일이 있었는지는 네게 아직 설명하지 않았지만, 오늘도 그 얘기를 하기에 적당한 날은 아닌 것 같아.

너무나도 찬란하게 해가 솟아오르고 있었어. 주변의 숲에서는 물방울이 떨어지고 있었고, 들판은 생기를 찾았지! 나와 함께 간 아가씨들은 꾸벅꾸벅 졸고 있었어. 로테는 나도 눈을 좀 붙이지 않겠느냐고 물었어. 자기 때문에 걱정할 필요는 없다고 하면서. 나는 그녀를 응시하며 이렇게 말했어. "당신이 눈을 뜨고 있는 것을 보고 있는 동안은 그럴 리 없습니다." 그렇게 우리 둘은 그녀의 집 앞에 도착할 때까지 잠을 자지 않고 견뎠어. 하녀가 살며시 문을 열어 주었고, 그녀의 물음에 아버지와 아이들은 잘 있고 모두 자고 있다고 대답했어. 나는 헤어지면서 그녀에게 그날 중으로 다시 볼 수 있겠느냐고 물었어. 그녀는 그러마 하고 허락해 주었고 나는 집으로 왔어. 그 이후에도 해와 달과 별들은 유유히 운행을 계속하고 있을 텐데 나는 낮인지 밤인지 분간할 수가 없고 내 주위의 온 세계는 사라져 가고 있어.

6월 21일

나는 하느님이 성자들을 위해 마련한 것 같은 행복한 나날을 보내고 있어. 앞으로 내게 어떤 일이 일어난다 해도 내가 삶의 기쁨, 그것도 가장 순수한 기쁨을 누려 보지 못했다고는 말할 수 없을 거야. 너도 알고 있는 나의 발하임, 그곳에 나는 완전히 자리를 잡았어. 거기서 로테가 사는 곳까지는 30분밖에 걸리지 않아. 이곳에서 나는 나 자신을 느끼며 인간에게 주어진 모든 행복을 느끼고 있어.

내가 발하임을 산책 목적지로 정했을 때, 그곳이 천국과 그토록 가까이 있다고 생각이나 했겠어! 조금 멀리 산책을 나갈 때면 때로는 산 위에서, 때론 강 건너서 그렇게 자주 저 사냥 별장을, 이젠 내 모든 소망을 간직하고 있는 그 집을 보았는데 말이야!

사랑하는 빌헬름, 나는 여러모로 생각해 보았어. 자신을 확장시키고 새로운 발견을 하며 방랑하려는 인간 내면의 욕구에 대해서 말이야. 그리고 자신을 기꺼이 한계에 내맡기고 습관이라는 궤도를 따라 움직이면서 좌우 어느 쪽으로도 신경을 쓰지 않는 내적인 충동에 대해서도 다시 생각해 보았지.

내가 어떻게 이리로 오게 되어 언덕에서 아름다운 골짜기를 내려다보았는지, 그 골짜기가 주위에서 나를 얼마나 매혹했는지 참 신기해.

저기 작은 숲이 있어! 아, 네가 그 숲의 그늘 속으로 들어갈 수 있다면 좋으련만! 저쪽에는 산봉우리가 있지! 아, 네가 거기서 넓은 지역을 굽어볼 수 있다면 좋으련만! 서로 이어져 있는 언덕들과 친근한 골짜기들! 오, 그 속으로 사라져 버릴 수 있다면! 나는 그리로 급히 갔다가 다시 돌아왔어. 하지만 내가 원하던 것은 발견하지 못했지. 오, 미래라는 것은 멀리 떨어진 곳과 비슷해! 커다랗고 가물가물한 어떤 전체적인 것이 우리의 영혼 앞에 머무르고, 우리의 느낌과 눈이 그 안에서 헤엄치면, 아, 우리는 우리의 전 존재를 희생하면서, 유일하고 위대하며 장엄한 감정의 모든 희열로 우리를 가득 채웠으면 하고 바라지. 아, 그런데 우리가 급히 그리로 가서 그곳이 바로 여기가 될 때면 모든 것이 이전과 마찬가지가 되어 버려. 우리는 우리의 빈곤함과 제약 속에 머물러 있고, 우리의 영혼은 사라져 버린 청량제를 갈망하게 되지.

그 결과, 아무리 안절부절못하는 방랑자라 할지라도 마침내 다시 자신의 조국을 그리워하게 되고, 자신의 오두막과 아내의 품 그리고 아이들 틈에서, 그들의 생계를 유지하게 해 주는 일에서 그가 넓은 세상에서 헛되이 찾아다녔던 기쁨을 발견하게 되는 거야.

아침이면 해가 떠오르자마자 나의 밭하임으로 나가 그곳에 있는 음식점 주인의 정원에서 나의 완두콩을 수확하고, 거기 앉아 콩깍지의 심줄을 떼고 짬짬이 나의 호메로스를 읽을 때, 또 작은 부엌에서 냄비를 하나 골라서 버터를 퍼내 완두콩을 불에 올려놓고 뚜껑을 닫은 후 가끔씩 뒤집어 주기 위해 그 옆에 앉을 때, 이럴 때 나는 마치 페넬로페의 불손한 구혼자들이 소와 돼지를 도살한 뒤 잘게 잘라 굽는 것처럼 생동감을 느껴. 조용하고 진정한 느낌으로 나를 가득 채우는 것은 다름 아닌 족장 시대 삶의 특성들이지. 다행스럽게도 나는 이러한 특성들을 가식 없이 내 삶의 방식으로 만들 수 있어. 자기가 뽑은 양배추를 식탁으로 가져오는 사람의 단순하고도 무해한 즐거움을 내가 느낄 수 있다는 것이 얼마나 행복한지 모르겠어. 이 사람은 단순히 배추뿐만 아니라 그 배추를 심었던 저 아름다운 아침과 모든 좋은 날들, 그리고 물을 주던 기분 좋은 저녁들, 또 점점 자라는 배추를 보고 즐거움을 느끼던 날들, 이 모든 것을 한순간에 다시 향유하게 되는 거야.

6월 29일

그저께 이 도시의 의사가 정무 집행관을 찾아왔어. 그는 내가 로테의 동생들과 어울려 땅바닥에 앉아 있는 것을 보았지. 아이들이 내 위에 올라탄 채 여기저기 간질이고 있는 모습과, 다른 아이들이 나를 놀리는 모습 그리고 내가 아이들을 간질이면서 그들과 함께 큰 소리를 내는 모습을 본 거야. 의사는 아주 독선적이고 꼭 두각시 같은 자로, 말을 하면서 소매의 주름을 잡고 주름 잡힌 작은 옷깃을 쉬지 않고 끄집어 잡아당기는 족속인데, 내 행동이 신사로서의 체면에 어긋난다고 여기는 듯했지. 나는 그의 표정에서 그걸 알아챘어. 하지만 나는 조금도 신경 쓰지 않고 그가 그럴듯하다고 생각하는 일을 지껄이도록 내버려 둔 채 아이들이 부숴 놓은 카드 집을 다시 지어 주었어. 나중에 이 의사는 시내를 돌아다니며, 그러잖아도 버릇없는 정무 집행관의 아이들을 베르터가 이제 완전히 버려 놓았노라고 한탄했어.

사랑하는 빌헬름, 정말이지 이 지상에서 아이들보다 내 마음에 가까이 있는 것은 없어. 아이들을 바라보면서 그 자그마한 존재 속에 이들이 언젠가 그토록 필요로 하게 될 모든 미덕과 모든 힘의 싹을 볼 때, 그리고 이들의 고집 속에 장래의 확고하며 단호한 성격을 알아볼 때, 이들의 장난에서 세상의 위험을 미끄러지듯이 넘어설 뛰어난 유머와 경쾌함을 알아볼 때, 그 모든 것을 너무나도 완벽하며 타락되지 않은 상태로 볼 때면 언제나, 언제나 말이야 나는 저 인류의 스승께서 하신 금언을 되풀이하게 돼. "너희가 이 아이들 중 하나와 같이 되지 아니하면!" 그런데 빌헬름, 저들, 우리와 동등하고 우리의 모범으로 삼아야 할 아이들을 우리는 지금 하인처럼 다루고 있어. 아이들은 의지를 가지고 있지 않다는 거야! 그렇다면 우리도 의지가 없는 건가? 그럼 누가 우선권을 가지고 있는 거지? 그건 우리가 나이가 많고 더 분별이 있기 때문이라는 거야! 하늘에 계신 선한 하느님, 당신 눈에는 나이 든 아이들과 그보다 어린 아이들이 있을 뿐이지요. 그런데 당신이 누구에게서 더 많은 기쁨을 누리는지는 당신의 아들이 이미 오래전에 일러주셨어요. 하지만 사람들은 당신의 아들을 믿으면서도 그의 말을 들으려 하지는 않습니다 ― 이것 역시 오래된 일이지요! ― 그리고 자신을 모범 삼아 자신의 아이들을 기른답니다. 잘 있어, 빌헬름! 여기에 대해선 더 이상 시시한 소리를 늘어놓고 싶지 않아.

7월 1일

로테가 환자에게 어떤 존재인지 나는 내 가슴으로 느끼고 있어. 내 마음은 병상에서 고통을 겪고 있는 수많은 사람들보다 더 심각한 상태니까. 로테는 며칠 동안 시내에 있는 어떤 점잖은 부인의 집에 머물 예정인데, 의사들의 진술에 의하면 임종이 머지않은 이 부인은 마지막 순간에 로테를 곁에 두고 싶어 한다는군. 나는 지난주에 로테와 함께 성(聖) …… 라는 마을의 목사를 방문했어. 한 시간가량 떨어진 산속에 위치한 곳이었어. 우리는 4시경에 그곳에 도착했어. 로테는 둘째 여동생을 데리고 왔지. 우리가 커다란 호두나무 두 그루가 그늘을 드리우고 있는 목사관 뜰에 들어섰을 때, 선량한 노목사는 현관문 앞 벤치에 앉아 계셨어. 로테를 보자 그는 새로운 생기라도 얻은 것처럼, 마디진 지팡이를 짚는 것도 잊은 채 벌떡 일어나 그녀를 맞으려 했어. 로테가 그에게 달려가서 그의 옆자리에 앉으며 그를 억지로 자리에 앉히고는, 아버지의 안부를 전했지. 그러고는 버릇없고 지저분하며, 그 또래에 걸맞은 개구쟁이 짓을 하는 노목사의 막내 아들을 사랑스럽게 안아 주었어. 네가 그녀를 봤어야 해. 그녀가 노인을 대하는 모습과, 반쯤 귀먹은 노목사가 듣게 하려고 목소리를 높이는 모습, 뜻하지 않게 죽은 건강한 젊은이들이나 카를스바트 온천의 뛰어난 효능에 대해 얘기하는 모습, 그리고 이번 여름에 그리로 가겠다는 노목사의 결정을 칭찬하는 모습, 또 지난번에 봤을 때보다 훨씬 좋아 보이며 생기가 넘친다고 그녀가 말하는 모습을 말이야. 그동안 나는 목사 사모님께 예의를 차리고 있었지. 노목사는 아주 명랑해졌어. 내가 우리에게 너무나도 기분 좋은 그늘을 만들어 주고 있는 아름다운 호두나무를 그냥 지나칠 수 없어 칭찬했더니, 노인은 비록 약간 힘들어 하긴 했지만 나무에 얽힌 이야기를 하기 시작했어. "두 그루 중 큰 놈은 누가 심었는지 모른다네. 어떤 사람은 이 목사가 심었다고 하고, 다른 사람들은 저 목사가 심었다고 하지. 하지만 저 뒤에 있는 어린 나무는 내 아내만큼 나이를 먹었다네. 10월이면 쉰 살이 되지. 장인어른이 아침에 저 나무를 심었는데, 저녁 무렵에 아내가 태어났다네. 장인은 내 전임자셨는데, 저 나무를 얼마나 사랑하셨는지 말로 할 수 없을 정도라네. 물론 나도 그분 못지않게 좋아하고 있지. 내가 27년 전에 가난한 학생 신분으로 여기 뜰 안으로 처음 들어섰을 때, 아내는 저 나무 밑 발코니에 앉아 뜨개질을 하고 있었다네." 로테가 목사님 딸의 안부를 묻자, 그녀는 슈미트 씨와 함께 들에 있는 일꾼들에게 갔다고 하더군. 그리고 노인은 자기 이야기를 계속했어. 자신의 전임자가 자신을 얼마나 좋아했고, 게다가 그의 딸까지 자신을 좋아하게 되었으며, 어떻게 자신이 처음에는 부목사가 되었다가 나중에 후계자가 되었는지 말이야. 아직 미혼으로 목사직을 갖고 있는 노인의 딸이 슈미트라는 남자와 정원을 통해 들어오고 있을 때까지도 이야기는 끝날 기미를 보이지 않았어. 그녀는 로테를 진심으로 따뜻하게 환영했어. 솔직히 얘기하자면 그녀의 인상은 나쁘지 않았어. 키가 크고 건실한 몸매의 갈색 머리 아가씨였는데, 아마도 시골에서 잠시 동안은 누군가를 즐겁게 해 줄 수 있을 만한 사람 같았어. 그녀의 애인(왜냐하면 슈미트 씨가 애인이라는 점은 금방 드러났어)은 세련되긴 했지만 조용한 사람이었는데, 로테가 그에게 계속 말을 붙여도 우리의 대화에 끼어들려고 하지 않았어. 나를 가장 우울하게 만든 것은, 그로 하여금 자신의 심중을 털어놓지 못하도록 하는 것이 이해력 부족이 아니라 오히려 고집과 기분이 나쁜 탓이라는 것을 그의 표정에서 알아챘기 때문이야. 유감스럽게도 이러한 사실은 시간이 흐르면서 더욱더 분명해졌지. 왜냐하면 노인의 딸 프리데리케가 로테와 산책을 하면서 가끔 나와도 함께 걸을 때, 그렇지 않아도 갈색을 띤 그의 얼굴빛이 눈에 띌 정도로 어두워져서, 로테가 내 소매를 잡아당기며 내가 프리데리케에게 너무 다정하게 대했다고 귀띔해 줄 지경이었으니 말이야. 다른 무엇보다 나를 화나게 하는 것이 바로 사람들이 서로를 괴롭히는 거야. 그중에서도 가장 화가 나는 것은, 온갖 즐거움에 활짝 열려 있어야 할 인생의 꽃다운 시기에, 젊은이들이 즐거운 날들을 찌푸린 얼굴로 망쳐 버리고 나중에야 자신들이 낭비하고 만 돌이킬 수 없는 것을 알아차릴 때야. 이 일로 나는 기분이 나빠졌어. 그래서 우리가 저녁 무렵에 목사관으로 돌아와 식탁에 둘러앉아 우유를 마시며 세상의 기쁨과 고통에 대해 이야기를 나눌 때, 나는 꼬투리를 잡아 불쾌한 기분이란 것에 대해 적대적인 태도로 얘기하지 않을 수 없었어. "우리 인간은 자주 불평을 늘어놓지요." 나는 이렇게 말문을 열었어. "좋은 날은 너무 적고 안 좋은 날은 너무 많다고 말입니다. 하지만 내 생각엔 그런 불평은 대개 부당한 것 같아요. 만약 우리가 하느님께서 매일 우리에게 마련해 주시는 좋은 것을 누릴 수 있는 열린 마음을 항상 가진다면, 불행이 닥쳐오더라도 그것을 견딜 충분한 힘 역시 가지게 될 겁니다." "하지만 우리는 우리의 마음을 뜻대로 할 수가 없잖아요." 프리데리케가 대답했어. "얼마나 많은 것이 몸에 달려 있는지 몰라요! 누군가 몸 상태가 안 좋으면 어딜 가든 편치 않지요." 나는 그녀의 말에 동의하며 계속 말했어. "그렇다면 그것을 병으로 보고 그에 대한 처방은 없는지 물어보면 어떨까요?" "그럴듯한 얘기 같은데요"라고 로테가 말했어. "적어도 제 생각엔 많은 것이 우리 자신에게 달려 있는 것 같아요. 제 경우를 봐도 그래요. 뭔가 저를 약 오르게 하거나 화를 돋우면, 저는 벌떡 일어나서 춤곡을 부르며 정원을 이리저리 거닌답니다. 그러면 금방 기분이 나아져요." "내가 말하려던 게 바로 그거예요." 내가 대답했어. "불쾌한 감정은 나태함과 똑같아요. 그것은 나태함의 일종이니까요. 우리의 본성은 그쪽으로 너무 치우쳐 있어요. 하지만 우리가 일단 용기를 낼 힘을 가지기만 하면 일도 시원하게 진행되고, 활동 속에서 우리는 진정한 만족을 발견하게 된답니다." 프리데리케는 매우 주의 깊게 듣고 있었어. 하지만 젊은 남자는, 사람이란 자기 자신의 주인이 아니며 적어도 자신의 감정을 마음대로 할 수는 없다고 반박했어. 나는 이렇게 대꾸했지. "여기서 문제가 되고 있는 것은 누구나 기꺼이 벗어나고 싶은 불쾌한 감정이지요. 그리고 시도해 보지 않고서는 누구도 자신의 힘이 어디까지 미칠지 알 수 없는 법입니다. 물론 아픈 사람은 이 의사 저 의사에게 물어보게 마련입니다. 그리고 자신이 원하는 건강을 얻기 위해 어떠한 절제나 쓰디쓴 약도 마다하지 않을 것입니다." 나는 진지한 노목사가 우리의 토론에 참여하기 위해 애써 귀 기울이고 있다는 것을 깨닫고, 그쪽을 향하여 목소리를 높였어. "온갖 악덕에 반대하는 설교는 있지만, 지금까지 불쾌감에 대해 설교하는 건 들어 보지 못했어요."* 노목사는 이렇게 말했어. "그런 설교는 도시의 목사들이나 해야 할 것 같구먼. 농부들은 불쾌감을 가질 일이 없으니 말이야. 하지만 그것도 때론 나쁘지 않을 것 같네. 적어도 농부의 아내나 정무 집행관에게는 교훈이 될 것 같아." 모두가 웃음을 터뜨렸고, 노목사도 흔쾌히 함께 웃었는데, 그러다 기침까지 하는 바람에 우리의 논쟁은 잠시 중단되었어. 그러고 나서 그 젊은이가 다시 이야기를 시작했지. "당신은 불쾌감을 일종의 악덕이라고 하셨는데, 제 생각에 그건 좀 과장인 듯싶군요." "절대로 그렇지 않습니다." 내가 대꾸했어. "사람들이 자기 자신과 자기 이웃을 해롭게 하는 것이 마땅히 악덕이라고 불려야 한다면 말입니다. 우리가 서로를 행복하게 해 주지 못하는 것으로도 충분한데, 그것도 모자라 모든 사람이 이따금씩이나마 스스로에게 허용할 수 있는 만족을 서로에게서 앗아가야만 하겠습니까? 그러니 불쾌한 기분을 느끼면서도 그것을 감추고 주변의 즐거움을 망치지 않으면서, 혼자 그것을 감내할 만큼 용감한 사람이 있다면 한번 대 보십시오! 어쩌면 이런 불쾌감은 우리 자신의 무가치함에 대한 내적 불만이 아닐까요? 바보 같은 허영심을 통해 부추겨 놓은 질투와 항상 연결되어 있는, 우리 자신에 대한 불만 말입니다. 우리가 행복하게 해 주지 않는데도 행복한 사람을 보면, 참을 수 없는 법이니까요." 로테는 내가 말하면서 짓는 몸짓을 보고 미소를 지었어. 프리데리케의 눈에 맺힌 눈물이 나로 하여금 계속 말을 이어 가도록 자극했어. "누군가의 마음을 지배할 수 있는 힘을, 그 마음에서 싹트고 있는 단순한 즐거움을 앗아 가는 데 사용하는 자들에게는 저주가 있어야 마땅합니다. 세상의 어떤 선물과 호의도, 우리의 폭군이 질투심에 가득 찬 불쾌감으로 망쳐 버린 자신에 대한 한순간의 만족을 대신하지 못하는 법입니다."

그 순간 나의 마음은 충만했어. 지나간 많은 것에 대한 기억이 내 영혼으로 밀려들었지. 그리고 내 눈에 눈물이 차올랐어.

나는 이렇게 소리쳤어. "누군가 매일 자기 자신에게 이렇게 얘기한다면 얼마나 좋을까요. '네가 네 친구들에게 할 수 있는 일이란, 그들이 기쁨을 누리도록 놔두고 네가 그들의 행복을 함께 누림으로써 그들의 행복을 증진시키는 것뿐이야. 두려움을 주는 열정으로 인해 그들의 깊은 영혼이 고통 당하고 근심에 의해 찢겼을 때 그들에게 한 방울의 위안이라도 줄 수 있어? 꽃피는 청춘 시절에 네가 망쳐 놓은 아가씨에게 가장 두려운 마지막 병이 찾아와서, 그녀가 너무도 애처롭게 쇠약해진 상태로 누운 채 아무 감정 없이 눈을 하늘로 향하고, 창백한 이마 위로 사투를 벌이는 듯 식은땀이 나왔다 사라지기를 반복할 때, 그리고 네가 마치 저주받은 사람처럼 그녀의 침대 맡에 서서 네 모든 능력으로는 아무것도 할 수 없다고 마음 깊숙한 곳에서 느낄 때, 그리고 두려움이 너의 내면에 경련을 일으켜, 죽어 가는 아가씨에게 한 방울의 기력, 한순간의 용기라도 흘려 넣을 수 있도록 네 모든 것을 바치길 원할 때, 위안을 줄 수 있겠어?'라고 말입니다."

이 말을 하는 와중에 언젠가 내가 처했던 똑같은 광경에 대한 회상이 격렬하게 엄습해 왔어. 나는 손수건으로 눈을 가리고 그 자리를 떠났어. 이제 가자고 내게 외치는 로테의 목소리를 듣고서야 나는 정신을 차렸지. 그리고 돌아오는 길에 로테는 내가 모든 것에 지나치게 열을 올렸노라고 얼마나 핀잔을 주었는지 몰라. 내가 그 때문에 파멸할지도 모르며, 내가 스스로를 소중히 여겨야 한다는 거였어. 오, 천사여! 그대 때문에 나는 살아야만 해요!

7월 6일

그녀는 여전히 죽어 가는 친구 곁에 있어. 그리고 여전히 변함없는 존재, 여전히 필요할 때 그 자리에 있는 상냥한 존재야. 그녀

가 눈길을 던지는 곳에는 고통이 가라앉고 행복한 사람들이 생겨
나. 어제 저녁에 그녀는 마리아네와 어린 말헨을 데리고 산책을
나갔는데, 나는 그 사실을 알고 있어서 도중에 그녀를 만나 함께
걸었어. 한 시간 반쯤 걸은 후에 우리는 시내 쪽으로 향했고, 내게
너무나도 값지고 이젠 수천 배나 값진 것이 되어 버린 분수 가에
도착했어. 로테는 낮은 담장 위에 앉았고 우리는 그녀 앞에 서 있
었지. 나는 주위를 둘러보았어. 아, 그러자 내 마음이 너무도 외롭
던 시절이 다시 눈앞에 생생하게 떠올랐어. 나는 이렇게 말했지.
"사랑스러운 분수여, 그 후로 더 이상 서늘한 네 곁에서 쉰 적이
없구나. 서둘러 지나가느라 때로는 너를 쳐다보지도 않았지." 아
래를 굽어보던 나는 말헨이 물 한 잔을 들고 아주 바삐 올라오는
것을 보았어. 나는 로테를 바라보았는데, 내가 그녀에게 지닌 모
든 감정을 그 순간 느꼈어. 그때 말헨이 잔을 들고 오는 거야. 마
리아네가 그 잔을 말헨에게서 낚아채려 하자, 말헨은 너무나도 사
랑스럽게 "안 돼!"라고 소리쳤어. "안 돼, 로테 언니, 언니가 먼저
마셔!" 나는 아이가 진심 어린 착한 마음씨를 가지고 그렇게 소리
치는 것에 너무나 감동한 나머지, 달리 표현할 길 없는 내 마음을
아이를 번쩍 들어 올려 힘차게 입 맞추는 것으로 대신했어. 그러
자 아이가 갑자기 소리를 지르며 울기 시작하더군. "선생님이 잘
못하셨어요"라고 로테는 말했어. 나는 당황했지. 로테는 아이의
손을 잡고 계단을 내려가며 계속해서 이렇게 얘기했어. "이리 와,
말헨, 저기 깨끗한 샘에서 빨리 닦아, 빨리. 그러면 아무렇지도 않
을 거야." 나는 그 자리에 서서, 아이가 마법의 샘에서 씻으면 모

든 부정한 것이 씻겨 나가고 흉측한 수염이 날지도 모르는 불상사를 막아 줄 것이라는 믿음을 가지고, 손을 적셔 자신의 뺨을 얼마나 열심히 문지르는지 바라보았어. 그리고 로테가 "이제 됐어!"라고 말했는데도 넘치는 것이 모자란 것보다 낫다는 듯 아이가 계속해서 열심히 닦는 모습도 지켜보았어. 빌헬름, 너니까 하는 얘기지만, 나는 세례식에도 이보다 더한 존경심을 가지고 참석해 본적이 없어. 로테가 올라왔을 때 나는 그녀가 한 민족의 죄를 깨끗하게 씻어 준 예언자이기라도 하듯 기꺼이 그녀 앞에 엎드리고 싶은 심정이었어.

그날 저녁 나는 즐거운 마음으로 어떤 남자에게 이 일을 털어놓지 않을 수 없었어. 그 사람은 분별력이 있어서 난 그에게 인간적인 감각이 있으리라 믿고 있었지. 그런데 내 얘기가 어떻게 받아들여졌는지 알아? 그는 로테가 크게 잘못한 것이라고 말했어. 아이들로 하여금 그런 것을 사실로 믿게 해선 안 된다는 것이 그의 논지였지. 그런 것은 수많은 오류와 미신을 위한 빌미를 제공하므로, 아이들을 어려서부터 그런 오류와 미신에서 보호해 주어야 한다는 거야. 그때 그 남자가 일주일 전에 세례를 받았다는 생각이 떠올랐어. 그래서 나는 대꾸하지 않은 채 마음속으로 다음과 같은 진리를 되새겼지. 우리를 즐거운 착각 속에서 비틀거리게 할 때 우리를 가장 행복하게 해 주는 하느님이 우리를 대하듯 아이들을 대해야 한다는 진리 말이야.

7월 8일

사람이란 얼마나 어린아이 같은지! 그런 시선을 얼마나 애타게 바라는지! 사람이란 얼마나 아이 같은지! 우리는 발하임으로 갔어. 여자들은 마차를 타고 갔지. 산책을 하면서 나는 로테의 검은 눈 속에서 ─ 나는 바보야, 용서해 줘! 너도 그녀의 눈을 봐야 하는데 ─ 요점만 얘기하자면(왜냐하면 지금 졸려서 눈이 감기니 말이야), 여자들이 마차를 탈 때 마차 주위엔 젊은 W와 젤슈타트 그리고 아우드란과 내가 서 있었어. 당연히 쾌활하고 발랄한 이 친구들과 마차 문을 사이에 두고 잡담이 오갔지. 나는 로테의 눈을 찾고 있었어. 아, 그런데 그녀의 눈은 이 남자에게서 저 남자로 옮겨 다녔어! 하지만 혼자서 체념하고 서 있던 나, 나, 나에게는 눈길을 주지 않았어! 내 마음은 그녀에게 수없이 작별 인사를 고했어! 그런데도 그녀는 나를 보지 않았지! 마차는 떠나갔고 내 눈에는 눈물이 어렸어. 나는 눈으로 그녀를 좇았는데, 마침 로테의 머리 장식이 마차 밖으로 비스듬히 나오는 것을 보았어. 그러고는 돌아보기 위해 고개를 돌렸지. 아! 나를 보기 위한 것일까? 빌헬름! 이런 불확실한 상태로 나는 들떠 있어. 하지만 그것이 나의 위안이야. 아마 그녀는 내 쪽을 돌아봤을 거야! 아마도 말이지! 잘 자! 아, 나는 얼마나 어린아이 같은지!

7월 10일

사람들이 모여 있을 때 그녀에 관한 얘기가 오가면 내가 얼마나 멍청하게 구는지 네가 봐야 해! 게다가 사람들이 내게 그녀가 얼마나 마음에 드는지 묻기라도 한다면? 마음에 든다고? 나는 이 단어가 죽도록 싫어. 로테에게 모든 감각과 모든 느낌을 빼앗기는 것이 아니라, 단지 그녀를 마음에 들어 하는 사람은 도대체 어떤 종류의 인간일까? 마음에 든다니! 최근에 누군가 내게 오시안이 얼마나 마음에 들었는지 물어보았어!

7월 11일

M 부인의 병세가 아주 위중해. 나는 그녀를 위해 기도하고 있어. 내가 로테와 고통을 함께 나누고 있기 때문이지. 로테가 친구 집에 있는 것을 보는 일은 아주 드문 일인데, 오늘 로테가 한 가지 놀라운 사실을 얘기해 주었어. M 부인의 나이 든 남편은 탐욕스럽고 인색한 수전노로, 평생 아내를 괴롭히고 구속해 왔다는 거야. 그런데도 부인은 항상 그럭저럭 꾸려 나갈 수 있었다는군. 며칠 전 의사가 그녀에게 살아갈 날이 얼마 남지 않았다고 얘기하자, 그녀는 남편을 오라고 해서는(로테도 그 방에 있었지), 이렇게 말했다는 거야. "내가 죽은 후에 혹시 난감하고 불쾌한 일이 생길까 봐 당신에게 고백할 일이 하나 있어요. 지금까지 나는 가능

한 한 꼼꼼하고 검소하게 가사를 돌봐 왔어요. 다만 내가 30년 동안 당신을 속여 왔다는 점은 용서해야 할 거예요. 우리가 결혼할 때 당신은 식비와 다른 생활비를 아주 적게 책정했어요. 우리 살림이 늘어나고 장사의 규모가 커졌지만 당신은 그 상황에 맞춰 생활비를 늘릴 생각은 하지 않았지요. 간단히 말하자면, 당신도 알다시피 우리의 살림살이가 크게 불어났을 때에도 당신은 내가 일주일에 7굴덴만 가지고 살 것을 요구했어요. 나는 그 돈을 순순히 받았고, 모자라는 돈은 매주 카운터에서 가져다 썼어요. 아무도 주인의 아내가 카운터에서 돈을 훔치리라곤 예상치 못했으니까요. 나는 한 푼도 낭비하지 않았어요. 그러니 고백하지 않아도 편안히 저세상으로 갈 수 있을 거예요. 만약 내 뒤에 살림을 맡아야 할 사람이 곤란해질 상황만 아니라면 말이에요. 그리고 당신이 당신의 첫 번째 아내는 그 돈으로 잘 꾸려 나갔다고 여전히 고집을 피울 것이 뻔한 상황만 아니라면 말이지요."

나는 인간의 분별력이 믿을 수 없을 만큼 흐려질 수 있다는 사실을 놓고 로테와 얘기를 나눴어. 경비가 두 배나 들어가는 건 보면 알 텐데, 그 절반으로 충분한 상황인데도 그 뒤에 무언가 숨어 있다고 의심하지 않다니. 하지만 나 자신도 그런 사람들을 알고 있어. 놀라는 법도 없이 선지자가 선물한 영원히 비지 않는 기름 단지*가 집 안에 있다고 여기는 그런 사람들 말이야.

7월 13일

아니야, 내가 나 자신을 속이고 있는 게 아니야! 나는 그녀의 검은 눈동자 속에서 나와 내 운명에 대한 진실된 공감을 읽을 수 있어. 그래, 나는 느끼고 있어. 이 점에 있어 나는 내 마음을 믿어도 될 것 같아. 그녀가 — 아, 천국을 이런 말로 표현해도, 아니 표현할 수 있을까? — 나를 사랑한다는 걸 말이야!

나를 사랑한다고! 내가 나 자신에게 얼마나 귀중한 존재가 되었는지, 내가 얼마나 — 너에겐 말해도 되겠지, 넌 그런 걸 이해할 수 있는 사람이니까 — 나 자신을 숭배하게 되었는지 몰라. 그녀가 나를 사랑하게 된 이후로 말이야!

내가 잘못 생각하는 게 아니냐고? 사실 그대로를 느끼고 있는 거냐고? 로테의 마음속에 있으면서 내게 두려움을 불러일으키는 사람은 없어. 그렇긴 하지만 그녀가 자신의 약혼자에 대해 너무나도 다정하게 사랑을 담아 얘기할 때면, 나는 모든 명예와 품위를 박탈당하고 칼마저 빼앗긴 사람 같은 생각이 들어.

7월 16일

아, 나의 손가락이 어쩌다 그녀의 손가락을 스칠 때나 우리의 발이 탁자 밑에서 부딪칠 때면, 얼마나 큰 흥분감이 내 모든 혈관을 타고 흐르는지 몰라! 나는 불에라도 닿은 듯 몸을 움츠리지만,

비밀스러운 어떤 힘이 나를 다시 앞으로 이끌어 내지. 내 모든 감관(感官)은 현기증이라도 걸린 듯 어질어질해져. 오! 그녀의 순결함. 그녀의 솔직한 영혼은 자신의 사소한 신뢰감이 나를 얼마나 괴롭히는지 느끼지 못하고 있어. 게다가 그녀가 대화 중에 자신의 손을 내 손 위에 얹거나, 상의할 요량으로 내게 가까이 다가와 그녀의 입에서 나오는 천상의 숨결이 나의 입술에 닿을 때면, 나는 마치 벼락에라도 맞아 쓰러질 것 같은 생각이 들어. 그리고 말이야, 빌헬름! 내가 만약 언젠가 이 천국과 같은 존재를, 이 신뢰를 감히 ……! 너는 나를 이해할 거야! 아니, 내 마음은 그렇게 타락하지는 않았어! 약한 거지, 너무 약한 거야! 하지만 바로 그게 타락이 아닐까?

그녀는 내게 성스러운 존재야. 그녀 앞에서는 모든 욕망이 잠잠해지지. 그녀 곁에 있을 때면 내가 어떤 상태인지 알 수가 없어. 마치 내 영혼의 모든 신경이 거꾸로 서는 것 같지. 그녀가 천사처럼 연주하는 피아노 곡이 하나 있는데, 그 선율이 얼마나 단순하면서도 풍요로운 정신으로 가득 차 있는지 몰라! 그건 그녀의 애창곡인데, 그녀가 첫 음을 치기만 해도 나는 모든 고통과 혼란, 시름에서 벗어나게 돼.

옛 음악이 마술의 힘을 지녔다는 말이 내겐 허튼소리가 아닌 것 같아. 저 단순한 노래가 나를 어쩌나 사로잡는지, 그리고 그녀가 이 노래의 분위기를 얼마나 잘 이끌어 내는지 몰라. 때로 내가 머리에 총알을 박아 넣고 싶을 때 그 노래를 듣는 경우도 있어! 그러면 내 영혼의 혼란스러움과 어둠은 사라져 버리고, 나는 다시 한층 자유롭게 숨을 쉬지.

7월 18일

빌헬름, 사랑이 없는 세계가 우리의 마음에 도대체 어떤 의미가 있겠어! 빛이 없는 환등기가 도대체 무엇이겠어! 네가 작은 등을 가지고 들어오자마자, 네 방의 하얀 벽엔 온갖 다채로운 영상들이 나타나지! 그리고 그것이 일시적인 환영에 지나지 않는다 하더라도, 우리가 마치 순진한 어린아이처럼 그 앞에 서서 기이한 현상에 황홀해한다면, 그것은 우리에게 언제나 행복을 가져다줘. 오늘 나는 로테에게 갈 수가 없었어. 피치 못할 모임이 있었지. 내가 뭘 할 수 있었겠어? 나는 하인을 로테에게 보냈어. 오늘 그녀 가까이 있던 사람이라도 내 곁에 두고 싶은 생각에 말이야. 내가 얼마나 조바심 내며 그를 기다렸는지, 그가 돌아오는 것을 얼마나 기쁜 마음으로 보았는지 몰라! 창피한 생각이 들지만 않았더라면 기꺼이 그의 머리를 붙들고 키스를 했을 거야.

사람들이 얘기하는 바에 따르면, 형광석을 햇빛 아래 놔두면 그 빛을 받아들였다가 밤에도 한동안 반짝인다는군. 내겐 로테에게서 돌아온 하인이 바로 그랬어. 그녀의 시선이 그의 얼굴과 뺨, 윗옷 단추와 재킷의 깃에 머물렀다는 생각은 그 모든 것을 성스럽고 가치 있는 것으로 만들었어. 그 순간 나는 그를 천 탈러와도 바꾸지 않았을 거야. 그가 곁에 있는 것만으로도 너무나 편안한 느낌이 들었어. 네가 이런 나에 대해 웃지 않기를 바라. 빌헬름, 무언가가 우리를 편안하게 한다면 그것이 과연 환영일까?

7월 19일

아침에 잠에서 깨어나 명랑한 마음으로 아름다운 태양을 바라보며 나는 "난 그녀를 보게 될 거야!"라고 외쳐. "난 그녀를 보게 될 거야"라고 말이지. 그러면 나는 하루 종일 더 이상 바랄 것이 없어. 모든 것, 정말 모든 것이 이 기대 속에서 짜 맞추어지지.

7월 20일

내가 공사와 함께 ***로 가는 것이 어떻겠느냐는 네 제안은 아직 그리 탐탁지 않아. 나는 누군가에게 예속되는 것을 그리 좋아하지 않으니까. 게다가 우리는 공사가 역겨운 인간이라는 사실을 다 알고 있잖아. 어머니는 내가 무슨 일이라도 하길 바라신다고 너는 말하지만, 그 말을 듣고 나는 웃을 수밖에 없었어. 그럼 내가 지금은 아무 활동도 하고 있지 않단 말이야? 그리고 내가 완두콩을 세든 불콩을 세든 그건 근본적으로 마찬가지 아니야? 모든 세상사는 쓸모없는 일로 귀결되게 되어 있어. 그리고 스스로의 열정이나 욕구 없이 다른 사람들을 위해서나 돈 혹은 명예, 그 밖의 무언가를 위해 뼈 빠지게 일하는 사람은 그야말로 바보지.

7월 24일

그림 그리는 일을 소홀히 하지 말라고 네가 신신당부하는 마당에 그 이후로 그림을 별로 그리지 못하고 있다는 말을 하느니, 차라리 그 모든 일을 언급하지 않고 그냥 넘어가고 싶어.

이전엔 이렇게 행복했던 적이 한 번도 없었고, 하찮은 작은 돌이나 풀잎에 이르기까지 자연을 대할 때 느끼는 나의 감정이 지금처럼 충만하고 내적인 적은 없었어. 그런데도 나는 나 자신을 어떻게 표현해야 할지 모르겠고 내 상상력은 너무도 허약하며 모든 것이 내 영혼 앞에서 떠돌고 요동치는 탓에, 제대로 윤곽을 잡을 수가 없어. 하지만 내가 만약 진흙이나 밀랍을 가지고 있다면 그것들을 잘 빚어낼 수 있지 않을까 공상을 하곤 해. 만약 이런 상태가 좀 더 오래 지속된다면 진흙을 집어 들고 반죽을 하게 될지도 몰라. 설령 그것이 과자가 되어 버린다 할지라도 말이야!

로테의 초상화를 그리려고 세 번이나 시도했어. 하지만 세 번 모두 실패하고 말았어. 이것이 나를 더욱더 언짢게 만들었지. 왜냐하면 얼마 전까지만 해도 일이 잘되어 너무 행복했기 때문이야. 그 이후로 나는 그녀의 실루엣을 그렸고, 그것으로 만족할 수밖에 없어.

7월 26일

그래요, 사랑하는 로테, 모든 일을 잘 돌보고 처리할게요. 그저 내게 더 많은 일들을 자주 맡겨 줘요. 한 가지 부탁할 일이 있어요. 내게 보내는 편지에 더 이상 모래를 뿌리지 말아 줘요. 오늘 편지를 받자마자 재빨리 입술에 갖다 댔다가 버스럭 소리가 나도록 모래를 씹었답니다.

7월 26일

난 벌써 여러 차례 그녀를 만나는 일을 되도록 삼가기로 마음먹었어. 하지만 누가 그런 약속을 지킬 수 있겠어! 매일 나는 유혹에 지고는 성스럽게 스스로 약속하지. 내일은 한번 떨어져 있어 봐야지 하고 말이야. 그런데 아침이 오면 다시 거부할 수 없는 어떤 이유를 찾아내서는, 눈 깜짝할 사이에 그녀 곁에 있게 돼. 때로는 그녀가 저녁에 "내일도 오실 거죠?"라고 말했어. 그런 경우 누가 가지 않을 수 있겠어? 아니면 그녀가 내게 부탁할 때도 있는데, 그럴 경우 나는 내가 직접 대답을 전하는 것이 예의에 맞는 일이라고 생각해 버리지. 그것도 아니면, 날이 너무 좋아 발하임으로 나가는데, 일단 그곳까지 가게 되면 그녀의 집까지는 반 시간밖에 걸리지 않아! 그녀의 영향권에 너무 가까이 들어선 셈이지. 그러면 순식간에 나는 그곳에 가 있게 돼. 할머니에게 자석 산에 대한 동화를 들은 적이 있는데, 그 산에 가까이 간 배들은 한순간에 쇠붙이들을 모두 빼앗겨 버렸다는 거야. 못들도 산으로 날아가 버려서, 배에 탄 불쌍한 사람들은 허물어져 내리는 판자들 사이에서 난파했다는 거지.

7월 30일

알베르트가 도착했어. 그러니 나는 가야겠지. 그가 가장 훌륭하고 고귀한 사람으로서 모든 점에 있어 내가 그보다 못하다는 것을 기꺼이 받아들인다 해도, 그처럼 다방면의 완벽함을 소유한 사람을 면전에서 보는 것은 참을 수 없는 일일 거야. 소유라! 여하튼, 빌헬름, 약혼자가 돌아왔어! 누구나 호의를 가질 수밖에 없는 모범적이고 사랑스러운 사람이지. 다행스럽게도 그를 맞이하는 자리에 나는 없었어. 만약 내가 그 자리에 있었다면 가슴이 찢어졌겠지. 게다가 그는 너무나도 예의 바른 사람이어서 내 앞에서는 아직 한 번도 로테에게 키스한 적이 없어. 그 점에 대해서는 하느님께서도 그에게 보상해 주시기를! 로테에 대한 그의 존중심 때문에 나는 그를 사랑하지 않을 수 없어. 그는 내게 잘 대해 주려하는데, 추측하건대 이건 그 자신의 느낌에 따라 그런다기보다는 로테의 작품인 것 같아. 왜냐하면 이러한 점에 있어서 여자들은 매우 섬세하고, 그게 잘 처신하는 것이기도 하지. 여자들이 두 명의 숭배자를 서로 사이좋은 상태로 곁에 둘 수 있다면, 득을 보는 것은 항상 여자들이니까. 물론 그렇게 되는 일이 아주 드물긴 하지만 말이야.

그동안 나는 알베르트에게 경의를 표하지 않을 수 없게 됐어. 그의 침착한 표정은 나의 숨길 수 없는 불안정한 성격과 너무도 생생하게 대조를 보여. 그는 감정이 풍부할 뿐 아니라, 로테의 특별한 점이 무엇인지 알고 있어. 그는 불쾌하게 느끼는 적이 별로 없는 것 같아. 너도 알다시피 불쾌감이란 인간에게 있어 내가 다른 무엇보다 싫어하는 죄악이잖아.

그는 나를 의식 있는 사람이라 여기고 있어. 게다가 내가 로테에게 애착을 가지고 있고, 그녀의 모든 행동거지에 대해 진심 어린 기쁨을 느낀다는 사실이 그로 하여금 커다란 승리감을 가지게 하는데, 그러면 그럴수록 그는 로테를 더욱더 사랑하지. 그가 단한 번이라도 사소한 질투심으로 그녀를 괴롭힌 적이 있지 않을까 하는 문제는 언급하지 않겠어. 적어도 내가 그의 처지라면 이 질투라는 악마에게서 전적으로 안전하다고 할 수는 없을 거야.

그의 사정이 어떻든 간에, 로테 곁에 있는 나의 즐거움은 끝났어. 이런 상황을 어리석다고 해야 할까, 아니면 눈에 뭐가 씌었다고 해야 할까? — 그걸 어떻게 부르는가 하는 게 뭐 그리 중요하겠어, 상황 그 자체가 말해 주는데! — 내가 지금 알고 있는 것을 알베르트가 오기 전에 나는 이미 모두 알고 있었어. 내가 로테에게 어떤 요구도 해선 안 된다는 걸 말이야. 물론 그렇게 하지도 않았어. 내 말은, 그처럼 사랑스러운 존재 곁에 있으면서도 갈망을 포기하는 것(그게 어떻게 가능하겠어)이 가능한 선에서 최대한 요구를 자제했다는 말이야. 그런데 지금 이 불손한 작자는, 다른 작자가 나타나 여자를 앗아 가자 눈을 휘둥그레 뜨고 있어.

나는 이를 갈면서 자신의 비참함을 조소하고 있어. 그리고 체념하는 길밖에는 다른 방법이 없지 않느냐고 말하는 사람들이 있다면 그런 작자들에게는 나보다 두 배, 세 배로 조소해 줄 생각이야. 이런 허수아비 같은 작자들을 내 곁에서 쫓아 주시길! 나는 숲 속을 정신없이 내달리곤 해. 그러다가 로테의 집에 가게 될 때 알베르트가 자그마한 정원에 있는 정자 아래 로테와 함께 있어 내가 더 이상 가까이 다가갈 수 없는 경우, 나는 제멋대로 바보처럼 굴면서 멍청한 짓거리와 정신 나간 짓을 시작하지. 오늘 로테가 나에게 "제발 어제 저녁 같은 행동은 하지 마세요! 당신이 그렇게 익살맞게 굴 때면 겁이 나요"라고 말했어. 우리끼리 얘기지만, 나는 알베르트가 볼일이 생길 때를 기다리다가 휙 소리를 내며 달려나가. 그리고 그녀가 혼자 있는 것을 볼 때면 언제나 마음이 편안해지지.

8월 8일

사랑하는 빌헬름, 어떻게 그런 일이 있을 수 있겠어. 피할 수 없는 운명에 대해 체념할 것을 요구하는 사람들을 내가 참을 수 없다고 비난했던 건, 절대로 너를 염두에 두고 한 말이 아니었어. 네가 그와 비슷한 견해일 수도 있겠다는 생각은 한 번도 해 보지 않았어. 그런데 사실은 네 말이 맞아. 네게 한 가지만 말할게. 이 세상에서 '이것 아니면 저것'이라는 방식으로 뭔가 이루어지는 경우는 매우 드물어. 매부리코와 납작코 사이에 다양한 단계가 있는 것처럼, 느낌과 행동 방식도 여러 가지 색조가 있는 법이지.

그러니 내가 너의 모든 논거를 수긍하면서도 '이것 아니면 저것' 사이로 슬그머니 빠져나가려 한다고 나를 나쁘게 생각하진 않겠지.

네가 하려는 얘기는 이런 거지. '넌 로테에게 희망을 걸 수 있거나 아니면 없거나 둘 중 하나야. 좋아, 첫 번째 경우라면 그 희망을 끝까지 추진해서 네 소원을 이루도록 노력해. 두 번째 경우라면 기운을 내서, 너의 모든 힘을 소진시키지 말고 비참한 감정에서 벗어나려고 애써 봐.' 빌헬름, 참 그럴듯한 말이기는 하지만, 말하기는 쉬운 법이지.

너라면 서서히 진행되는 병에 걸려 조금씩 죽어 가고 있는 불행한 사람에게, 고통을 끝내기 위해 단도를 사용해 단번에 죽으라고 요구할 수 있겠어? 그리고 그의 힘을 소모시키고 있는 병은 동시에 환자로부터 병에서 벗어나고자 하는 용기도 빼앗아 가는 것이 아닐까?

너는 유사한 비유로 다음과 같이 대답할 수도 있을 거야. 두려워하며 우물쭈물하다가 자신의 생명을 위험에 빠뜨리느니 차라리 팔을 잘라 내지 않을 사람이 어디 있겠느냐고 말이야. 하지만 난 잘 모르겠어! 그리고 우리가 비유로 서로를 물어뜯으며 싸우려는 건 아니잖아. 이제 그만하자. 그래, 빌헬름, 내겐 때로 모든 걸 훌

홀 털어 버릴 용기가 솟아오르는 순간이 있어. 그럴 때 어디로 갈지 알 수 있다면 아마 떠나 버릴 거야.

저녁

얼마 전부터 쓰기를 멈춘 내 일기장이 오늘 다시 손에 잡혔어. 그리고 나는 어떻게 내가 그처럼 다 알면서 이 모든 것 속으로 한 발 한 발 빠져 들어갔는지 놀라움을 금할 수 없었어! 나의 상태에 대해 항상 그처럼 분명히 파악하고 있었으면서도 내가 얼마나 어린아이처럼 행동했는지, 그리고 지금도 분명히 알고 있으면서 개선할 기미를 전혀 보이지 않는지에 대해서도 말이야.

8월 10일

내가 바보가 아니라면 가장 멋지고 행복한 삶을 영위할 수도 있을 거야. 한 사람의 영혼을 기쁘게 하는 데 지금 처해 있는 내 상황처럼 딱 들어맞는 그런 아름다운 정황이 흔한 일은 아니니까 말이야. 아, 우리의 마음만이 우리를 행복하게 한다는 것은 너무나 분명한 사실이야. 사랑스러운 가족의 일원이 된다는 것, 그 가족의 나이 든 아버지에게 마치 아들처럼, 그리고 아이들에게서는 마치 아버지처럼 사랑받는다는 것, 그리고 로테에게서도! 그리고 기분 내키는 대로 무례하게 굴어 내 행복을 방해하지 않는 진실한 알베르트. 그는 진심 어린 우정으로 나를 포용해. 그에게 나는 세상에서 로테 다음으로 가장 사랑스러운 사람이야! 빌헬름, 우리가 산책할 때 로테에 관해 대화를 나누는 것을 누군가 듣는다면 무척 즐거워할 거야. 세상에 이러한 상황보다 더 우스운 상황은 없어. 그런데도 그것 때문에 내 눈에는 눈물이 고여.

그가 로테의 성실한 어머니에 대해 설명할 때, 어떻게 그녀가 임종하면서 로테에게 집안 살림과 아이들을 맡기고 그에겐 로테를 맡겼는지, 그 이후 어떻게 전혀 다른 정신이 로테를 북돋웠으며, 어떻게 그녀가 가사에 대한 근심과 진지함 속에서 정말 어머니가 되었는지, 어떻게 해서 그녀의 시간 중 한순간도 활동적인 사랑과 노동 없이 그냥 흘러가 버리는 시간이 없는지, 그럼에도 불구하고 어떻게 그녀가 자신의 명랑함과 경쾌한 감각을 한 번도 잃어버리지 않았는지를 설명할 때면 말이야. 나는 그의 곁에서 길을 걷다가 길가의 꽃을 꺾어 아주 조심스럽게 꽃다발에 끼워 넣고는, 그 꽃다발을 옆에서 흐르는 개천에 던져 넣고, 그것이 조용히 가라앉는 모습을 따라가며 지켜봐. 알베르트가 여기 머물 예정이고, 그가 아주 총애를 받고 있는 궁정에서 괜찮은 급여를 받는 관직을 얻게 될 것이라고 네게 편지로 알려 줬는지 모르겠군. 일을 처리하는 데 필요한 정연함과 근면함에 있어 그와 견줄 만한 사람을 본 적이 별로 없어.

8월 12일

알베르트는 분명 이 세상에서 가장 훌륭한 사람이야. 어제 나는 그와 기이한 다툼을 벌였어. 나는 작별을 고하기 위해 그에게 갔어. 왜냐하면 갑자기 말을 타고 산에 오르고 싶다는 생각이 들어서 말이야. 지금 이 편지도 산에서 쓰고 있어. 방 안에서 왔다 갔다 하고 있는데 그의 권총들이 눈에 띄었어. "여행에 가져갈 권총을 좀 빌려 주시지요"라고 나는 말했어. 그는 이렇게 받았지. "좋을 대로 하세요, 장전하는 수고를 직접 하실 생각이라면 말이지요. 저 권총들은 그냥 장식용으로 걸려 있는 거랍니다." 내가 그중 하나를 끄집어 내리자 그가 이렇게 덧붙였어. "내가 조심한다고 한 것이 어처구니없는 잘못으로 이어진 이후로 난 저 물건에는 손도 대기 싫어졌답니다." 난 어떤 얘기인지 궁금해졌어. 그가 설명해 주었지. "내가 석 달 동안 시골에 있는 한 친구 집에서 지낸 적이 있어요. 난 장전하지 않은 한 쌍의 권총을 가지고 있었고 편안히 잠을 잤지요. 어느 비 오는 오후에 하는 일 없이 앉아 있던 나는, 왜 그런 생각이 났는지 모르겠는데, 우리가 습격을 당할지도 모르니 권총이 필요할지도 모른다는 생각이 들었어요. 그런 기분이 어떤 건지는 당신도 잘 아시겠지요. 나는 권총을 닦고 장전하도록 하인에게 주었어요. 그런데 하녀들과 장난을 치던 그 하인이 그녀들을 놀라게 해 줘야겠다는 생각을 하는 와중에, 어찌 된 일인지 권총이 격발되고 말았어요. 그런데 총구 안에 꽂을대가 들어 있어서, 그것이 한 하녀의 오른손 엄지손가락 아래 근육을 뚫고 들어가 손가락뼈를 짓이겨 버렸답니다. 나는 비탄에 빠졌고 치료비까지 물어 줘야 했어요. 그 이후 나는 모든 권총에 장전을 하지 않는답니다. 베르터, 조심이라는 게 무슨 소용이 있겠어요? 위험을 사전에 미리 다 아는 건 불가능한데 말입니다! 비록……" 너도 알다시피, 난 누군가 '비록'이라고 말하기 전까진 매우 좋아해. 왜냐하면 모든 일반 명제에는 예외가 있다는 것이 분명하니까. 그러나 인간은 너무 용의주도해! 사람들은 무언가 성급히 결론을 내린 것이나 일반적인 것 혹은 반만 진실인 것을 말했다고 생각할 때면, 계속해서 제한하거나 수정하거나 삭제하거나 첨가해서, 결국 본론과는 아무 상관 없는 것으로 만들어 버리지. 알베르트가 바로 이러한 경우에 깊이 빠져 버린 셈이었어. 결국 나는 그가 하는 얘기에 더 이상 귀를 기울이지 않았고 엉뚱한 생각에 빠져들어서는, 갑자기 격해진 태도로 총구를 오른쪽 눈 위의 관자놀이에 갖다 댔어. "그만둬요!"라고 알베르트가 말하며 권총을 끌어내렸어. "뭐 하는 짓이에요?" "장전돼 있지 않잖아요"라고 나는 대답했어. 그가 조바심을 내며 되받았어. "그렇다 해도 그게 뭐 하는 짓입니까? 나는 어떻게 사람이 자살하려는 멍청한 생각을 할 수 있는지 알 수가 없어요. 자살에 대한 생각만 떠올려도 혐오감이 들어요."

나는 이렇게 소리쳤어. "어떤 일에 관해 말하면서 당신이 사람들에게 '그건 바보 같은 짓이야, 그건 현명해, 그건 좋아, 그건 나빠!'라고 성급히 말하는 그 모든 판단이 도대체 뭘 의미하는 겁니까? 그래서 당신은 어떤 행위의 내적 정황을 꼼꼼히 살펴보았나요? 당신은 그 행위가 왜 생겼는지 그리고 왜 생겨야만 했는지에 대한 원인을 분명히 밝혀낼 수 있나요? 또 설령 그렇다 하더라도 당신은 그렇게 성급한 판단을 내려서는 안 되는 겁니다."

알베르트는 이렇게 응수했어. "어떤 행위는 악덕일 수밖에 없다는 점을 당신도 인정할 겁니다. 그런 행동은 동기야 어떻든 악덕일 수밖에 없어요."

나는 어깨를 들썩이며 그에게 동의를 표했어. 그리고 계속 말을 이어 갔지. "하지만 알베르트, 여기에도 몇 가지 예외는 있어요. 도둑질이 악덕인 것은 사실이지요. 그러나 자신과 가족이 당장 굶어 죽지 않으려고 도둑질을 하러 나선 사람은 동정을 받아야 할까요, 아니면 벌을 받아 마땅한가요? 부정을 저지른 아내와 그녀의 파렴치한 유혹자에게 정당한 분노를 표출하여 처단한 남편에 대해 누가 먼저 돌을 던질 수 있단 말입니까? 환희로 가득 찬 순간에 멈출 수 없는 사랑의 기쁨에 자신을 바친 소녀에게 누가 그렇게 할 수 있을까요? 우리들의 법과 냉혈한 현학자들조차 마음이 감동되어 벌을 내리는 데 주저할 것입니다."

"그건 아주 다른 거예요." 알베르트가 대꾸했어. "왜냐하면 열정에 사로잡힌 사람은 모든 사고력을 잃기 때문이며, 술 취한 자나 정신 나간 사람으로 간주되기 때문이지요."

"아, 당신같이 이성적인 사람들은!" 나는 웃으며 소리쳤어. "열정! 술 취함! 정신 나감! 당신들은 동정심이라곤 티끌만큼도 없이 그렇게 태연하게 서 있지요. 당신들 같은 도덕적인 사람들 말이에요. 술 취한 사람을 비난하고, 제정신이 아닌 사람을 혐오하며, 성직자처럼 그냥 지나가고, 바리새인처럼 하느님께 감사를 드리지요. 하느님께서 이러한 사람들 가운데 하나로 당신들을 만들지 않은 것에 대해 말이에요. 난 여러 번 술에 취해 봤고, 내 열정은 광기에 가까웠어요. 하지만 그런 행동을 후회하진 않아요. 왜냐하면 사람들이 뭔가 위대하고 불가능해 보이는 것을 해낸 모든 비범한 인물들을 예부터 술 취한 자나 미친 사람이라고 얼마나 외쳐 떠들어 왔는지 나름대로 배웠으니까요.

하지만 일상적인 삶에서도, 어떤 사람이 고상하며 기대하지 않았던 행위를 어느 정도 자유롭게 하게 되면 거의 예외 없이 뒤에서 다음과 같이 소리치는 것을 듣는 것은 참을 수 없는 일이에요. '저 사람은 취했어, 저 사람은 바보 같아!' 술 취하지 않은 당신들은 부끄러운 줄 알아야 해요! 현자라고 하는 당신들은 창피한 줄 알아야 합니다!"

알베르트는 이렇게 대꾸했어. "당신은 또 엉뚱한 생각을 하는군요. 당신은 모든 걸 과장하고 있어요. 그리고 적어도 지금 한 말은 확실히 틀렸어요. 지금 우리가 화제로 삼고 있는 자살을 위대한 행위와 비교하는 것 말이에요. 왜냐하면 자살은 일종의 나약함이라고 생각할 수 있으니까요. 자살하는 것이 고통에 가득 찬 삶을 의연히 견뎌 내는 것보다 당연히 쉬운 일이잖아요."

나는 더 이상 대화를 하지 않을 생각이었어. 왜냐하면 나의 진심 어린 말을 의미 없는 상투어로 대꾸하는 것보다 더 당황하게 만드는 주장은 없기 때문이지. 하지만 그런 말을 자주 들어 왔고, 그런 일로 자주 마음을 상해 왔던 터라, 마음을 다잡고 약간 활기차게 응수했어. "당신은 그걸 나약함이라고 하시나요? 부탁인데,

겉만 보고 판단하지 마세요. 당신은 어떤 폭군의 견딜 수 없는 멍에를 메고 한숨짓는 백성이, 마지막에 분노해서 자신을 묶고 있던 사슬을 끊어 버린다면 그걸 약하다고 하겠습니까? 화염이 집을 덮친 두려운 상황에 온몸에 힘이 솟아나는 것을 느껴 평상심으로는 움직이지도 못하던 것을 가볍게 옮기는 사람이나, 모욕을 당한 것에 대한 분노로 여섯 명과 겨뤄 그들을 제압하는 사람을 약하다고 할 수 있을까요? 게다가 친구여, 전력을 다하는 것이 강점이라면 과도한 긴장이 왜 그 반대여야 한단 말입니까?" 알베르트가 나를 쳐다보며 말했어. "나를 나쁘게 생각하지 말아요. 당신이 든 예들은 앞의 얘기와는 아무 상관 없는 것처럼 보이는군요." 나는 말했어. "그럴는지도 모르지요. 사람들은 이미 여러 번 내 연결 방식이 허황되다고 비난해 왔으니까요. 그러면 우리가 다른 식으로 상상해 볼 수는 없는지 알아봅시다. 다른 경우라면, 편안할 수 있었을 삶의 짐을 내려놓기로 작정한 사람의 기분이 어떨지에 대해 말입니다. 왜냐하면 우리가 동정심을 느끼는 경우에만, 어떤 일에 대해 얘기할 자격이 있는 법이니까요."

나는 계속 말을 이어 갔어. "인간의 본성에는 한계가 있는 법이에요. 인간 본성은 기쁨과 고통, 괴로움을 어느 정도까진 참을 수 있지만 거길 넘어서자마자 파멸하게 되지요. 그러니까 여기서 문제가 되는 것은 누가 약하고 강한지가 아니라, 그가 자신의 고통의 정도를 참아 낼 수 있는가 하는 점이에요. 그 고통은 도덕적이거나 육체적인 것일 수 있어요. 그리고 나는 치명적인 열병으로 죽는 사람을 겁쟁이라고 부르는 게 적절치 않은 것과 마찬가지로,

자신의 생명을 끊는 사람을 비겁하다고 말하는 것이 이상하다고 생각합니다."

"역설이에요! 대단한 역설입니다!" 알베르트가 소리쳤어. 나는 이렇게 대꾸했어. "당신이 생각하는 것만큼 심한 역설은 아니에요. 우리가 다음과 같은 것을 죽음에 이르는 병이라고 부른다면 당신은 내게 동의하시겠지요. 이 병으로 인해 우리의 몸 상태가 너무나도 나빠져서, 한편으로는 모든 체력이 쇠진하고 다른 한편으로는 이 힘들이 무력해진 탓에, 다시는 그 상태에서 벗어날 수 없거나 어떤 변화를 통해서도 삶의 평상적인 흐름을 다시 찾을 수 없을 때 말입니다.

자, 이를 정신에 적용해 봅시다. 절박한 상태에 빠져 있는 사람을 한번 자세히 보세요. 갖가지 인상이 그에게 어떤 영향을 끼치며, 여러 관념이 그에게 어떻게 뿌리내리는지, 그리고 마침내 점점 커지는 열정이 그로부터 모든 평온한 지각력을 앗아 가 그를 어떻게 파멸시키는지 말이에요.

침착하고 이성적인 사람이 이 불행한 사람의 상태를 파악하는 것은 아무 소용 없어요. 그를 설득하는 것도 소용이 없지요! 병자의 침상 곁에 서 있는 건강한 사람이 자신의 힘으로는 환자에게 아무 영향을 끼칠 수 없는 것과 같이 말입니다."

알베르트에게 이건 너무 일반적으로 말한 셈이었어. 나는 그에게 얼마 전 물에 빠져 죽은 채 발견된 어떤 소녀를 상기시키고는 그녀의 이야기를 다시 들려줬어. "그녀는 젊고 착한 아가씨로, 집안 살림과 매주 정해진 일이 있는 좁은 울타리 안에서 자랐는데,

일요일이면 하나둘씩 사 모은 나들이옷 차림으로 또래 친구들과 교외로 산책을 나가서는 큰 축제가 있으면 빠짐없이 춤을 추거나, 그 밖에 어떤 다툼이나 비방에 대해 진심 어린 관심을 가지고 아주 발랄하게 그 이유가 뭔지 이웃 여자와 몇 시간 동안 수다를 떠는 것 외에는 어떤 오락거리도 알지 못하는 사람이었지요. 그러다가 그녀의 뜨거운 본성이 마침내 한층 내적인 욕구를 느끼게 되고, 이 욕구는 남자들의 아첨으로 더욱 배가됩니다. 이전에 그녀가 느끼던 즐거움들은 차츰 별 볼일 없는 것이 되어 버리지요. 그러다가 한 남자를 만나게 되는데, 그녀는 이제까지 자신이 알지 못하던 감정에 휩쓸려 이 남자에게 걷잡을 수 없이 빠져듭니다. 이제 그녀는 자신의 모든 소망을 이 남자에게 걸게 되고, 주변 세상은 모두 잊어버린 채 그 남자 외에는 아무것도 듣거나 보거나 느끼지 못합니다. 그 남자만을 그리워하는 거지요. 변덕스러운 허영심이 주는 공허한 만족에 물들지 않은 그녀의 요구는 한 가지 목표만을 향해 가지요. 그의 사람이 되고 싶다는 목표 말입니다. 그녀는 그와 영원히 결합함으로써 자신에게 부족한 모든 행복을 맞고, 자신이 동경했던 모든 기쁨이 함께 결합된 상황을 누리고 싶어 하는 것입니다. 그녀의 소망이 확실히 이루어질 것이라는 거듭된 약속과, 그녀의 욕정을 점점 더 크게 만드는 대담한 애무는 그녀의 정신을 완전히 사로잡아 버립니다. 그녀는 멍한 의식 상태로, 모든 즐거움에 대한 예감 속에서 허공에 붕 떠 있는 듯한 상태가 됩니다. 그녀는 잔뜩 기대에 부풀어서 자신의 모든 소망을 얼싸안기 위해 팔을 내밉니다. 그런데 그녀의 애인이 그녀를 떠나

버립니다. 마치 마비된 것처럼 망연자실한 채 그녀는 심연 앞에
서 있게 됩니다. 그녀를 둘러싸고 있는 것이라곤 캄캄한 어둠뿐이
고, 어떤 전망이나 위안도 없으며, 아무 생각도 들지 않습니다! 왜
냐하면 그 안에서 자신의 전 존재를 느껴 왔던 유일한 사람이 그
녀를 떠났기 때문입니다. 그녀는 자신 앞에 놓여 있는 드넓은 세
상을 보지 못하고, 그녀의 손실을 보상해 줄 수 있는 여러 다른 세
계도 보지 못합니다. 그녀는 모든 세상으로부터 버림받은 채 혼자
라는 생각을 하게 됩니다. 끔찍한 심적 고통으로 인해 궁지에 몰
린 나머지 아무것도 보지 못하고, 주변이 온통 죽음뿐인 상황에서
자신의 모든 고통을 끝내기 위해 그녀는 심연 속으로 몸을 던집니
다. 보세요, 알베르트. 이것이 많은 사람들의 이야기랍니다! 말해
보세요. 병의 경우도 이와 마찬가지 아닐까요? 인간 본성은 혼돈
되고 모순적인 힘들의 미로에서 빠져나올 방도를 알지 못합니다.
그런 경우, 인간은 죽는 수밖에 다른 도리가 없는 것입니다.

　그러한 상황을 보면서 다음과 같이 말하는 자는 저주를 받아 마
땅합니다. '바보 같은 여자 같으니! 좀 기다려서 시간이 치유하도
록 했으면 좋았을 것을. 그러면 절망감도 곧 가라앉고 그녀를 위
로해 줄 다른 남자가 이내 생길 수도 있었을 텐데.' 이런 말은 다
음과 같이 말하는 거나 마찬가지지요. '바보 같으니, 열병 때문에
죽다니! 체력이 회복돼서 다시 생기가 돌고 끓어오르던 피가 가
라앉을 때까지 기다렸으면 모든 것이 잘되었을 텐데. 그랬다면 오
늘까지 살아 있었을걸!'"

　이 비교가 여전히 그럴듯하게 생각되지 않은 알베르트는 몇 가

지 이의를 더 제기했어. 예를 들면 이런 거였지. 내가 어떤 단순한 소녀에 대한 얘기를 했을 따름이라는 거야. 그 소녀처럼 단순하지 않고 더 많은 정황을 살필 정도로 분별 있는 사람이라면 어떻게 변호할 수 있을지 모르겠다는 거였어. 나는 이렇게 소리쳤어. "이 것 보세요. 그런 사람 역시 인간이에요. 우리가 지닌 약간의 분별 력이란, 열정이 끓어오르고 인간성의 한계가 우리에게 닥쳐오면 별로, 혹은 전혀 쓸모가 없는 법이에요. 오히려…… 그 이야기는 나중에……." 여기까지 얘기하고 나는 모자를 집어 들었어. 아, 내 가슴은 뭔가로 꽉 찬 것 같았어. 우리는 서로를 이해하지 못한 채 헤어졌지. 왜 이 세상에서 어느 누구도 다른 사람을 쉽게 이해 하지 못하는지 모르겠어.

8월 15일

이 세상에서 인간에게 사랑보다 더 필요한 게 없다는 것은 정말 분명한 사실이야. 로테를 보면 나는 그녀가 나를 잃고 싶어 하지 않는다는 것을 느껴. 그리고 그녀의 동생들은 틀림없이 내가 아침 마다 다시 올 것이라 생각하고 있어. 오늘 나는 로테의 피아노를 조율하기 위해 나갔어. 하지만 그 일을 하지 못했어. 아이들이 동화를 들려 달라고 졸랐기 때문이지. 게다가 로테도 나더러 아이 들의 청을 들어주라고 했어. 나는 아이들에게 저녁 식사용 빵을 잘라 주었어. 이제 아이들은 로테에게서 빵을 나눠 받는 것만큼이

나 내게서 빵을 받는 것을 좋아해. 이어서 나는 수많은 손에 의해 시중을 받는 공주님에 관한 이야기*의 핵심 부분을 들려주었지. 이렇게 하면서 나는 많은 것을 배우고 있어. 그건 분명한 사실이야. 그리고 나는 동화가 아이들에게 어떤 인상을 주는지 놀라움을 금할 길이 없어. 왜냐하면 같은 이야기를 두 번 할 때는 동화의 부수적인 부분을 잊어버리기 때문에 때론 새로 꾸며 내야 하는데, 아이들은 지난번엔 얘기가 달랐다고 바로 말하니 말이야. 그래서 이제 나는 이야기가 조금도 틀리지 않도록, 노래하는 듯한 음조로 정확하게 낭송하는 연습을 하고 있어. 이러한 점으로부터 나는 어떤 작가가 자기가 쓴 이야기의 두 번째 개정판을 낼 때, 비록 그것이 문학적으로 나아졌다 하더라도 필연적으로 원래 이야기를 해칠 수밖에 없다는 것을 배웠어. 우리는 첫인상에 쉽게 사로잡히는 법이고, 인간은 아무리 신기한 것이라도 곧이듣도록 만들어져 있어. 게다가 이 인상은 금방 떼어 낼 수 없이 단단히 고정되어 버려. 따라서 그것을 다시 파내 없애 버리려는 사람은 딱하기 그지없는 사람이지!

8월 18일

인간을 행복하게 만드는 것이 동시에 비참함의 근원이 되어야만 하는 것일까?

생생한 자연 곁에서 갖게 되는 충만하고 따뜻한 나의 감정은 내 안에서 너무나도 풍부한 기쁨이 넘쳐 나게 했고, 주변의 모든 세상을 낙원으로 만들어 주었는데, 지금 이 감정은 내게 참을 수 없는 박해자가 되었고 내가 어딜 가든 쫓아다니며 괴롭히는 망령이 되고 말았어. 전에 내가 바위 위에서 강 너머 저쪽 언덕에 이르기까지 비옥한 골짜기를 바라보았을 때, 그리고 주변의 모든 것이 싹을 틔우며 솟아 나오는 것을 보았을 때, 또 저 멀리 산들이 산자락에서 정상까지 키 큰 나무들로 빽빽이 덮여 있고 이리저리 굽이치는 계곡들이 사랑스러운 숲으로 그늘져 있는 것을 보았을 때, 그리고 속삭이는 갈대들 사이로 고요히 흐르는 강이 저 멀리 미끄러져 가고 그 위로 부드러운 저녁 바람이 하늘에서 몰고 온 사랑스러운 구름이 비쳤을 때, 그리고 나서 내 주위에서 새들이 숲을 생기 있게 만드는 소리를 들었을 때, 그리고 수많은 모기 떼가 막지려는 태양의 붉은 노을 속에서 힘차게 춤을 추고 반짝이는 마지막 태양 빛이 윙윙거리는 딱정벌레들을 풀숲에서 풀어 주었을 때, 또 내 주위에서 윙윙거리며 활발히 움직이는 것이 나로 하여금 땅아래쪽에 관심을 가지게 만들고, 내가 서 있는 단단한 바위에서 양분을 빨아들이고 있는 이끼와 저 아래 척박한 모래 언덕을 덮고 있는 수풀이 나에게 자연의 내부에서 이글거리는 성스러운 생명력을 드러내 보여 주었을 때, 이 모든 것을 내 따뜻한 가슴속에 얼마나 품었는지 몰라. 넘쳐 나는 충만감 속에 나는 마치 신이라도 된 것 같은 느낌이 들었지. 그리고 무한한 세상의 멋진 형상들이 내 영혼 속에서 모든 것에 생기를 부여하며 약동했어. 커다란 산들이 나를 둘러싼 가운데, 심연이 내 앞에 놓여 있었어. 계곡물이 쏟아져 내렸고, 강물이 내 발밑에서 흘러갔는데, 그 소리는 숲과 산들에 부딪혀 메아리를 만들어 냈어. 그리고 나는 측량할 길 없는 모든 힘들이 땅속 깊은 곳에서 서로 어울려 작용하며 일하는 것을 목격했어. 그리하여 지금 땅 위와 하늘 아래는 다양한 종류의 창조물들이 북적이고 있지. 모든 것이 갖가지 모습으로 자리 잡은 채 살고 있어. 그런데 인간들은 보잘것없는 작은 집에 모여 안위를 구하며 보금자리를 마련하고는, 자신들 생각으론 넓은 세상을 지배하고 있다고 생각하는 거야! 불쌍한 바보들 같으니! 자신이 작다고 다른 모든 것까지 보잘것없는 것으로 여기다니 말이야. 영원히 창조하는 정신은, 오를 수 없는 산에서 전인미답의 황무지를 거쳐 미지의 대양 끝까지 불어 가고, 살아서 자신에게 귀 기울이는 티끌 하나하나까지도 기뻐하지. 아, 당시에 나는 내 머리 위로 날아가는 두루미의 날개를 단 채 측량할 수 없는 바다가 시작되는 곳까지 날아가, 무한의 거품이 이는 잔에서 저 용솟음치는 삶의 환희를 들이마시고, 모든 것을 제 안에서 스스로 만들어 내는 존재의 축복 한 방울을 한순간만이라도 내 가슴의 제한된 힘으로 느껴 봤으면 하고 얼마나 자주 바랐는지 몰라.

형제여, 그때를 기억하는 것만으로도 나는 행복해져. 저 형언할 수 없는 느낌을 불러내 다시 말로 표현하려는 이러한 노력조차도 내 영혼을 한껏 고양시키지. 그런데 그러고 나서는 지금 나를 둘러싸고 있는 상황에 대해 갑절의 두려움을 느끼게 돼.

내 영혼 앞에 쳐져 있던 장막 같은 것이 벗겨져 버린 것 같아. 그리고 끝없는 삶의 무대가 내 눈앞에서 영원히 입을 벌리고 있는 깊은 무덤으로 바뀌고 있어. 모든 것이 사라져 가는데 너는 '이건 존재해!' 라고 말할 수 있을까? 모든 것이 뇌우처럼 쏜살같이 지나고, 그 모든 존재의 온전한 힘이 지속되는 경우란 너무 드물고, 안타깝게도 물결에 휩쓸려 물속에 가라앉아서는 바위에 부딪혀 부서져 버리는데도 말이야. 그런 경우 너와 네 주위의 가족들을 삼켜 버리지 않는 순간이란 존재하지 않아. 네가 파괴자가 아닌 순간, 네가 파괴자가 될 필요가 없는 순간이란 없는 거지. 아무리 악의 없는 산책일지라도 수많은 불쌍한 벌레들의 생명을 앗아 가고, 단 한 번 발을 내딛는 것이 개미들이 공들인 집을 부수고, 하나의 작은 세계를 짓밟아 터무니없이 무덤으로 만들어 버려. 아! 내 마음을 움직이는 것은, 세상에서 드물게 일어나는 커다란 곤경이나 너희들의 마을을 휩쓸고 가 버리는 홍수, 너희들의 도시를 집어삼키는 지진 같은 게 아니야. 내 마음을 허무는 것은 자연의 삼라만상에 숨어 있는 소모적인 힘이지. 자신의 이웃과 자기 자신을 파괴하는 것 말고는 어떤 것도 만들어 낸 적이 없는 그런 힘 말이야. 그래서 나는 이렇게 불안감에 사로잡혀 비틀거리고 있어. 하늘과 땅 그리고 이들의 창조하는 힘에 둘러싸여 있는데, 내게 보이는 것이라곤 끝없이 삼키고 영원히 되새김질하는 괴물뿐이야.

8월 21일

아침에 짓누르는 듯한 꿈에서 깨어나 어렴풋하게 정신이 들면 나는 그녀를 향해 헛되이 손을 뻗곤 해. 행복하고 순수한 꿈속에서 내가 풀밭에 앉아 그녀의 손을 잡고 그 손에 수천 번의 입맞춤을 하는 듯한 착각을 하는 밤이면, 침대 속에서 나는 그녀를 찾아 헛되이 더듬거리지. 아, 그러고 나서 아직 잠이 덜 깬 몽롱한 상태에서 그녀를 더듬다가 잠이 깨면 답답한 내 가슴속으로부터 하염없는 눈물이 흐르고, 나는 암담한 미래를 생각하며 절망에 빠진 채 울어.

8월 22일

빌헬름, 이건 불행한 일이야. 나의 활력이 불안한 게으름으로 변질되고 말았어. 빈둥거리고 있을 수도 없으면서 그렇다고 뭔가를 할 수 있는 것도 아니야. 상상력도 사라졌고, 자연을 보고도 느낌이 없어. 게다가 책을 보면 구역질이 나기까지 해. 우리가 스스로를 잃어버린다는 것은 모든 것을 잃어버리는 거나 마찬가지야. 너에게 맹세하지만, 때때로 나는 일용직 노동자가 되었으면 하고 바랄 때가 있었어. 적어도 아침에 일어날 때 그날 하루의 전망과 충동, 소망을 가지기 위해서 말이야. 때로 나는 서류 속에 파묻혀 사는 알베르트를 부러워할 지경이야. 내가 그의 자리를 대신할 수 있으면 좋을 텐데, 라고 상상하지! 너와 장관에게 편지를 써서 공사관에 자리를 구해 볼까 하는 생각이 벌써 여러 번 들었어. 네가 확신하는 것처럼, 내가 지원할 경우 분명 거부되지 않을 그 자리

말이야. 나 자신도 그렇게 믿고 있어. 장관은 오래전부터 나를 아끼고 있고, 내가 어떤 일이든 해야 한다고 오랫동안 다그쳤으니 말이야. 그리고 잠깐이나마 그럴 작정을 하는 것도 나쁘진 않아. 하지만 다음에 다시 그 생각을 하게 되면 저 말에 대한 이야기가 떠오르는 거야. 자신에게 주어진 자유를 못 참고 안장과 마구를 얹은 채 사람을 태우고 달리다가 결국 쓰러진 말 말이야. 어떻게 해야 좋을지 모르겠어. 빌헬름! 혹시 상황을 변화시키고자 하는 내 안의 동경이란 것이 어디든 나를 따라다닐 내면의 불안한 조바심은 아닐까?

8월 28일

그래, 만약 내 병이 치료될 수 있는 병이라면 그걸 할 수 있는 것은 바로 이 사람들이야. 오늘은 내 생일이야. 아침 일찍 알베르트가 보낸 소포를 받았어. 포장을 뜯자마자 분홍색 리본이 눈에 띄더군. 그건 내가 로테를 처음 만났을 때 그녀가 달고 있던 것으로, 이후로 내가 몇 번이나 달라고 졸랐던 거였어. 상자 안에 든 것은 베트슈타인*이 펴낸 아주 작은 판형의 호메로스 책 두 권이었어. 그건 내가 산책할 때 에르네스티 판을 갖고 다니기가 불편해서 그토록 가지고 싶어 했던 것이었지. 이것 봐! 이들은 이렇게 내가 원하는 것을 재빨리 알아차려서는, 우정이 깃든 호의를 보여주는 작은 선물을 찾아내. 이러한 선물은, 주는 사람의 허영심이 우리에게 굴욕감을 안겨 주는 그런 찬란한 선물보다 천배는 더 값진 거야. 나는 이 리본에 수없이 입맞춤하고 있어. 그리고 숨을 쉴 때마다 저 환희의 기억을 들이마시지. 얼마 되진 않지만 행복했고 다시 돌아오지 않는 나날들이 내게 가득 채워 주었던 그 환희의 기억을 말이야. 빌헬름, 내 상황이 이래. 하지만 난 불평하지 않아. 인생의 화려한 꽃이란 단지 환영일 뿐이니까! 흔적도 남기지 못한 채 사라져 가는 꽃들이 얼마나 많고 열매를 맺는 꽃은 얼마나 드문지, 게다가 이 열매 중에서 잘 익는 것은 또 얼마나 적은지 몰라! 그래도 익은 열매는 여전히 충분한 법이지. 그런데도 — 아, 내 형제여 — 우리가 잘 익은 열매를 소홀히 하고, 무시하며, 맛도 보지 않고 썩게 놔둘 수 있겠어?

잘 있어! 참 멋진 여름이야. 때때로 나는 기다란 과일 채취용 막대를 들고 로테의 과수원에 있는 과일나무 위에 앉아서 꼭대기에 달린 배를 따곤 해. 그녀는 나무 아래 서서 내가 내려 주는 열매를 받지.

8월 30일

불행한 인간 같으니! 너는 바보가 아닌가? 너 스스로를 속이고 있는 건 아닌가? 이처럼 한없이 들끓는 열정은 도대체 뭐란 말인가? 이제 나는 그녀에게 바치는 기도 외에 다른 기도는 몰라. 그녀의 모습 외에는 어떤 모습도 내 머릿속에 떠오르지 않아. 그리고 내 주위를 둘러싸고 있는 세상의 모든 것을 오직 그녀와의 연관성 여부로만 바라보지. 그리고 그것이 내게 그처럼 많은 행복한 시간을 마련해 줘. 내가 다시 그녀에게서 떠나야 하는 순간까지는 말이야! 아 빌헬름, 그런데 때로 내 심장은 내가 그녀를 떠나도록 재촉해! 내가 두세 시간을 그녀 곁에 앉아 그녀의 모습과 거동 그리고 그녀가 하는 말의 멋들어진 표현에서 기쁨을 느끼고 있노라면, 차츰차츰 내 모든 감각이 닫혀 버려서 눈앞이 캄캄해지고 귀도 들리지 않아. 그리고 마치 암살자가 내 목이라도 조르는 것처럼 숨이 막히면 내 심장은 거칠게 뛰면서 답답함을 느끼는 감각에 숨통을 틔우려고 애쓰는데, 그러면 그럴수록 감각은 더 혼란스러워져. 빌헬름, 나는 가끔 내가 이 세상에 존재하고 있는 건지 분간할 수가 없어! 그리고 때로 우수에 사로잡혀 로테의 손을 잡고 실컷 울어서라도 답답함을 달래 보려고 하는데, 그녀가 이를 허락해 주지 않으면 나는 밖으로 뛰쳐나가야만 해. 그리고 저 멀리 들판을 헤매고 다녀. 그럴 때면 가파른 산을 기어오르고, 덤불과 가시에 찔려 상처 입고 찢기면서 길도 없는 숲에 길을 내며 나아가는 일이 내겐 기쁨이 돼! 그러면 기분이 약간 좋아지지! 약간은 말이야! 그리고 때로, 그것도 깊은 한밤중에 지치고 목이 말라 도중에 바닥에 누울 때, 그리고 높이 솟은 보름달이 내 머리 위에 떠 있고 고적한 숲에서 구부정하게 자란 나무에 걸터앉아 상처 입은 발바닥을 잠깐이라도 쉬게 할 때, 그리고 기진맥진한 채 편안하게 어스름 달빛 아래 잠에 빠져들 때, 아 빌헬름, 그럴 때면 수도원의 고요한 독방과 털로 짠 사제복 그리고 가시 박힌 허리띠와 같은 것들이 내 영혼이 애타게 갈망하는 위로 같다는 생각이 들어. 잘 있어! 내가 보기에 이런 비참함의 결말은 무덤뿐이야.

9월 3일

난 떠나야 해! 빌헬름, 네가 내 흔들리는 결심을 다잡아 줘서 고마워. 벌써 14일 동안 그녀를 떠난다는 생각과 씨름하고 있어. 난 가야 해. 그녀는 다시 시내에 있는 여자 친구 집에 가 있어. 그리고 알베르트는……. 나는 가야만 해!

9월 10일

아주 대단한 밤이었어! 빌헬름, 이제 난 모든 것을 극복했어. 나는 그녀를 다시 보지 않을 거야! 아, 내 가장 훌륭한 친구여, 내가 너의 목에 매달려 한없이 눈물을 흘리며 환희에 가득 차, 내 마음을 휘젓는 감정들을 표현할 수 없다면 어떻게 될까? 난 여기 앉아 숨을 헐떡이며 안정을 찾으려고 애쓰면서 아침을 기다리고 있어. 해가 떠오를 때 말이 오기로 되어 있어.

아, 그녀는 편안히 잠들어 있고, 나를 다시는 보지 못할 것이라곤 생각지도 못하고 있지. 나는 용기를 내 뿌리치고 로테의 집에서 나왔어. 두 시간 동안 대화를 나누면서도 내 계획을 발설하지 않을 정도로 난 충분히 의연했어. 맙소사, 그게 어떤 대화였는지 알아?

알베르트는 저녁 식사를 마치자마자 로테와 함께 정원에 있기로 나와 약속을 했었어. 난 커다란 밤나무들 아래 있는 테라스에 서서, 이제 나로서는 마지막인 광경, 사랑스러운 계곡과 고요히 흐르는 강 너머로 해가 지는 광경을 바라보았지. 자주 그렇게 그녀와 함께 이곳에 서서 바로 저 멋진 장관을 바라봤는데, 이제…… 나는 내가 그토록 좋아했던 가로수 길을 왔다 갔다 했어. 내가 로테를 알기 전에 이미 매력적으로 끌어당기는 비밀스러운 어떤 힘이 나를 이곳에 붙들어 놓았었지. 그리고 우리가 처음 알게 되어 이 자그마한 공간에 대한 서로의 애착을 발견했을 때 우리는 얼마나 기뻐했는지 몰라. 정말로 그 장소는 내가 본 예술 작품 가운데 가장 낭만적인 장소 중 하나야.

첫째로 밤나무들 사이로 훤한 전망을 가질 수 있어. 아, 내 기억으로는 내가 이미 여러 번 네게 편지로 설명한 것 같군. 벽처럼 높이 솟은 너도밤나무들이 어떤 식으로 둘러싸고 있는지, 그것에 인접한 덤불숲 때문에 가로수 길이 점점 어두워지다가 마침내 모든 것이 폐쇄된 작은 공간으로 끝나고, 이곳에 얼마나 소름 끼치는 고독감이 감도는지를 말이야. 어느 날 해가 높이 솟은 대낮에 내가 처음 그곳에 들어갔을 때 얼마나 비밀스러운 기분이 들었는지 아직도 느낄 수 있어. 나는 아주 어렴풋하게 예감했어. 그곳이 앞으로 어떤 축복과 고통이 벌어지는 장소가 될는지를 말이야.

나는 이별과 재회를 생각하며 안타깝고도 달콤한 느낌 속에서 반 시간 정도 즐거움을 느꼈어. 그때 그들이 테라스를 올라오는 소리가 들렸어. 나는 전율에 사로잡힌 채 그들에게 다가가서 그녀의 손을 잡고 입을 맞추었지. 우리가 위에 다다르자 마침 덤불숲 언덕 뒤에서 달이 떠올랐어. 우리는 이런저런 얘기를 나누다가 얼결에 어두침침한 진열실 가까이 가게 됐어. 로테는 안으로 들어가 앉았는데, 알베르트가 그녀 옆에 앉았고 나도 그렇게 했지. 하지만 불안한 마음이 들어 오래 앉아 있을 수가 없었어. 나는 일어서서 그녀 앞으로 다가가 이리저리 거닐다가 다시 자리에 앉았어. 안절부절못하는 상황이었지. 로테는 벽처럼 서 있는 너도밤나무들 끝에서 우리 앞의 테라스를 비추고 있는 달빛이 얼마나 아름다운 작용을 하는지 우리에게 주의를 환기시켰어. 아주 멋진 광경이었어. 우리 주위로 짙은 어둠이 깔려 있어서 그 광경은 더욱더 눈에 띄었지. 우리는 아무 말도 하지 않았어. 그런데 얼마 있다가 로테가 이렇게 말하기 시작했어. "달빛 아래 산책을 하다 보면 언제나 돌아가신 분들을 생각하게 된답니다, 언제나 말이에요. 죽음과 내세에 대한 생각이 떠오르지 않은 적이 없어요. 우리는 내세에서도 존재할 거예요!" 그녀는 기묘한 감정이 깃든 목소리로 계속 말을 이었어. "하지만 베르터, 우리가 다시 서로를 발견하게 될까요? 서로를 알아볼까요? 어떨 것 같아요? 뭐라고 말씀하시겠어요?"

나는 그녀에게 손을 내밀며 눈에 눈물이 가득한 채 말했어. "로테, 우리는 다시 만나게 될 거예요! 이 세상에서와 마찬가지로 저 세상에서도 만나게 될 겁니다!" 나는 말을 이을 수가 없었어. 빌헬름, 내가 이처럼 두려운 이별을 마음속에 품고 있는데 그녀는 꼭 그런 질문을 해야만 했을까?

그녀가 말을 이었어. "돌아가신 분들은 우리에 대해 알고 계실까요? 그분들은 언제 우리가 행복한지, 또 우리가 따뜻한 애정을 가지고 그분들을 기억한다는 것을 느낄까요? 아, 고요한 밤에 내 아이들이기도 한 어머니의 아이들 사이에 앉아 있거나 그 아이들이 마치 어머니 주위에 모여 있던 것처럼 내 주위에 둘러앉아 있을 때면, 언제나 어머니의 모습이 주위에서 떠돈답니다. 그럴 때 제가 그리움의 눈물을 흘리며 하늘을 향해 눈을 들고, 어머니가 임종하시던 순간에 아이들의 엄마가 되겠노라고 한 약속을 제가 어떻게 지키고 있는지 한순간이라도 내려다보실 수 있으면 좋겠다고 바랄 때면, 얼마나 감정에 벅차 소리치는지 몰라요. '사랑하는 어머니, 어머니가 아이들에게 하셨던 것만큼 제가 못하고 있다면 용서해 주세요. 아! 하지만 저는 할 수 있는 모든 것을 다 하고 있어요. 아이들을 입히고 먹이고, 그리고 이 모든 것보다 더 중요한 보살핌과 사랑을 주고 있답니다. 자애로운 어머니, 만약 어머니가 우리의 화목한 모습을 볼 수 있다면 뜨거운 감사의 마음으로 하느님께 영광을 돌리실 거예요. 어머니가 쓰라린 마지막 눈물을 흘리시며 아이들이 잘 지내기를 기원하셨던 그 하느님께 말이에요.'"

그녀는 이렇게 말했어! 오 빌헬름, 그녀가 말한 것을 누가 똑같이 말할 수 있겠어! 그녀의 정신이 피워 놓은 이 천상의 꽃을 생명이 없는 차가운 문자로 어떻게 표현할 수 있겠어! 알베르트가 부드럽게 그녀의 얘기에 끼어들었어. "사랑하는 로테, 당신은 그 생각에 너무 깊이 빠져 있어요! 당신의 마음이 이런 생각에 아주 많이 기울어 있다는 건 잘 알겠지만, 부탁이니……." 그녀가 말을 이었어. "오 알베르트, 당신이 그런 저녁을 잊지 못한다는 걸 난 잘 알고 있어요. 아버지가 여행을 떠나시면 우리는 작고 둥근 탁자에 함께 앉아 있곤 했지요. 아이들은 잠자리로 보내 놓고 말이에요. 당신은 때로 훌륭한 책을 가지고 있었지만 그것을 읽는 일은 드물었어요. 이 훌륭한 영혼과 교제하는 것이 다른 모든 일보다 더 낫지 않았나요? 아름답고 부드러우며 쾌활한 데다가 항상 활동적인 저희 어머니 말이에요! 하느님은 내가 얼마나 눈물을 흘렸는지 알고 계세요. 난 자주 울면서 하느님이 나를 어머니와 같게 만들어 달라고 기도하며 잠자리에서 그분 앞에 엎드렸거든요."

나는 그녀 앞에 몸을 던지며 "로테!"라고 소리쳤고, 그녀의 손을 잡고는 한없이 흐르는 눈물로 그 손을 적셨어. "로테! 하느님의 축복이 당신 머리 위에 깃들 거예요. 당신 어머니의 영혼도 당신과 함께할 거고요!" 로테는 내 손을 꼭 쥐며 이렇게 말했어. "당신이 어머니를 알았더라면 좋으련만. 어머니는 당신이 사귀어도 좋을 만한 분이셨거든요." 나는 죽을 것 같은 기분이었어. 나에 대해 이보다 더 위대하고 자랑스러운 말을 들어 본 적이 없었으니 말이야. 그녀가 말을 이었어. "그런데 어머니는 한창때 저세상으로 가셔야 했지요. 막내아들이 6개월도 채 되지 않았는데 말이에요! 어머니의 병은 오래가지 않았어요. 어머니는 편안하게 모든 걸 맡긴 상태였지만, 아이들만은, 특히 막내는 어머니의 마음을 아프게 했답니다. 임종이 가까워 오던 당시의 모습 그리고 어머니가 나에게 '아이들을 데려오너라!'라고 말씀하시던 모습이 기억나요. 저는 아이들을 데리고 갔어요. 어린 동생들은 무슨 일이 있는지도 몰랐고, 그 위의 동생들은 정신이 없었지요. 아이들이 어머니의 침상을 둘러서자, 어머니는 손을 들어 아이들을 위해 기도하시고는, 일일이 입을 맞추신 후 다시 내보내셨어요. 그리고 내게 말씀하셨죠. '저 아이들의 엄마가 되어 다오!' 난 그러겠노라고 말씀드렸어요. 그러자 어머니는 이렇게 말씀하셨죠. '넌 어려운 약속을 한 거야. 로테야, 넌 엄마의 마음과 엄마의 눈을 갖는 일을 아주 잘할 것 같구나. 나는 네가 흘리는 감사의 눈물에서, 네가 엄마가 되는 것이 무엇인지 잘 느끼고 있다는 점을 자주 보아왔단다. 네 동생들을 위해 그 마음 잘 간직하고, 아버지께는 아내처럼 성실하고 순종하는 모습을 보여 다오. 너는 아버지를 잘 위로할 수 있을 거야.' 그러고 나서 아버지는 어떠신지 물어보셨어요. 아버지는 견딜 수 없는 슬픔을 감추기 위해 밖에 나가 계셨어요. 아버지는 너무나도 상심하고 계셨답니다.

알베르트, 당신은 그 방에 계셨지요. 어머니는 발소리를 듣고 누구인지 물으시고는 당신을 부르셨어요. 그리고 어머니는 당신과 나를 바라보셨지요. 그 안심되고 편안한 표정은 우리가 행복할 거라고, 함께 행복하게 살 거라고 말하고 있었어요." 알베르트는 로테의 목을 껴안고 입을 맞추며 소리쳤어. "그렇고말고요, 우리는 행복하게 살 거예요!" 조용한 성격의 알베르트가 자제심을 잃었고, 나도 스스로를 어떻게 해야 할지 몰랐어.

로테가 말했어. "베르터 씨, 그런데 바로 이분이 저세상으로 가셔야 했어요! 하느님 맙소사! 우리가 스스로의 삶에서 가장 사랑하는 것을 어떻게 빼앗기게 되는지 때때로 생각하노라면, 그리고 검은 옷을 입은 사람들이 엄마를 데려갔다고 오랫동안 하소연했던 아이들이 이렇게 빼앗기는 것을 누구보다 가장 민감하게 느낀다는 점을 생각만 해도!"

그녀는 일어섰어. 나는 제정신이 들었고 깊은 감동을 받았어. 나는 앉은 채 그녀의 손을 잡았어. 그녀는 말했어. "이제 가야겠어요. 시간이 됐군요." 그녀는 손을 빼려고 했어. 나는 그럴수록 더욱 꽉 잡았지. 나는 소리쳤어. "우리는 다시 보게 될 겁니다. 우리는 서로를 찾을 수 있을 거예요. 어떤 사람들 가운데 있더라도 우리는 서로를 알아볼 겁니다. 나는 떠납니다." 나는 계속해서 말했어. "나는 기꺼이 떠나려 합니다. 하지만 만약 그것이 영원한 작별이라고 한다면 나는 참을 수 없을 겁니다. 잘 있어요, 로테! 잘 있으시오, 알베르트! 다시 봅시다." "아마 내일 보게 되겠지요." 그녀는 농담조로 대꾸했어. 나는 그 내일을 느끼고 있었어! 아, 자기 손을 내 손에서 빼낼 때 그녀는 몰랐지. 둘은 가로수 길을 걸어 나갔어. 나는 선 채로 달빛 속에서 두 사람의 뒷모습을 눈으로 좇았고, 땅에 엎드려 한참 울다가 벌떡 일어나 테라스 위로 달려가서는, 저 아래 높다란 보리수나무들의 그늘 속에서 그녀의 하얀 옷이 정원 문 쪽으로 아직 희미하게 비치는 것을 보았어. 나는 있는 힘껏 팔을 뻗었어. 그리고 그 하얀 옷은 사라져 버렸지.

제2부

1771년 10월 20일

우리는 어제 이곳에 도착했어. 공사는 몸이 좋지 않아서 며칠간 집에 틀어박혀 있을 거야. 그가 그렇게 불친절하지만 않다면 모든 것이 좋으련만. 보아하니, 보아하니 말이야, 운명은 내게 가혹한 시험을 치르게 할 작정인 것 같아. 하지만 기분을 좋게 가져야지! 가벼운 기분은 모든 걸 견뎌 내는 법이니까 말이야! 가벼운 기분이라? 내가 이런 말을 쓰다니 웃음이 나올 지경이군. 아, 조금만이라도 더 명랑한 기질을 타고났더라면 세상에서 가장 행복한 사람이 되었을 텐데. 무슨 소리! 다른 이들이 얼마 안 되는 힘과 능력을 가지고 내 앞에서 느긋하게 자기만족에 빠져 어슬렁거리는 이곳에서, 내 힘과 내 재능을 의심한단 말이야? 나에게 모든 것을 베풀어 주신 자비로운 신이시여, 왜 그중에서 절반을 도로 가져가고 내게 자신에 대한 믿음과 만족감은 주지 않으셨나요?

참자! 참자! 상황이 좋아질 거야. 너에게 하는 말이지만, 빌헬름, 네 말이 맞아. 매일 사람들 사이에서 이리저리 쫓기듯 돌아다니면서 그들이 무엇을 하고 어떤 식으로 그 일을 하는지 보게 된 이후로, 나는 나 자신과 훨씬 잘 지내게 되었어. 그건 틀림없이 우리가 모든 것을 우리 자신과 비교하고, 우리를 모든 것과 비교하도록 만들어졌기 때문일 거야. 그러니 행복이나 비참함은 우리가 비교하는 대상들에 있는 것이겠지. 상황이 이런 터라 고독보다 더 위험한 것은 없어. 상승하고자 하는 본성을 가지고 있고 문학의 환상적인 이미지들로부터 자양분을 공급받는 우리의 상상력은 일련의 존재들을 만들어 내는데, 이 가운데 우리는 가장 하위의 존재이고 그 외의 존재들은 더 훌륭하게 보일 뿐 아니라 더 완벽하지. 이건 아주 자연스러운 거야. 우리는 자주 뭔가 부족하다고 느끼는데, 우리 눈에는 바로 우리에게 부족한 것을 다른 누가 가지고 있는 것처럼 보이기 때문이지. 그러면 우리는 그 사람에게 우리가 가진 모든 것까지 주어 버리고, 거기다 일종의 이상적인 기쁨마저도 부여해. 그러면 그 행복한 사람은 완벽해지는데, 사실 이건 우리 자신의 창조물인 셈이지.

이와 반대로 우리가 한없이 나약하고 곤궁하더라도 그냥 계속 일하기만 하면, 우리의 칠칠치 못함과 이리저리 흔들리는 모습으로도 돛대를 달고 노를 젓는 다른 사람들보다 더 나은 결과를 가져오는 경우를 보게 될 때도 있는 법이야. 그리고 우리가 다른 사람들과 나란히 가거나 심지어 앞서 나간다면 이거야말로 스스로에 대한 참된 감정인 거지.

11월 26일

이만하면 여기서 아주 그럭저럭 괜찮게 지내기 시작한 거야. 가장 좋은 점은 할 일이 충분히 있다는 사실이야. 게다가 여러 종류의 사람들, 다양한 새로운 군상들이 내 눈앞에서 다채로운 연극을 벌이고 있어. 나는 C 백작이라는 사람을 알게 됐는데, 그는 날이 갈수록 내가 더욱 존경하지 않을 수 없는 사람으로 넓은 시야와 높은 식견을 가지고 있어. 게다가 많은 것을 넓은 시야로 본다고 해서 쌀쌀맞은 사람이 아니야. 그와 사귀다 보면 우정과 사랑에 대한 감수성이 아주 풍부하게 배어 나와. 내가 사업상의 심부름으로 갔을 때 그가 내게 관심을 가지게 되었어. 그는 처음 몇 마디 말을 나누면서, 우리가 서로를 이해하고 있다는 것과 다른 사람과 할 수 없는 얘기를 나와는 할 수 있다는 것을 알아차렸어. 게다가 그가 내게 보이는 솔직한 태도는 아무리 칭찬해도 지나치지 않아. 누군가에게 속마음을 털어놓는 위대한 영혼을 보는 것만큼 따뜻하고 진정한 기쁨은 이 세상에 없지.

12월 24일

공사는 나를 아주 불쾌하게 만들고 있어. 그 점은 이미 예상했던 일이야. 그는 세상에 있을 법한 가장 꼼꼼한 바보야. 까다로운 여자처럼 하나하나 따질 뿐 아니라 엄청나게 격식을 차리지. 자기 자신에 대해 한 번도 만족하는 법이 없는 인간이고, 그러니 누가 무슨 일을 해 줘도 감사한 마음을 갖지 못하는 사람이야. 나는 가볍게 일을 마무리하는 편이고, 끝낸 일은 다시 손대지 않고 그대로 놔두지. 그러면 그는 내게 문서를 돌려주면서 이렇게 말하는 게 다반사야. "잘했네. 하지만 다시 한 번 꼼꼼히 살펴보게. 더 좋은 말투나 더 적당한 품사가 반드시 있는 법이니까." 그럴 때마다 나는 미칠 것 같아. '그리고'라는 말 한마디나 접속사 하나라도 빼먹어서는 안 되고, 때때로 내가 무의식중에 쓰는 도치법은 그가 질색하는 것 중 하나야. 누군가 그의 복합문을 상투적으로 사용되는 운율에 따라 써 놓지 않으면 그 문장을 전혀 이해하지 못해. 그런 인간과 상대해야 한다는 것은 그야말로 고통이지.

C 백작의 신뢰만이 그러한 것을 보상해 주는 유일한 거야. 백작은 최근에 공사의 느리고 지나치게 주저하는 태도에 대해 내게 아주 솔직하게 불만을 털어놓았어. 그는 이렇게 얘기했지. "이런 사람들은 자기 자신뿐만 아니라 다른 사람도 힘들게 만든다네. 하지만 그러한 경우 우리는 마치 산을 넘어가야 하는 여행자처럼 체념해야 하네. 물론 산이 없다면 길은 훨씬 편하고 거리도 가깝겠지. 하지만 산이 있으니 넘어갈 수밖에!"

아마 늙은 공사도 백작이 자신보다 나에게 더 호의를 보인다는 것을 눈치챈 듯해. 그 점이 그의 기분에 거슬리자, 그는 기회 있을 때마다 내 앞에서 백작에 대한 험담을 늘어놓고 있어. 난 당연히 그의 말에 반론을 제기하지. 그러면 이 때문에 사태는 더욱 악화돼. 게다가 어제 그는 내 분통을 터뜨리고 말았어. 왜냐하면 백작 얘기를 하는 듯하면서 나까지 싸잡아 비난했기 때문이지. 백작은 세상사에 아주 능숙하고, 신속하게 일을 처리할 줄 알 뿐 아니라 글도 잘 쓴다고 하더니, 모든 애호가들처럼 그에게도 철저한 학식이 부족하다고 하는 게 아니겠어. 그러면서 마치 "한 방 먹었지?"라고 말하는 듯한 표정을 지었어. 하지만 그건 내게 아무 효과가 없었어. 나는 그렇게 생각하거나 그처럼 행동할 수 있는 사람들을 무시해 왔으니까. 나는 그에게 뻗대며 아주 격렬하게 공격을 했지. 백작은 인품으로 보나 학식으로 보나 존경을 받아야 마땅한 사람이라고 말이야. 그리고 이렇게 덧붙였어. "나는 세상에서 스스로의 정신을 확장시키면서 수많은 대상으로 그 정신을 확산시키고, 그러면서도 일상사를 위해서 이 정신의 활동력을 보존하는 일까지 그처럼 잘하는 사람을 한 번도 보지 못했습니다." 이런 말은 그에겐 수긍이 가지 않는 것이었어. 그래서 나는 계속 허튼소리를 들으며 더 이상 분을 삼키지 말자고 스스로에게 타일렀지.

이 일에 대해서는 너희들 모두 책임이 있어. 나로 하여금 이 멍에를 지도록 온갖 말로 꾀고 활동을 해야 한다고 그렇게 내게 재잘댄 너희들 말이야. 활동이라! 감자를 심고 시내로 말을 타고 나가 곡식을 파는 사람이 나보다 더 나은 일을 하는 걸 거야. 만약 그렇지 않다면 지금 내가 사슬에 묶여 있는 노예선에서 10년은 더 뼈 빠지게 일을 하도록 하지.

그리고 겉만 번지르르한 비참함과, 이곳에서 서로 곁눈질하는 역겨운 인간들 틈에 있는 지루함, 한 발짝이라도 서로 앞서 가겠다며 노리고 감시하는 이들의 명예욕이라니. 이건 가장 비참하고 한심스럽기 짝이 없는 노골적인 집착이야. 예를 들어 내가 아는 사람 중에, 만나는 사람마다 자신이 귀족 집안 출신이라는 점과 자신의 출신지에 대해 떠벌리는 여자가 있어. 그래서 그녀를 처음 보는 사람들은 누구나, 그 여자가 별것도 아닌 귀족 출신이라는 점과 출신지의 명성을 굉장한 것으로 자랑하는 바보라고 생각하지. 하지만 상황은 이보다 훨씬 심각해. 그 여자는 이 지방 출신으로 서기의 딸에 불과하니까. 보다시피, 난 이렇게 노골적으로 자신의 명예를 더럽힐 만큼 지각 없는 족속들을 이해할 수가 없어.

빌헬름, 내가 다른 사람을 자신에 비추어 판단하는 일이 얼마나 바보 같은 일인지 날마다 심각하게 느끼고 있고, 게다가 나 자신에게 신경 쓸 일이 한두 가지가 아닌 데다 내 마음이 격정적이기 때문에 나는 기꺼이 남들이 무슨 짓을 하든 신경 쓰고 싶지 않아. 만약 그들도 내가 하는 일에 참견하지만 않는다면 말이지.

무엇보다 나를 가장 우롱하는 것은 숙명적인 시민적 처지야. 물론 나도 계급의 차이가 얼마나 필요하며 얼마나 많은 이득을 나 자신에게 가져다주는지 다른 사람 못지않게 잘 알고 있어. 다만 그것이 바로 지금, 내가 이 지상에서 얼마 남지 않은 약간의 기쁨과 일말의 행복을 아직 느낄 수 있는 이 순간에 나를 방해해서는 안 돼. 최근에 나는 산책을 하다가 B라는 아가씨를 알게 되었어. 이 아가씨는 경직된 삶 한가운데서도 솔직한 본성을 아주 많이 간직해 온 사랑스러운 존재였어. 우리는 대화를 주고받으며 서로에게 끌렸어. 그래서 헤어질 때 그녀의 집을 방문해도 좋으냐고 허락을 구했지. 그녀는 아무 거리낌 없이 그렇게 하라고 해서, 나는 그녀를 방문할 적당한 기회가 올 때까지 도저히 기다릴 수가 없었어. 그녀는 이곳 출신이 아니어서 아주머니네 집에 살고 있었어. 노부인의 인상은 내 마음에 들지 않았어. 나는 그녀에게 많은 관심을 보여 주었고, 화젯거리도 대부분 그녀를 향한 것이었어. 그래서 나는 B 양이 내게 나중에 직접 알려 준 사실을 반 시간도 되지 않아 다 파악해 버렸어. 그녀에 따르면, 친애하는 이 아주머니는 그 나이에 가진 것이라곤 하나도 없는 상태였어. 이렇다 할 재산도 없고 머리에 든 것도 없이, 그녀를 지탱해 주는 것이라곤 조상들의 이름을 들먹이는 것뿐이고, 그녀가 몸을 가릴 수 있는 것은 신분이라는 장막뿐인 데다가, 낙이라고는 2층 창에서 시민들의 머리를 내려다보는 것뿐이야. 젊었을 땐 아름다웠다고 하지만, 자신의 삶을 덧없이 날려 보냈다고 하더군. 처음엔 자신의 변덕으로 많은 청년들을 괴롭히면서 그랬고, 나이 들어서는 콧대를 꺾고 어떤 나이 많은 장교에게 몸을 맡기는 식으로 그렇게 했는데, 이 남자는 그녀가 치르는 이런 대가와 상당한 생계비를 받으면서 그녀와 말년을 보내다가 죽었다고 해. 이제 그녀는 말년에 혼자 남아 있어. 조카딸이 그처럼 기특하지 않다면 거들떠보는 사람도 없을 지경이야.

1772년 1월 8일

모든 관심은 형식적인 의례에만 쏠려 있고, 어떻게 하면 한 자리라도 상석에 앉아 볼까 여러 해 동안 밤낮으로 노심초사하는 그런 사람들은 도대체 어떤 종류의 인간인지! 더구나 그들은 할 일이 전혀 없는 것도 아닌데 말이야. 아니, 사실은 그 반대야. 오히려 일은 산더미처럼 쌓여 가고 있어. 바로 사람들이 사소하고 성가신 일 때문에 중요한 일을 처리하는 데 방해를 받기 때문이야. 지난주에는 썰매를 타러 갔다가 다툼이 일어나 즐거운 기분을 온통 잡쳐 버리고 말았어.

사실 자리라는 것은 아무 의미가 없고 가장 상석을 차지한 사람이 가장 중요한 역할을 하는 건 아주 드문 일인데, 그걸 모르는 바보들이라니! 얼마나 많은 왕들이 장관들에게 지배받고, 얼마나 많은 장관들이 비서들에 의해 지배받는가 말이야! 그렇다면 누가 대체 일인자일까? 내 생각엔 다른 사람들을 굽어보고, 이들이 자신의 계획을 실행하는 데 힘과 열정을 다 쏟게 할 정도로 권력과 기지를 가진 사람이 바로 일인자야.

1월 20일

사랑하는 로테, 나는 당신에게 편지를 쓰지 않을 수 없습니다. 악천후를 피해 들어온 여기 초라한 농가의 방 안에서 말입니다.

내가 이 우울한 체류지인 D에서 내 마음과 공통점이라곤 전혀 없는 낯선 사람들 사이를 돌아다니는 동안, 내 마음이 당신에게 편지를 쓰라고 명령을 내린 적은 단 한순간도 없었습니다. 그런데 지금 이 오두막에서, 이 고독한 순간, 눈과 우박이 작은 창을 사납게 휘몰아치고 있는 이 고립된 상황에서 내 머릿속에 처음 떠오른 것은 당신이었습니다. 방 안에 발을 들여놓자마자 당신의 모습과 당신에 대한 생각이 나를 사로잡았습니다. 오, 로테! 너무나도 성스럽게 그리고 너무나도 따스하게 말입니다! 아아! 저 행복했던 첫 순간이 다시 찾아온 거지요.

친애하는 로테, 만약 당신이 온통 산만한 가운데 있는 나를 본다면 뭐라 할지! 내 감수성은 얼마나 메말라 버렸는지! 마음이 충만한 순간이나 지극히 행복한 순간은 단 한 번도 없어요. 아무것도, 정말 아무것도 없습니다! 나는 마치 요지경 앞에 서서 난쟁이 인간과 난쟁이 말들이 내 앞에서 돌며 움직이는 것을 보는 것 같은 생각이 든답니다. 그래서 나는 이것이 눈의 착각이 아닌지 자주 스스로에게 묻곤 합니다. 나는 거기에 끼어들어 함께 유희를 벌입니다. 아니, 그렇다기보다는 마치 꼭두각시처럼 조종을 당하지요. 그러다가 가끔 이웃의 딱딱한 나무 손을 붙잡고는 소스라치게 놀라 뒤로 물러난답니다. 잠자리에 들 때마다 해 뜨는 광경을 즐겨야겠다고 계획하지만 아침에 침대에서 빠져나오지를 못합니다. 낮에는 달빛을 보며 기뻐하기를 원하지만 방 안에 그냥 처박혀 있지요. 왜 내가 일어나고 잠자러 가는지 정말 모르겠습니다.

전에 내 삶을 부풀어 오르게 했던 효모가 없어져 버렸습니다.

깊은 밤에도 나를 명랑하게 해 주고 아침이면 잠에서 깨워 주던 자극이 사라져 버렸지요.

나는 이곳에서 유일하게 여성다운 여성을 한 명 만났습니다. 로테, 그녀는 B 양이라고 하는데, 그럴 리 없지만 만약 누군가 당신과 비슷할 수 있다면, 그녀는 당신과 비슷하다고 하겠습니다. 당신은 이렇게 말할지도 모르겠습니다. "아이참! 사람들은 그럴듯한 칭찬에 얼마나 열을 올리는지 몰라요!" 그 말이 완전히 틀렸다고는 할 수 없습니다. 얼마 전부터 나는 아주 점잖게 지내고 있습니다. 달리 어찌할 방도가 없기 때문이지요. 게다가 재치도 풍부해졌는데, 그 탓에 여자들은 나만큼 섬세하게 칭찬할 줄 아는 사람은 없노라고 말한답니다. (그건 그만큼 섬세하게 거짓말한다는 뜻일 수도 있다고 당신은 덧붙이겠지요. 왜냐하면 그런 거짓말이 없으면 일이 제대로 될 리 없으니까요. 이해하시겠지요?) 내가 B 양에 대해 얘기하려던 참이었지요. 그녀는 풍부한 영혼을 간직하고 있는데, 이러한 점이 그녀의 푸른 눈동자에서 훤히 비쳐 나오는 그런 사람이랍니다. 그녀에게 자신의 신분은, 마음으로 정말 바라는 소원이라곤 하나도 만족시켜 주지 못하는 거추장스러운 것이랍니다. 그녀는 번잡스러움에서 벗어나길 간절히 바라기 때문에, 우리는 몇 시간이고 순수한 행복으로 가득 찬 시골 풍경에 대한 공상을 하면서 같이 있곤 한답니다. 아! 그리고 당신에 대해서도 공상하지요. 그녀가 얼마나 자주 당신에게 찬탄을 보내야만 했는지 모릅니다. 아니, 그래야만 했던 것이 아니라 자연스럽게 그리 됐고, 당신에 대한 얘기에 너무나도 기꺼이 귀 기울일 뿐 아니라 당신을 사랑할 지경이랍니다.

아, 내가 그 사랑스럽고 아늑한 작은 방에서 당신의 발치에 앉아 있다면 얼마나 좋을까요. 그러면 우리의 사랑스러운 아이들은 내 주위를 이리저리 돌아다니겠지요. 아이들이 너무 시끄럽게 군다고 당신이 생각한다 싶으면, 나는 아이들을 내 주위에 불러 모아 무시무시한 동화로 조용히 시키겠지요.

태양은 하얀 눈으로 반짝이는 곳 너머로 장엄하게 지고 있고, 눈보라는 지나가 버렸습니다. 그리고 나는 다시금 나의 새장 속에 스스로를 가둬야 합니다. 잘 있어요! 알베르트는 당신 곁에 있나요? 어떻게 지내지요? 이런 질문을 하는 걸 하느님께서 용서해주시길!

2월 8일

일주일 전부터 아주 끔찍한 날씨가 계속되고 있는데, 나한테는 오히려 잘된 일이야. 왜냐하면 내가 여기 있는 동안, 제아무리 좋은 날이라 하더라도 누군가 망쳐 버리거나 고통스러운 일을 당하지 않은 날이 아직까지 없었기 때문이야. 그래서 비가 오든 눈보라가 치든 날씨가 추워지든 풀리든 상관없이 나는 이렇게 생각하지. '하! 집에 있는 것이 밖에 있는 것보다, 혹은 그 반대가 더 나쁠 리 없어. 그러니 어찌 됐든 좋아' 라고 말이야. 아침에 해가 솟아올라 좋은 날씨를 약속하면, 나는 이렇게 소리치지 않을 수 없어. "또다시 저들은 서로 차지하려고 다툴 만한 하늘의 선물을 가지게 되었군!" 그들이 서로 차지하려고 다투지 않는 것은 하나도 없어. 건강, 명성, 기쁨, 휴식 등이 모두 그런 것들이지. 이들은 대개 어리석거나 무지하고 속 좁은 탓에 그렇게 다투면서도, 사람들이 듣는 데서는 대단한 견해를 가지고 다투는 것처럼 말을 해. 때로 나는 그들 앞에 무릎을 꿇고, 제발 그렇게 미친 듯 스스로의 내면을 휘젓고 다니지 말라고 부탁하고 싶은 심정이야.

2월 17일

아무래도 이제 공사와 나는 더 이상 서로 참을 수 없는 지경에 이른 것 같아. 공사는 도저히 용납할 수 없는 인간이야. 그가 일하는 방식이나 사무를 처리하는 방식은 우스꽝스럽기 짝이 없어서 반박하지 않을 수가 없고, 자주 내 생각에 따라 내 식대로 일을 처리하지 않을 수가 없어. 당연한 얘기지만, 이것이 그에게는 결코 마음에 들 리 없지. 때문에 그는 최근에 궁정 쪽에 나에 대한 불만을 내비쳤어. 그러자 장관이 내게 문책을 내렸어. 비록 가벼운 것이긴 했지만 그래도 문책은 문책인 셈이지. 그래서 나는 사직하려는 생각이 굴뚝같았는데, 그때 장관의 사적인 편지*를 받았어. 나는 이 편지 앞에 무릎을 꿇고, 그처럼 고상하고 고귀하며 지혜로운 마음에 경의를 표했어. 그는 너무나도 민감한 나의 감성을 꾸짖는 한편, 나의 활동상과 다른 사람에 대한 영향 그리고 업무상의 철저함에 대한 나의 지나친 이상을 젊은이다운 기개라고 치켜세우면서, 이러한 성향을 송두리째 내팽개치지는 말고 다만 조금 완화해서 이것이 진가를 발휘할 수 있고 제대로 효과를 낼 수 있는 방향으로 유도하려고 애를 썼어. 나도 일주일간 원기를 회복했고 나 스스로 그에 동의하게 되었지. 영혼의 안정이란 참 대단한 것이며, 스스로에 대한 기쁨 역시 그래. 사랑하는 빌헬름, 값진 보석이 아름답고 귀한 만큼 단단하다면 얼마나 좋을까.

2월 20일

내가 사랑하는 사람들이여, 하느님께서 그대들을 축복하시길, 그리고 내게서 앗아 가는 그 모든 좋은 날들을 그대들에게 주시길!

알베르트, 난 당신이 날 속인 점에 대해 고맙게 생각하고 있어요. 난 당신들의 결혼식이 언제인지 소식을 기다리고 있었지요. 그리고 그날이 되면 아주 엄숙하게 로테의 실루엣을 벽에서 떼어 다른 서류들 속에 묻어 두려는 생각을 하고 있었답니다. 지금 당신들은 한 쌍의 부부가 되었는데, 그녀의 그림은 아직 걸려 있습니다! 이젠, 그대로 있어야겠지요! 그리고 그래선 안 될 이유가 있나요? 난 잘 알고 있어요. 나 역시 그대들 곁에 있다는 것을. 난 당신에게 손해를 끼치지 않으면서 로테의 마음속에 있고, 난, 그래요, 난 그녀의 마음속에서 두 번째 자리를 차지하고 있지요. 난 그 자리를 고수할 것이고, 그래야만 해요. 아, 만약 로테가 나를 잊기라도 한다면 난 미쳐 버릴 겁니다. 알베르트, 그런 생각만 해도 지옥이 거기 있는 거나 마찬가지랍니다. 알베르트, 잘 있어요! 하늘의 천사 로테여, 잘 있어요!

3월 15일

나를 이곳에서 떠나게 만들고야 말 불쾌한 일을 당했어. 나는 지금 이를 갈고 있어! 제기랄! 이 불쾌함은 그 어떤 것으로도 제거되지 않아. 그리고 그 책임은 바로 너희에게 있어. 나를 자극하고 몰아대고 괴롭혀서 마음에도 없던 자리에 가 앉도록 한 너희 말이야. 이제야 난 그걸 깨달았어! 너희도 알게 되었겠지! 그리고 내 지나친 이상이 모든 걸 망쳤노라고 네가 두 번 다시 말하지 못하도록 한 가지 얘기를 해 주지, 친구. 마치 연대기 저자가 기술하는 것처럼 명료하고도 솔직하게 말이야.

C 백작이 나를 좋아하고 각별히 생각한다는 건 누구나 다 아는 사실이야. 그 점에 대해선 너에게 이미 백번도 넘게 얘기했을 거야. 어제 나는 백작 집의 만찬에 갔는데, 이날 저녁이 마침 상류 계급의 고상한 남녀들이 모이는 날이었어. 난 그런 모임에 대해서는 생각도 해 보지 않았고, 우리 같은 하위직들이 그 자리에 낄 수 없다는 사실에도 생각이 미치지 않았어. 하여간, 전말은 이래. 나는 백작의 집에서 식사를 하고, 식사를 마친 후에는 커다란 홀을

이리저리 거닐면서 백작이나 그곳에 온 B 대령과 얘기를 나누는 거야. 그러다가 파티 시간이 다가오는 거지. 그런데 맹세코 난 그 점에 대해 아무 생각도 못하는 거야. 그때 지나치게 고상을 떠는 S 부인이 남편과 함께, 납작한 가슴에다 말끔한 코르셋을 두른 잘 부화된 거위 새끼 같은 딸을 데리고 등장하는 거지. 이들은 지나가면서 대대로 물려받은 고위 귀족다운 눈과 콧구멍의 자세를 보이는 거야. 내게 이런 족속들은 마음속 깊은 곳에서 거부감이 일기 때문에 당장 자리를 뜨려 했어. 다만 백작이 구역질 나는 수다에서 풀려나기만 기다리고 있었지. 이때 내가 아는 B 양이 들어왔어. 그녀를 볼 때면 항상 내 마음이 어느 정도 들뜨기 때문에 그냥 머물면서 그녀의 의자 뒤에 가서 섰어. 그리고 얼마쯤 지나서야 나는 그녀가 전보다 덜 솔직하고 조금은 난처해하면서 나와 얘기를 나눈다는 사실을 알아차렸어. 그런 태도가 눈에 띌 정도였지. 그녀도 다른 사람들과 별다를 게 없다는 생각이 들면서, 나는 마음이 상해 집으로 가려고 했어. 하지만 나는 그냥 있었어. 왜냐하면 그녀를 기꺼이 납득하려는 마음이 있었고, 설마 그녀가 그런 사람이라는 사실을 믿을 수가 없었던 데다, 그녀로부터 호의에 찬 말을 기대하고 있기 때문이었지. 어찌 됐건, 그사이 손님들이 꽉 들어차는 게 아니겠어. 프란츠 1세가 대관식을 할 때 입었던 옷으로 온통 차려입은 F 남작, 관직은 없지만 귀족 작위를 고려해 여기서는 '폰'을 붙여 부르는 궁중 고문관 R과 귀가 먼 그의 부인 등등. 옛 프랑켄식 복장의 해진 곳을 새로운 유행의 천으로 기워 입은, 보잘것없는 차림의 J도 빼놓을 수 없겠지. 이런 치들이 무더기로 오는 거야. 나는 내가 아는 몇몇 사람과 이야기를 나누는데, 모두가 그날따라 말을 아주 아끼지. 나는 생각에 잠긴 채 오직 B 양에게만 주의를 기울였어. 나는 홀 한쪽 끝에 있는 여자들이 서로의 귀에 대고 소곤거리는 것이나, 이것이 남자들에게도 이어진 것 그리고 S 부인이 백작과 얘기하는 것을 전혀 알아채지 못했어. (이 모든 사실을 나중에 B 양이 내게 말해 주었지.) 마침내 백작이 내게 다가와서는 창가로 끌고 갔어. 그는 이렇게 얘기했지. "우리 모임의 이상한 관계를 자네도 알고 있겠지만, 내가 보기엔 사람들이 자네가 여기 있다는 사실을 불만스럽게 생각하는 것 같군. 나는 결코……." 나는 이야기를 가로막았어. "백작님, 죄송한 마음을 금할 길이 없습니다. 진작 그 점에 대해 생각했어야 했는데, 이렇게 생각과 행동이 달랐던 점을 용서해 주시리라 생각합니다. 아까부터 물러나려 했는데, 못된 악마에게 붙잡혀 있었습니다." 나는 몸을 굽혀 인사를 하고 웃는 얼굴로 이렇게 덧붙였어. 백작은 나의 두 손을 잡았는데, 여기엔 모든 것을 말해 주는 감정이 실려 있었어. 나는 이 고상한 모임에서 슬쩍 빠져나와, 이륜마차를 타고 M 방향으로 달렸어. 거기 언덕 위에서 해가 지는 모습을 보며 내가 좋아하는 호메로스를 펼치고, 율리시스가 훌륭한 돼지치기들에게 대접받는 멋진 구절을 읽었어. 모든 것이 더할 나위 없이 훌륭했지.

그날 저녁 나는 돌아오는 길에 식사를 하려고 음식점으로 갔는데, 아직 손님이 몇 명 있더군. 이들은 한쪽 구석에서 주사위 놀이를 하느라 식탁보를 뒤집어 놓고 있었어. 이때 아델린이라고 하는 정직한 친구가 들어와 모자를 내려놓더니, 나를 쳐다보며 다가와서 나지막이 묻는 거야. "불쾌한 일을 당했다면서?" "내가?" 난 이렇게 되물었어. "백작이 너를 모임에서 내쫓았다면서." "그런 모임은 지옥에나 떨어지라지! 신선한 바깥바람을 쐬니 좋기만 하던데." "네가 그 일을 대수롭지 않게 여기니 다행이군. 하지만 내가 불쾌하게 생각하는 건, 그 소문이 벌써 자자하다는 거야." 그제야 나는 울화가 치밀기 시작했어. 내 머릿속에선, 식사를 하러 와서 나를 쳐다보는 모든 사람들이 그런 이유로 나를 쳐다보고 있다는 생각이 들었지! 이런 생각이 나를 분통 터지게 만들었어.

게다가 오늘은 가는 곳마다 사람들이 나를 불쌍하게 여길 것이고, 나를 시기하는 작자들이 쾌재를 부르며 "머리 좀 좋다고 뽐내면서 모든 상황을 무시해도 좋다고 믿는 오만불손한 자들이 어떤 꼴이 되는지 좀 보라지"라고 말하는 것이나, 차마 입에 담을 수 없는 험담을 듣게 될 테니, 이럴 땐 가슴을 칼로 찌르고 싶은 생각이 드는 법이지. 주위의 말에 신경 쓰지 않고 자기 일을 알아서 하면 된다지만, 무뢰한들이 누군가의 약점을 붙잡고 그에 대해 말하는 것을 당사자로서 참을 수 있는지 보고 싶어. 이들의 수다가 근거 없는 것이라면, 아 그때는 우리가 그 수다를 신경 쓰지 않고 그냥 내버려 둘 수 있겠지.

3월 16일

　모든 것이 나를 몰아세우고 있어. 오늘 나는 가로수 길에서 B 양을 만났어. 나는 그녀에게 말을 걸었어. 우리가 동행하던 사람들로부터 약간 멀어지자마자, 나는 그녀가 최근에 보여 준 태도에 대해 내가 얼마나 감정이 상해 있는지 말하지 않고는 견딜 수가 없었어. 그녀는 진심에서 우러나온 말투로 이렇게 얘기했어. "오, 베르터 씨, 당신은 제 마음을 알고 계시면서 제가 당황한 것을 그렇게 해석하셨나요? 홀에 들어선 순간부터 당신 때문에 얼마나 괴로웠는지 몰라요! 저는 모든 것을 짐작했답니다. 당신에게 그 사실을 말해 줘야겠다는 생각이 혀끝에서 얼마나 맴돌았는지 몰라요. S 부인과 T 부인이 당신과 함께 모임에 있느니 남편들과 같이 일찍 돌아가 버릴 것이라는 사실을 난 알고 있었어요. 그리고 백작이 이들의 기분을 상하게 해선 안 된다는 것도 알고 있었죠. 그리고 이제 이런 소란까지 벌어지다니!" "뭐라고요?" 나는 놀라움을 감추며 말했어. 왜냐하면 그 순간 아델린이 엊그제 내게 한 말이 마치 끓는 물처럼 혈관을 타고 흘렀기 때문이지. "그 일로 인해 제가 벌써 얼마나 희생을 치렀는지 몰라요!" 이 어여쁜 아가씨는 눈물을 글썽이며 내게 말했어. 나는 더 이상 스스로를 주체하지 못하고, 막 그녀의 발아래 꿇어 엎드릴 참이었어. 나는 소리쳤어. "분명하게 얘기해 주세요!" 그녀의 뺨에 눈물이 흘러내렸어. 나는 제정신이 아니었지. 그녀는 눈물을 감추려 하지 않고 닦아 냈어. 그리고 얘기를 시작했어. "당신도 저희 아주머니를 아시지요. 그분도 거기 계셨는데, 아, 그분이 어떤 눈초리로 그 모든 것을 보았는지 몰라요. 베르터 씨! 전 어제 저녁뿐 아니라 오늘 아침에도 제가 당신과 교제하는 것에 대해 그분이 설교하는 것을 견뎌 내야 했답니다. 게다가 전 당신을 깎아내리고 모욕하는 소리를 듣고 있어야만 했고, 당신을 변변히 변호할 수도 없었어요."

그녀가 하는 말이 마치 칼로 내 가슴을 찌르는 것 같았어. 차라리 이 모든 것을 말해 주지 않는 편이 얼마나 자비로운 일이었는지 그녀는 모르고 있었어. 게다가 그녀는, 계속해서 어떤 험담이 이어질지, 어떤 종류의 인간들이 이에 대해 쾌재를 부르게 될지 덧붙이기까지 했어. 오랫동안 나를 비난해 온 사람들을 내가 경멸하는 것이나 나의 거만한 태도가 벌을 받는다고 사람들이 얼마나 고소해하며 기뻐할는지에 대해서도 말이지. 빌헬름, 이 모든 것을 나는 그녀에게서, 그것도 그녀의 진정 어린 동정심에서 우러나온 목소리로 들었어. 난 완전히 망가졌고, 내 마음은 여전히 분노하고 있어. 나는 누군가 나를 면전에서 비난해 내가 그를 칼로 찌를 수 있었으면 하고 바랐지. 피를 보면 좀 나아질 것도 같은데. 아, 나는 수백 번 칼을 움켜잡고 이 답답한 가슴에 숨통을 틔우려고 했어. 누군가 내게 귀한 혈통을 가진 어떤 말에 대해 얘기해 준 적이 있어. 이 말은 무섭게 몰아대서 흥분하게 하면 본능적으로 자신의 혈관을 물어뜯어 숨을 돌린다는군. 나도 그런 식으로 혈관을 끊어 영원한 자유를 얻고 싶은 생각이 자주 들어.

3월 24일

나는 궁정에 사직을 신청했는데, 아마 수리가 될 거야. 너희에게 먼저 허락을 구하지 않은 것을 용서해 주리라고 생각해. 아무튼 일단 나는 여기서 떠나야만 해. 너희가 나를 여기에 머물도록 설득하기 위해 할 법한 말을 나는 다 알고 있어. 그러니 이 사실을 내 어머니에게 듣기 좋게 전해 줘. 나는 나 자신도 스스로 구제할 형편이 못 되니까 말이야. 비록 내가 어머니에게 도움이 되지 못한다 하더라도 어머니는 그걸 감수하실 거야. 물론 어머니는 틀림없이 상심하시겠지. 당신의 아들이 추밀 고문관이나 공사를 목표로 이제 막 내디딘 발걸음을 이렇게 갑자기 멈추고, 말을 몰아 다시 마구간으로 돌아오는 걸 보셔야 한다니 말이야! 좌우간 이 일은 너희가 알아서 잘 처리해 줘. 내가 여기 머물 수도 있을, 혹은 머물러야만 했을 여러 가지 가능한 경우를 조합해 보는 건 알아서 해. 어찌 됐건 나는 떠나. 내가 어디로 갈지 너희들이 궁금해할 것 같아서 하는 말이지만, 이곳에는 나와 함께 있는 것을 흥미롭게 생각하는 ** 후작이라는 분이 계셔. 내 의도를 듣자, 그분은 함께 자신의 영지로 가서 아름다운 봄을 보내자고 청하셨어. 내가 뭘 하든 신경 쓰지 않겠노라는 약속도 했어. 그리고 우리는 어느 정도 서로 이해하는 처지이기 때문에, 모든 걸 행운에 맡기고 그와 함께 가 볼 작정이야.

붙임

4월 19일

네가 보낸 두 통의 편지 고맙게 받았어. 내가 답장을 보내지 않은 이유는, 궁정에서 사직 결정이 내려질 때까지 이 편지를 부치지 않은 채 두었기 때문이야. 혹시라도 어머니가 미리 아시면 장관에게 손을 써서 내 계획을 어렵게 만들지 않을까 염려되었기 때문이지. 하지만 이제 결정이 내려져서 마침내 떠날 수 있게 되었어. 사람들이 얼마나 아쉬워하면서 사직 허가서를 건네주었으며 장관님이 내게 뭐라고 썼는지는 너희에게 밝히고 싶지 않아. 아마 너희가 새삼 한탄할 것 같으니 말이야. 황태자께서는 이별의 표시로 25두카텐과 함께 몇 마디 말씀을 적어 보내셨는데, 이 말씀에 감동해 나는 눈물을 금할 수 없었어. 따라서 최근에 내가 어머니께 요청했던 돈은 필요 없게 되었어.

5월 5일

나는 내일 여기를 떠날 거야. 마침 내가 태어난 곳이 지나가는 길에서 6마일도 떨어져 있지 않으니, 거기도 들러서 행복하게 환상에 잠겨 있던 옛 시절을 회상해 볼 작정이야. 아버지가 돌아가신 후 어머니는 사랑스럽고 정든 그곳을 떠나 지금 계신 견딜 수 없는 도시에 스스로 격리되셨는데, 그때 어머니가 나를 데리고 나섰던 그 성문으로도 들어가 볼 생각이야. 잘 있어, 빌헬름. 내 여정은 네게 알릴게.

5월 9일

나는 순례자의 경건한 마음가짐으로 고향 순례를 마쳤어. 생각도 못했던 여러 감정이 나를 사로잡았지. 시(市)에서 15분쯤 떨어진, S로 가는 길가에 서 있는 커다란 보리수 옆에서 나는 우편 마차를 세우고 내렸어. 그리고 마차를 보내고는 걸으면서 모든 기억을 새롭고 생생하게, 그리고 내 마음대로 즐기려 했어. 예전에 내가 어린아이였을 때 산책의 목적지인 동시에 한계였던 보리수 아래 나는 다시 서 보았어. 얼마나 달라졌는지 몰라! 당시에 나는 아무것도 몰랐기 때문에 행복해하며 미지의 세계를 동경했지. 그 미지의 세계에서 나는 내 마음을 위해 얼마나 많은 자양분을 얻길 원했으며, 갈구하며 동경하는 내 가슴을 채워 주고 만족시켜 줄 얼마나 많은 기쁨을 원했는지 몰라. 지금 나는 넓은 세상에서 돌아왔는데, 오 친구여, 얼마나 많은 소망이 헛된 결과로 끝났으며 얼마나 많은 계획이 무산되어 버렸는지! 나는 수없이 내 소망의 대상이었던 산이 내 앞에 놓여 있는 것을 보았어. 나는 오랜 시간 동안 여기 앉아서 저 너머를 동경했고, 내 눈에 그처럼 다정하게 비치던 숲과 계곡 속으로 정신없이 빠져들었어. 그러고 나서 시간이 되어 다시 돌아가야 할 때가 되었을 때, 그 사랑스러운 곳을 얼마나 떠나기 싫었는지 몰라! 시내에 점점 가까이 다가가면서 나는 옛날에 보았던 모든 정원 집에 인사를 건넸어. 새로운 집들은 마음에 들지 않았어. 게다가 사람들이 바꿔 놓은 것들 역시 눈에 거슬리더군. 하지만 성문 안으로 들어서자마자 예전의 나를 완벽하게 재발견하게 되었어. 그러나 세세한 부분까지 열거하지 않는 게 좋을 것 같군. 내게 그토록 매력적인 것이, 설명하다 보면 너무 단조로워질 테니 말이야. 나는 장터의 우리가 살던 집 바로 옆에 묵기로 결정했어. 그리로 가는 중에, 나는 당시에 고지식한 노파가 우리 어린아이들을 가두어 놓았던 교실이 잡화점으로 바뀌어 있는 것을 발견했어. 그 굴속 같은 곳에서 견뎌야 했던 두려움과 불안함, 눈물, 답답한 감정이 되살아났지. 발걸음을 옮길 때마다 기이한 기분이 들었어. 성지에 있는 순례자라 하더라도 종교적 추억이 서려 있는 이렇게 많은 장소들을 접하지는 못할 테고, 그의 영혼이 이처럼 성스러운 감동에 가득 차는 것도 드문 일일 거야. 수없이 많지만 한 가지 예만 들어 볼게. 강을 따라 내려가다가 어느 정원에 도착했어. 이곳은 예전에도 내가 다니던 길이었고, 어린아이였던 우리가 납작한 돌로 물수제비를 많이 뜨기 위해 연습하던 곳이었지. 내가 종종 물가에 서서 물을 바라보던 때나, 정말로 기이한 예감을 가지고 물살을 뒤쫓았던 일, 그 물이 흘러가는 곳을 얼마나 진기하게 생각했었는지 하는 것, 그리고 그곳에서 곧 내 상상력의 한계를 발견했던 일 등이 너무나도 생생하게 기억에 떠올랐어. 그럼에도 물은 계속 흘러가야 했고, 그렇게 나는 보이지 않는 저 먼 곳을 바라보면서 나 자신을 잃어버렸어. 친구여, 우리의 훌륭한 조상들은 그토록 좁은 테두리 속에 살면서도 너무도 행복했어! 그들의 감정과 문학은 너무나도 천진난만했지! 율리시스가 광활한 바다와 끝없는 땅에 대해 얘기할 때면, 그것은 너무나도 진실되고, 인간적이며, 내면적이고, 친밀하고, 신비스러워. 내가 지금 어린 학생들 앞에서 지구가 둥글다고 되풀이해서 얘기할 수 있다는 것이 내게 무슨 도움이 되겠어? 지상에서의 삶을 즐기기 위해서는 인간에게 약간의 땅만 있으면 되고, 땅속에 묻힐 때는 그보다 더 적은 땅이면 충분하지.

나는 지금 후작의 사냥용 별장에 와 있어. 그와는 아주 잘 지내고 있어. 그는 진실되고 소박해. 내가 이해할 수 없는 기이한 사람들이 그의 주위에 모여 있긴 하지. 그들은 악한 사람들 같지는 않지만, 그렇다고 성실한 사람들 같지도 않아. 때에 따라 이들이 성실하게 보이기도 하지만, 나는 이들을 도통 신뢰할 수가 없어. 유감스러운 것은 후작이 자기가 그저 주위에서 들은 것이나 읽은 것을, 그것도 다른 사람이 그에게 제시한 관점에서 얘기한다는 사실이야.

또한 그는 나의 유일한 자랑거리인 마음보다는 나의 지력과 재능을 더 높이 평가하고 있어. 모든 힘과 모든 축복과 비참함의 유일한 원천인 나의 마음보다 말이지. 아, 내가 아는 것은 누구나 다 알 수 있는 것이지만, 내 마음은 나만이 가지고 있는 건데 말이야.

5월 25일

난 머릿속에 어떤 생각을 가지고 있었는데, 그것이 실행되기 전까진 너희에게 말하지 않으려고 했어. 하지만 이제 그 계획이 물거품이 되었으니 아무래도 상관없게 되었어. 난 전쟁에 참가하려 했었어. 그 생각을 오랫동안 마음속에 품고 있었지. 내가 *** 에 근무하고 있는 장군인 후작을 따라 이곳으로 온 것도 사실은 그 때문이었지. 산책 중에 나는 그에게 내 계획을 털어놓았어. 그는 만류했지. 그가 만류하는 이유를 내가 귀담아듣지 않으려 했다면 그것은 내 변덕 때문이라기보다는 열정 때문이었음에 틀림 없어.

6월 11일

네가 뭐라든 상관없어. 난 여기에 더 이상 머물 수가 없어. 내가 여기서 뭘 하겠어? 시간이 가는 것이 점점 지루해지고 있어. 후작 은 할 수 있는 만큼 나를 붙잡고 있지만, 나는 안정을 얻을 수가 없어. 사실 우리는 서로 간에 공통점이라곤 하나도 없어. 그는 소 견 있는 사람이지만 그건 아주 평범한 소견이지. 그와 교제하는 것보다 좋은 책을 읽는 것이 나에게 더 큰 즐거움을 줘. 앞으로 일 주일만 더 머무를 거야. 그리고 나선 다시 정처 없이 돌아다닐 거 야. 여기서 내가 한 일 중에 가장 잘한 것은 그림을 그리는 거였어. 후작은 예술에 대한 감각이 있어. 만약 그가 역겨운 학문적인 속성과 일반적인 전문 용어에 얽매이지 않는다면 예술을 훨씬 잘 느낄 수 있을 거야. 내가 충만한 상상력에 사로잡혀 그를 자연과 예술의 세계로 이끌 때면, 그는 판에 박힌 어떤 전문 용어를 사용하며 서툴게 끼어들어 단번에 대상을 잘 정리했다고 생각하는데, 그럴 때마다 나는 속으로 이를 갈곤 해.

6월 16일

그래, 나는 이 지상의 방랑자이며 순례자일 뿐이야! 그러는 너희는 그보다 나은 존재란 말이야?

6월 18일

내가 어디로 가려느냐고? 너를 믿고 털어놓지. 아직 2주일은 여기 머물러 있어야 해. 그러고 나선 ***의 광산을 방문하겠다고 나자신에게 최면을 걸고 있지만, 사실 그것은 나와 아무 상관도 없는 일이야. 나는 단지 로테에게 가까이 가고 싶은 거야. 그게 전부지. 나는 나 자신의 마음을 비웃고 있어. 그러면서도 그 마음에 따라 행동하고 있지.

7월 29일

아니야, 됐어! 모든 것이 잘됐어! 내가 그녀의 남편이었다면!
오, 나를 창조하신 신이시여, 만약 당신이 내게 이 축복을 허락하
셨다면, 내 모든 삶 자체가 평생 이어지는 기도였을 것입니다. 나
는 당신과 논쟁하려는 것이 아닙니다. 내가 이렇게 눈물 흘리는
것과, 나의 헛된 소망을 용서하십시오! 그녀가 내 아내였다면! 내
가 만약 세상에서 가장 사랑스러운 피조물을 내 품에 안을 수 있
었다면……. 빌헬름, 알베르트가 그녀의 날씬한 허리를 안을 때
면 내 온몸에 전율이 일어.

그리고 이런 얘기를 해도 될까? 안 될 이유가 어디 있겠어, 빌
헬름? 그녀는 알베르트보다 나와 함께하는 게 더 행복했을 거야!
아, 그는 마음의 모든 소망을 충족시켜 줄 만한 사람이 아니야. 감
수성이 약간 부족하지. 이 부족함은 ─ 네 마음대로 해석해 ─ 똑
같은 느낌으로 가슴이 뛰지 않는 그런 감정이야. 어떤 책을 읽다
가 내 마음과 로테의 마음이 하나가 되는 바로 그런 대목에서 말
이야. 제3자의 행동에 대한 우리의 느낌이 강렬해지는 수많은 다
른 경우에도 마찬가지지. 사랑하는 빌헬름! 그가 로테를 진심으
로 사랑하는 건 사실이야. 그리고 그만한 사랑이면 어떤 보상을
못 받겠어!

어떤 참을 수 없는 인간이 내가 편지 쓰는 걸 방해했어. 내 눈물
이 말라 버렸지. 정신도 산만해졌어. 잘 있어, 사랑하는 친구!

8월 4일

나 혼자만 이런 상황에 놓이는 건 아니야. 모든 사람들이 자신들의 소망에 속고, 기대로부터 저버림을 당하는 법이니까. 나는 보리수 아래 사는 선량한 여인을 찾아갔어. 맏아들이 나를 향해 뛰어왔고, 녀석이 기쁨에 겨워 지르는 소리에 아이의 엄마도 따라 나왔는데, 그녀는 크게 낙심한 듯 보였어. "아, 선생님, 한스가 죽었답니다!" 이게 그녀의 첫마디였어. 한스는 그녀의 막내아들이었지. 나는 할 말을 잃었어. 그녀는 계속해서 얘기했어. "그리고 제 남편이 스위스에서 돌아왔는데, 아무것도 가지고 온 게 없어서 인심 좋은 분들이 없었다면 구걸을 하러 다녀야만 했을 거예요. 글쎄 돌아오는 도중에 열병에 걸렸지 뭐예요." 나는 그녀에게 뭐라 할 말이 없었어. 아이에게 약간의 돈을 쥐여 주었지. 그녀는 내게 사과를 몇 개 주었어. 나는 그것을 받고 그 슬픈 추억의 장소를 떠났어.

8월 21일

마치 손바닥을 뒤집듯이 내 마음은 수시로 바뀌고 있어. 때로 삶의 기쁜 전망이 다시 밝아 오는 것 같아. 아, 하지만 그건 순간뿐이지! 내가 그렇게 꿈속에서 헤맬 때면 나는 다음과 같은 생각을 막을 수가 없어. '알베르트가 죽으면 어떻게 될까? 너는 아마도……! 그래, 그녀는 아마도……!' 그럴 때면 나는 이런 망상이 나를 심연 가까이 이끌 때까지 망상을 좇아 달리다가 심연 앞에서 몸서리치며 물러서지.

내가 로테를 무도회에 데려가기 위해 처음으로 마차를 타고 갔던 길이 나 있는 성문을 나설 때면, 모든 것이 얼마나 달랐었는가에 생각이 미쳐! 모든 것, 정말 모든 것이 지나가 버렸어! 지나가 버린 세상의 흔적도 찾아볼 수 없고, 당시 내 감정의 고동도 느낄 수 없지. 내가 마치 유령 같다는 생각이 들어. 한때 잘나가던 영주로서 성을 지어 온갖 훌륭한 재능으로 꾸며 놓고, 죽으면서 사랑하는 아들에게 기대에 가득 차 물려준 성이 다시 돌아와 보니 불타고 파괴되고 만 것을 바라보는 그런 유령 말이야.

9월 3일

내가 이렇게 오직 그녀만을 진심으로 충만하게 사랑하고 있는데, 어떻게 다른 남자가 그녀를 사랑할 수 있으며 어떻게 그녀를 사랑해도 되는지 때론 이해할 수가 없어. 그녀 외에는 아무것도 모르고, 그녀 외에는 가진 것이 없는데 말이야!

9월 4일

그래, 그런 거야. 자연이 가을로 다가가는 것처럼 나의 내면과 내 주위도 가을이 되어 가고 있어. 나의 잎사귀는 노랗게 물들고 있고, 주위에 있는 나무들의 잎사귀는 벌써 떨어져 버렸지. 내가 여기 온 지 얼마 되지 않아 어떤 농가의 젊은 머슴에 대해 쓴 적이 있지? 최근에 발하임에서 그를 다시 수소문해 보았어. 그는 일하던 집에서 쫓겨났다는 소문이었고, 더 이상 아무도 그에 대해 알려고 하지 않더군. 어제 다른 마을로 가는 길에 우연히 그를 만났어. 나는 그에게 말을 걸었지. 그는 내게 자신의 지난 얘기를 해 주었는데, 그걸 들으면서 내 마음은 이중 삼중으로 감동을 받았어. 내가 그 얘기를 해 주면 너도 내 마음을 쉽게 이해할 수 있을 거야. 하지만 뭣 때문에 그래야 하지? 어째서 나는 나를 불안하게 하고 괴롭히는 것을 나 혼자 간직하지 못하는 걸까? 어째서 나는 너까지 슬프게 만드는 거지? 어째서 나는 언제나 네가 나를 유감스럽게 생각하고 책망할 기회를 주는 걸까? 그렇다고 해도 할 수 없지. 그것 역시 내 운명에 속할 테니까!

담담한 슬픔에 잠긴 그는 내가 볼 때 약간 수줍어하는 모습이었는데, 처음에는 내가 묻는 말에만 대답했어. 하지만 마치 자신과 나의 관계가 어땠는지 갑자기 다시 깨달은 것처럼, 곧바로 한층 솔직하게 나한테 자신의 실수를 털어놓으며, 자신의 불행에 대해 하소연했어. 빌헬름, 그의 한마디 한마디는 네 판단에 맡겨도 좋을 것 같아! 그는 고백했어. 아니, 옛사랑의 추억을 즐기면서 행복하게 이야기했지. 자신의 여주인에 대한 열정이 하루하루 얼마나 커져 갔으며, 특히 자신이 무슨 일을 하고 있는지 몰랐고, 그의 표현에 따르면 머리를 어느 쪽으로 돌려야 할지도 몰랐다고 말이야. 먹고 마실 수도, 잠을 잘 수도 없었고, 목이 꽉 막힌 나머지 해서는 안 될 일을 하고 말았다는 거야. 자신이 해야 할 일을 잊고 마치 악령에 쫓기는 듯한 모습을 보였다더군. 그러던 어느 날 그는 여주인이 위층 방에 있다는 걸 알고 그녀의 뒤를 따라갔다고, 아니 오히려 그녀에게 이끌려 갔다고 했어. 그녀가 자신의 요청에 귀 기울이지 않자 힘으로 그녀를 제압하려 했다는군. 그는 어떻게 그런 일이 생겼는지 모른다며, 그녀에 대한 자신의 의도는 순수했고, 그녀가 자신과 결혼해서 평생을 자신과 보냈으면 하는 애타는 소망밖에 없었다는 사실을 하느님이 보증할 거라고 했지. 한동안 얘기한 후 그는 말을 더듬기 시작했어. 마치 할 말이 더 있는데 말할 엄두가 나지 않는 사람처럼 말이야. 마침내 그는 수줍어하면서, 그녀가 자신에게 다소간 허물없이 대하는 것을 허락한 상태라는 사실과, 그가 그녀에게 가까이 다가가는 것을 허락했노라는 사실도 털어놓았어. 그는 중간에 두세 번 말을 중단하고는, 자신이 이 얘기를 하는 것은 그녀에게 해를 끼치려는 게 아니니 오해하지 말아 달라고 열을 올리며 거듭해서 말했어. 그의 표현에 따르면, 자신은 전과 다름없이 그녀를 사랑하고 존중하고 있으며, 이런 얘기는 아직 입 밖에 내 본 적이 없는데, 자신이 정신이 나갔거나 몰상식한 사람이 아니라는 것을 내게 확인시키기 위해 털어놓을 따름이라는 거였지. 빌헬름, 여기서 나는 내가 영원히 부를 오래된

레퍼토리를 또 한 번 시작해야겠어. 그가 내 앞에 서 있던 모습 그대로, 그가 여전히 내 앞에 서 있는 것처럼 내가 너에게 그를 보여 줄 수 있을까! 내가 그의 운명에 얼마나 동감하고 있으며 동감할 수밖에 없는지 네가 느낄 수 있도록 모든 것을 제대로 말할 수 있을까! 하지만 그럴 필요는 없겠지. 너도 내 운명과 나 자신을 잘 알고 있으니, 무엇이 나를 모든 불행한 이들, 특히 이 불행한 남자에게로 이끌어 가는지 너무 잘 알 거야.

편지를 쭉 다시 읽어 보고 나서야, 이야기가 어떻게 끝나는지 설명하는 걸 빼먹었다는 사실을 알았어. 하지만 그 결말은 누구나 쉽게 짐작할 수 있는 내용이야. 그녀는 그를 밀쳐 냈어. 여기에 그녀의 오빠가 가세했지. 그 오빠라는 사람은 이미 오래전부터 그 하인을 미워해서 진작 집에서 내쫓았으면 하고 바랐다는군. 왜냐하면 여동생이 재혼을 하게 되면 자기 자식들에게 돌아갈 유산이 사라질까 봐 두려웠기 때문이지. 그녀에게는 자식이 없는 탓에 오빠의 자식들은 그녀의 재산에 잔뜩 기대를 걸고 있었어. 오빠는 하인을 당장 집에서 내쫓고는 엄청나게 일을 벌여 놓아, 설령 여동생이 원했다 하더라도 다시는 그를 받아들일 수 없도록 만들어 버렸어. 그러자 여동생은 다른 하인을 두었는데, 사람들의 얘기에 따르면 이 하인에 대해서도 그녀는 오빠와 다툼을 벌였다는군. 사람들은 그녀가 이 남자와 틀림없이 결혼할 것이라고 하는데, 오빠는 그런 꼴을 보는 일은 없을 거라고 단단히 마음먹었다는 거야.

내가 네게 이야기하는 것은 과장되지도 않았고 전혀 미화한 것도 아니야. 오히려 사실보다 약화시켜 설명했다고 할 수 있을 거야. 게다가 우리가 물려받은 윤리적 용어로 이 일을 설명하면서 조잡하게 만들고 말았어.

다시 말하지만 이런 사랑과 이런 절조 그리고 이런 정열은 결코 문학적 창작이 아니야. 그것은 살아 있으며, 우리가 교양이 없다거나 조야하다고 부르는 계층의 사람들에게서 가장 순수한 형태를 취하고 있지. 오히려 우리처럼 교양 있다고 여기는 사람들이야말로 교육을 받아 아무짝에도 쓸모없이 된 사람들이야! 제발 부탁인데, 이 이야기를 경건한 마음으로 읽어 줘. 나는 오늘 이 글을 써 내려가면서 마음이 편안해. 내 필적을 보면 내가 전처럼 서툴거나 서두르지 않는다는 걸 너도 알 거야. 사랑하는 빌헬름, 편지를 읽으면서 그것이 네 친구의 이야기이기도 하다는 점을 생각해 줘. 그래, 내게도 그러한 일이 일어났고 앞으로도 그렇게 진행될 거야. 그런데 나는 저 불쌍하고 불행한 하인처럼 용감하지도 못하고 단호하지도 못해. 때문에 그와 나를 비교할 엄두조차 낼 수가 없어.

9월 5일

일 때문에 시골에 머물고 있는 알베르트에게 로테가 짧막한 편지를 썼어. 그 편지는 다음과 같이 시작됐지. '나의 가장 사랑하는 그대여, 되도록 빨리 오세요. 너무나도 기쁜 마음으로 나는 당신을 기다리고 있어요.' 그런데 한 친구가 들어와서는, 알베르트에게 사정이 생겨 그렇게 빨리 돌아오지는 못할 것 같다는 소식을 전해 주었어. 로테가 쓴 편지는 발송되지 않았고 저녁에 내 손에 들어오게 되었지. 그 편지를 읽으며 웃었더니, 로테가 왜 웃느냐고 묻더군. "상상력이란 얼마나 대단한 하느님의 선물인지 몰라요"라고 나는 외쳤어. "잠시나마 나는 이것이 내게 쓴 거라고 나 자신을 속일 수 있었거든요." 순간 그녀가 말을 멈췄어. 내 얘기가 마음을 불편하게 한 것 같았지. 나 역시 입을 다물고 말았어.

9월 6일

내가 로테와 처음 춤출 때 입었던 푸른색의 간소한 연미복을 벗기로 결심하는 일은 참 어려웠어. 하지만 드디어 그 옷이 아주 못 입을 지경이 되었지. 게다가 나는 전에 입던 옷과 깃이나 소맷부리가 똑같은 옷을 맞췄어. 여기에 노란 조끼와 바지도 다시 주문했지.

하지만 그 효과가 예전만 하지는 않아. 왜인지는 모르겠지만, 시간이 지나면 이 옷도 마음에 들 거라고 생각해.

9월 12일

알베르트를 데려오기 위해 로테가 며칠간 여행을 다녀왔어. 오늘 내가 그녀의 방에 들어서자 그녀가 나를 향해 오더군. 나는 기쁨에 넘쳐 그녀의 손에 입을 맞췄지.

카나리아 한 마리가 거울에서 날아와 그녀의 어깨에 앉았어. "새 친구예요." 로테가 말하며 그 새를 손 위로 불러 내렸어. "동생들을 위한 거예요. 아주 귀여운 짓을 한답니다! 이것 좀 보세요! 빵을 주면 날개를 파닥이며 얌전히 쪼아 먹어요. 나한테 입을 맞추기도 한답니다. 보세요!"

그녀가 작은 새에게 입을 내밀자 새는 그녀의 달콤한 입술에 너무나도 사랑스럽게 주둥이를 갖다 댔어. 마치 자신이 누리고 있는 축복을 느끼기라도 한 듯이 말이야.

"당신께도 입을 맞춰야겠지요." 그녀는 이렇게 말하며 새를 건네주었어. 새의 작은 주둥이가 그녀의 입에서 내 입으로 옮겨 왔지. 쪼아 대는 그 감촉은 마치 사랑에 가득 찬 향유의 예감과 숨결 같았어.

난 이렇게 얘기했어. "녀석의 입맞춤이 아주 순수한 것 같지는 않은데요, 모이를 얻으려고 마음에도 없는 애무를 하다 불만스러운 듯 돌아서는군요."

그녀는 이렇게 말했어. "그 새는 내 입에서 먹이를 받아먹거든요." 로테는 입으로 새에게 빵 부스러기를 먹여 주었어. 그녀의 입술에선 천진난만하게 공감하는 사랑의 즐거움이 한없이 기뻐하면서 웃음 짓고 있었어.

　나는 얼굴을 돌려 버렸어. 그녀는 그렇게 해선 안 되는 거였어. 천상의 순결함과 축복 가득한 이런 모습으로 나의 상상력을 자극하거나, 생에 대한 무관심으로 인해 때때로 깊이 잠든 내 마음을 잠에서 깨우는 일은 없어야 했지! 하지만 왜 그래서는 안 되는 걸까? 그녀는 나를 신뢰하는데! 내가 그녀를 얼마나 사랑하는지 그녀도 알고 있는데!

9월 15일

　빌헬름, 이 지상에서 여전히 가치를 지니고 있는 얼마 안 되는 것들을 이해하거나 느낄 줄 모르는 사람들이 있다는 걸 생각하면 미칠 것 같은 심정이야. 너도 알고 있지, 내가 성(聖) ＊＊에 있는 독실한 목사 댁에서 로테와 함께 그 아래 앉았던 호두나무들, 정말로 언제나 영혼의 커다란 만족감을 주던 그 멋진 호두나무들 말이야! 이 나무들 때문에 그 목사관이 얼마나 정답게 보였고, 얼마나 시원했으며, 그 가지들은 얼마나 멋졌는지 몰라! 게다가 추억을 더듬으면, 오래전에 이 나무를 심은 신실한 성직자들까지 거슬러 올라가지. 학교 선생님은 자신의 할아버지로부터 들었던 어떤 이름을 자주 언급하곤 했어. 그에 따르면, 그분은 아주 모범적이셨지. 나무 밑에서 그분을 회상할 때마다 나는 성스러운 느낌이 들었어. 네게 말하지만, 우리가 어제 이 나무들이 잘려 버렸다는 사실을 얘기할 때 선생님의 두 눈엔 눈물이 고였어. 잘려 버리다니! 나는 미칠 지경이고, 처음 이 나무에 손을 댄 개 같은 작자를 죽일 수도 있을 것 같아. 내 정원에 있는 그런 나무 몇 그루 중 하나가 수명이 다해 죽어도 비탄에 잠길 텐데, 잘리는 것을 보고만 있어야 하다니. 사랑하는 빌헬름, 그래도 인간의 감정이 무엇인가라는 한 가지 점은 분명해졌어. 마을 전체가 불평하고 있지. 바라기는, 목사 부인이 버터와 달걀 그리고 그 밖의 신뢰감이 줄어든 것을 보고, 자신이 살고 있는 곳에 어떤 상처를 입혔는지 알아차렸으면 하는 거야. 왜냐하면 새로 부임한 목사(우리의 노목사님 역시 세상을 떠나셨지)의 부인이 그 장본인이거든. 비쩍 마르고 허약한 이 여자는, 아무도 그녀에게 관심을 보이지 않으니 세상에 관심을 가질 하등의 이유가 없는 존재지. 스스로 배웠다고 내세우며 성서의 경전을 연구하는 데 끼어들고, 새로 유행하고 있는 도덕적이고 비판적인 기독교 개혁에 열을 올리며, 라바터의 열광적 태도에 대해서는 어깨를 으쓱하고 무시하면서, 건강이 몹시 상해 있는 탓에 하느님이 창조한 지상에서의 어떤 즐거움도 누리지 못하는 바보 같은 여자야. 그런 존재였으니 내 호두나무를 베어 버리는 만행도 가능했던 거지. 정말 어처구니없는 노릇이야! 한번 상상해 봐. 나뭇잎이 떨어지면 그녀의 마당을 지저분하고 습기 차게 만들고, 나무들이 햇빛을 가리는 데다, 호두가 익으면 아이들이 거기다 돌을 던지는 거야. 그리고 바로 이 점이 그녀의 신경을 건드리는 거지. 그녀가 케니코트*와 제믈러* 그리고 미하엘리스*를 비교하고 검토하느라 깊은 생각에 잠기는 것을 방해하는 거야.

마을 사람들, 특히 노인들이 불만스러워하는 것을 보고 내가 물어 봤어. "왜 그걸 참고만 계셨어요?" 돌아온 대답은 이랬어. "여기서는 면장이 하고 싶어 하면 별도리가 없다네." 하지만 인과응보라 할 만한 일이 일어났어. 그러잖아도 묽은 수프를 만들어 주는 아내가 나무를 베어 버리는 심술을 부리자 자신도 뭔가 얻어 보겠다는 생각을 한 목사와 면장이 나무 판 돈을 함께 나누기로 했어. 그때 회계국이 이 사실을 알고는 그 돈을 납부하라고 통보했어. 왜냐하면 나무가 서 있던 목사관의 땅에 대한 관할권이 아직 그곳에 있었기 때문이지. 회계국은 가장 많은 돈을 내겠다는 사람에게 나무를 팔아 버렸어. 나무들은 쓰러진 채 있어! 아, 내가 만약 영주라면! 목사 부인과 면장과 회계국을 모조리⋯⋯. 영주라! 그래, 만약 내가 영주라면 내 영지에 있는 나무 따위에 무슨 신경을 쓰겠어!

10월 10일

그녀의 검은 눈을 보기만 해도 나는 행복해져! 그런데 나를 불쾌하게 하는 것은, 알베르트가 — 아니, 바라건대 내가 그라면 행복해할 만큼 — 그렇게 행복해하는 것 같지 않다는 거야. 나는 줄표 긋는 것을 별로 좋아하지 않지만 여기서는 다른 식으로 표현할 수가 없어. 그리고 내 생각엔 그것으로 충분히 분명한 것 같아.

10월 12일

오시안이 내 마음속에서 호메로스를 밀어냈어. 이 영웅이 나를 이끌고 가는 곳은 얼마나 멋진 곳인지 몰라! 피어오르는 안개 속에서 희미한 달빛이 비치는 가운데, 선조들의 영혼을 이끌어 가는 폭풍의 쏴쏴거리는 소리에 둘러싸여 정처 없이 황야를 거니는 것. 숲 속의 시내가 콸콸거리며 흐르는 소리와 더불어, 산속의 동굴에서는 반쯤 날려 흩어지는 망령들의 신음 소리와, 한없이 애통해하는 처녀가 고귀하게 전사한 애인의, 이끼 덮이고 수풀이 무성한 돌무덤가에서 통곡하는 소리를 듣는 것. 그러고 나서 선조들의 발자취를 찾아 넓은 황야를 방랑하고 있는 백발이 성성한 음유 시인. 아, 그러다가 마침내 선조들의 묘비를 발견하고 애통해하며, 파도치는 바다 속으로 숨고 있는 정다운 저녁 별을 바라보는 그 시인을 발견할 때, 또 부드러운 빛이 용사들의 모험을 비추고, 화환으로 장식된 그들의 개선하는 배를 달이 비추던 과거의 시간들이 영웅의 영혼 속에서 생생하게 살아날 때, 그리고 내가 그의 이마에 깊은 시름이 새겨진 것을 목격하고, 홀로 남은 이 마지막 영웅이 지칠 대로 지쳐 무덤을 향해 비틀거리며 가는 것을 볼 때, 그가 이미 작별을 고한 망자들의 그림자가 힘없이 떠도는 곳에서 언제나 새롭고 고통스럽게 타오르는 기쁨을 들이켜며, 차디찬 땅과 높이 자라 흔들리는 수풀을 굽어보면서 다음과 같이 소리치는 것을 볼 때. "방랑자가 올 것이다. 내가 아름답던 시절에 나를 알고 있던 방랑자가 와서 물을 것이다. '저 가인(歌人)은 어디 있단 말

인가, 핑갈의 훌륭한 아들은?' 그의 발자국은 내 무덤 위를 지나
갈 것이며 이 땅에서 나를 찾은들 헛된 일일 것이다." 아, 친구여!
나는 마치 용사의 무기를 드는 고귀한 시종처럼 칼을 뽑아, 서서
히 죽어 가고 있는 나의 제후를 단말마의 고통으로부터 단번에
해방시키고는, 내 영혼도 자유를 얻은 그 반신(半神)의 뒤를 좇고
싶어.

10월 19일

아, 이 공허! 여기 내 가슴속에 느껴지는 이 끔찍한 공허! 그녀
를 한 번만이라도, 단 한 번만이라도 내 가슴에 안아 볼 수 있다면
이 공허가 완전히 메워질 것 같다는 생각이 가끔 들어.

10월 26일

그래 빌헬름, 내겐 분명해지고 있어. 한 피조물의 존재란 별게
아니라는 것, 정말 별것 아니라는 사실이 점점 분명해지고 있지.
한 여자 친구가 로테를 찾아왔어. 그래서 나는 책을 가지러 옆방
으로 갔어. 하지만 책을 읽을 수가 없어서 뭐라도 써 볼까 하고 펜
을 들었지. 나는 두 여인이 나지막이 얘기하는 걸 듣게 되었어. 그
들은 별로 중요하지 않은 일에 대해 얘기를 나누고 있었어. 누가

결혼하며, 누가 아프고 중병에 걸렸다든가 하는 새로 들은 얘기 말이야. 여자 친구가 이렇게 얘기했어. "그 여자는 마른기침을 하는데, 얼굴에 뼈만 남은 데다 졸도까지 한대. 오래 살지 못할 게 분명해." 로테는 말했지. "**란 남자 분도 상태가 좋지 않다던데." "그 사람은 벌써 몸이 부어올라 있어." 친구가 맞받았어. 그러자 나의 생생한 상상력은 이 불쌍한 환자들의 침대 곁으로 나를 데려다 놓았어. 나는 이들이 얼마나 마지못해하며 삶을 등지는지 봤고, 이들이 어떻게…… . 빌헬름, 그런데 이 아가씨들은 보통 사람들이 낯선 사람의 죽음에 대해 얘기하듯 이들에 대해 얘기하는 거야. 그러고 나서 내가 주위를 둘러보며 방을 자세히 관찰하니, 주변에 로테의 옷과 알베르트의 서류 그리고 내게 그토록 친숙해진 가구들과 잉크병까지 눈에 띄는 거야. 그것들을 바라보면서 나는 생각하지. '봐라, 네가 지금 이 집에서 어떤 존재인가! 요컨대, 너의 친구들은 너를 존경하고 있어! 너는 이들에게 종종 기쁨을 제공하지. 이들이 없으면 존재할 수 없을 것 같은 느낌이 네 마음속엔 들겠지. 하지만 만약 네가 떠난다면, 만약 네가 이 모임에서 벗어난다면? 이들이 너를 잃음으로써 자신들의 운명에 들이닥친 공허함을 느끼게 될까? 얼마나 오래? 아, 인간이란 이처럼 허무한 존재여서, 그가 자기 존재를 확신할 수 있는 곳이나 자신의 현존을 유일하게 실감할 수 있는 곳, 그가 사랑하는 사람의 기억이나 영혼에서조차 지워지고 사라지고야 마는 거야. 그것도 얼마 지나지 않아서 말이야!

10월 27일

사람들이 서로에 대해 그처럼 별것 아닐 수도 있다는 것을 생각하면, 내 가슴을 갈기갈기 찢고 머리를 짓이기고 싶은 충동이 자주 일어. 아, 사랑이나 기쁨, 온정, 환희, 이러한 것을 내가 베풀지 않으면 남도 내게 주지 않는 법이지. 그리고 온 마음으로 가득히 축복한다 해도, 내 앞에 냉정하고 무기력하게 서 있는 사람을 행복하게 할 도리는 없어.

10월 27일 저녁

나는 이렇게 많은 것을 가지고 있어. 그런데 그녀에 대한 감정이 모든 것을 삼켜 버려. 나는 이렇게 많은 것을 가지고 있어. 그런데 그녀 없이는 그 모든 것이 아무것도 아닌 게 되어 버려.

10월 30일

이미 수백 번이나 내가 그녀의 목에 매달릴 뻔한 상황에 처하지 않았더라면! 위대한 신만이 아실 거야. 그처럼 사랑스러운 존재가 앞에서 움직이는 것을 보면서도 손을 뻗쳐서는 안 될 때 어떤 심정이 되는지를 말이야. 하지만 그럴 때 손을 뻗치는 것이야말로 인간의 가장 자연스러운 충동이지. 아이들은 눈에 띄는 것이 있으면 아무것에나 손을 뻗잖아? 그런데 나는?

11월 3일

정말이지 잠자리에 들면서 다시는 깨어나지 않기를 바랄 때가 많아. 아니, 가끔은 정말 그랬으면 하는 소망을 가지고 있지. 그런데 아침에 눈을 뜨면 나는 다시 태양을 보게 되고, 그러면 비참한 심정이 돼. 아, 내가 변덕스러운 사람이어서 날씨나 제3자 혹은 실패한 계획 탓으로 잘못을 돌릴 수 있다면, 불쾌함이라는 참을 수 없는 짐을 절반 정도는 덜어 낼 수 있을 텐데. 나라는 존재가 얼마나 불쌍한지! 나한테 모든 죄가 있다는 것을 나는 너무나도 분명히 느끼고 있어. 죄라고 할 순 없지! 한때 모든 행복의 근원이 내 안에 있던 것처럼, 모든 비참함의 원천이 내 안에 숨어 있다고 여기는 것으로 족할 거야. 한때 충만한 감정에 사로잡혀 떠다니고, 발걸음을 옮기는 곳마다 낙원이 뒤따르며, 사랑에 가득 차 온 세상을 품을 만한 마음을 가지고 있던 나와 지금의 내가 동일 인물이 아니란 말인가? 그런데 이 마음은 이제 죽었고, 이 마음으로부터는 어떠한 감격도 흘러나오지 않고, 나의 눈은 말라 버렸으며, 위로를 주는 눈물에 의해 더 이상 원기를 회복하지 못하는 나의 감각은 불안하게 나의 이마를 주름지게 만들지. 나는 너무나 고통 당하고 있어. 내 삶의 유일한 기쁨이었던 것, 내 주위에 세상을 만들어 냈던, 생명력을 부여하는 성스러운 힘을 잃어버렸기 때문이지. 그 힘이 사라져 버렸어! 내 방의 창문을 통해 멀리 있는 언덕을 보면서, 아침 해가 언덕 너머에서 안개를 뚫고 내려와 고요한 들판을 비추는 모습이나 잎이 다 떨어진 수양버들 사이로 잔잔하게 흐르는 시냇물이 내 쪽으로 굽이굽이 흘러오는 모습을 보노라면, 아, 그런데 이 멋진 자연이 니스 칠한 그림처럼 내 앞에 뻣뻣하게 굳은 채 서 있다면, 그리고 온갖 즐거움이 내 심장에서 머리 위로 단 한 방울의 행복감도 뿜어 올릴 수 없다면, 그리고 건장한 사내가 하느님 앞에 마치 바싹 말라 버린 우물이나 갈라진 물통처럼 서 있다면. 하늘이 굳어 자신의 땅에 가뭄이 들 때면 비를 간청하는 농부가 그러하듯, 나는 자주 바닥에 엎드려 하느님께 눈물을 달라고 기도했어.

아, 하지만 나는 느끼고 있어, 하느님은 우리가 간절히 요청한다고 해서 비와 햇빛을 주지는 않는다는 걸 말이야. 기억을 떠올리면 고통을 안겨 주는 저 시절, 왜 그 시절은 그토록 행복했던 것일까? 내가 참을성 있게 하느님의 영을 고대하고 그가 내 위에 쏟아 붓는 환희를 온 마음으로 깊이 감사하면서 받아들였기 때문이겠지!

11월 8일

로테가 나의 지나침을 나무랐어! 아, 너무나도 사랑스러운 태도로 말이지! 나의 지나침이란 때로 포도주 한 잔에서 시작한 것이 한 병으로 끝나는 걸 말하는 거야. 그녀는 이렇게 말했어. "그러지 마세요! 저를 생각하셔서 말이에요!" 나는 대답했지. "생각이라고요! 내게 그렇게 하라고 말할 필요가 있을까요? 나는 항상 생각해요! 아니 생각하는 정도가 아니라, 당신은 언제나 내 영혼 앞에 서 있어요. 오늘 나는 최근에 당신이 마차에서 내렸던 장소에 앉아 있었어요……." 그녀는 내가 이 이야기를 본격적으로 시작하지 않게 하려고 다른 얘기를 꺼냈어. 빌헬름, 나는 끝난 존재야! 그녀는 나를 자신이 원하는 대로 할 수 있어.

11월 15일

빌헬름, 진심 어린 배려와 호의적인 충고를 해 줘서 고마워. 부탁인데 너무 신경 쓰지 마. 나 스스로 견뎌 낼 수 있도록 해 줘. 많이 지친 상태이긴 하지만 그래도 내겐 아직 견뎌 낼 만한 힘이 있으니 말이야. 너도 알다시피 나는 종교를 높이 평가해. 나는 종교가 다수의 고달픈 사람들에게는 지팡이가 되고 쇠약한 사람들에겐 청량제가 된다고 생각하고 있어. 다만, 종교가 그럴 수 있다고 해서 누구에게나 그래야만 할까? 네가 넓은 세상을 자세히 들여다보면, 설교를 들었건 듣지 않았건 종교가 그런 작용을 하지 못한 수많은 사람과, 앞으로도 그럴 수많은 사람을 보게 될 거야. 그런데도 종교가 내게 좋은 영향을 끼쳐야만 할까? 하느님의 아들조차도, 아버지께서 그에게 보내신 사람들만이 그의 곁에 있을 수 있다고 말하고 있잖아?* 그러니 내가 그에게 보낸 사람이 아니라면? 내 마음이 내게 얘기하고 있는 것처럼, 만약 아버지께서 자기 곁에 나를 붙잡아 두려 한다면? 제발 부탁이니, 내 말을 오해하지 마. 내가 이렇듯 순진하게 말하는 걸 조롱이라고는 생각하지 마. 너에게 고백하는 건 내 영혼에서 우러나오는 진심이니까. 만약 그렇지 않았다면 차라리 입을 다물고 있었을 거야. 나뿐만 아니라 누구도 제대로 알지 못하는 것에 대해 말을 흘리는 것을 나는 그다지 탐탁잖게 생각하니까 말이야. 인간의 운명이란 자신이 처한 한계를 참고 견디며 자신의 잔을 남김없이 마시는 것과 무엇이 다를까? 그리고 이 잔은 인간이 된 신의 입술에도 너무 썼어. 그런데 내가 왜 허세를 부리며 마치 그 잔이 단 것처럼 가장해야 하지? 그리고 내가 왜 끔찍한 순간에 부끄러워해야 하지? 내 모든 존재가 삶과 죽음 사이에서 떨고 있고, 과거가 마치 번개처럼 미래의 암울한 구덩이 위에서 번쩍이며 내 주위의 모든 것이 침몰하고, 나와 더불어 세상도 가라앉는 그런 끔찍한 순간에 말이야. "나의 하느님! 나의 하느님! 어찌하여 나를 버리셨나이까?"라는 외침은, 철저히 자신의 내면으로 내몰려 자기 자신을 잃어버리고 한없이 추락하는 존재가, 헛되이 일어서려고 애쓰는 힘마저 다한 상태에서 이를 갈며 내는 목소리가 아닐까. 그러니 내가 그런 식으로 표현하는 것을 부끄러워해야 할까? 하늘을 두루마리처럼 둘둘 말아 버리는 존재조차 피할 수 없는 그런 순간을 내가 두려워해야 할까?

11월 21일

　나뿐만 아니라 그녀까지도 파멸시킬 독약을 그녀 스스로 준비하고 있다는 사실을, 그녀는 모르고 있고 느끼지도 못하고 있어. 그런데 나를 파멸로 이끌 술잔을 그녀가 건넬 때 나는 탐욕에 가득 차 그 잔을 남김없이 들이켜지. 그녀가 나를 자주 ― 자주라고? ― 아니 자주라고 할 수는 없지만, 그래도 가끔은 정다운 시선으로 나를 바라보는 것이나, 나도 모르게 드러나는 내 감정의 표현을 그녀가 호의적으로 받아들이는 것, 그리고 그녀의 이마에 나의 인내에 대한 동정이 새겨지는 것은 도대체 무슨 의미일까?

　어제 내가 떠날 때 그녀는 내게 손을 건네며 말했어. "안녕히 가세요, 사랑하는 베르터 씨!" 사랑하는 베르터 씨! 그녀가 나에게 '사랑하는'이라는 말을 쓴 건 이번이 처음이었어. 그 말은 내 골수에 사무쳤지. 나는 그 말을 수백 번 반복했어. 그리고 어젯밤 잠자리에 들면서 나 자신과 온갖 수다를 떨 때 갑자기 이렇게 말하고 말았어. "잘 자요, 사랑하는 베르터 씨!" 나는 내 꼴을 보고 웃을 수밖에 없었어.

11월 22일

　나는 '그녀를 내게 허락해 주세요!'라고 기도할 수는 없어. 그래도 그녀가 내 사람인 것 같다는 생각이 자주 들어. '그녀를 내게 주세요!' 라고 기도할 수는 없는 거야. 그녀는 다른 남자의 여자니까. 나는 괴로운 심정으로 이렇게 신소리를 늘어놓고 있어. 이대로 가다가는 모순투성이의 얘기로 가득 찰 거야.

11월 24일

그녀는 내가 참고 있다는 것을 느끼고 있어. 오늘 그녀의 시선이 내 가슴속 깊은 곳까지 뚫고 들어왔지. 나는 혼자 있는 그녀를 발견했어. 나는 아무 말도 하지 않았고, 그녀는 나를 물끄러미 바라보았지. 내가 그녀에게서 본 것은 더 이상 사랑스러운 아름다움이라든가, 훌륭한 정신의 번득임 같은 것이 아니었어. 그 모든 것이 내 눈앞에서 사라져 버렸지. 그보다 더 숭고한 시선이 나를 사로잡고 있었어. 가장 내밀한 관심과 가장 달콤한 공감을 그대로 드러내는 그런 시선 말이야. 왜 나는 그녀의 발 앞에 몸을 던지지 못했을까? 왜 그 시선에 대한 답으로 그녀의 목에 수없이 입맞춤하지 못했을까? 그녀는 피아노 쪽으로 몸을 피하더니, 피아노 연주에 맞춰 달콤하고 나직한 목소리로 노래했어. 이제까지 그녀의 입술이 그토록 매력적인 적은 없었어. 그 입술은 마치 피아노에서 흘러나오는 저 달콤한 음들을 홀짝이며 들이마시려는 듯 갈망하며 열려 있는 것 같았고, 은밀한 메아리만이 그 순결한 입에서 울려 나오는 것 같았지. 그래, 내가 네게 그것을 있는 그대로 말할 수 있다면 좋으련만! 나는 오래 견디지 못하고 고개를 숙이며 맹세했어. '하늘의 영이 감돌고 있는 입술이여, 앞으로 네게 입 맞출 생각은 결코 하지 않겠다.' 그렇긴 하지만, 난 입 맞추고 싶어. 아! 그건, 아니 그건 마치 칸막이벽처럼 내 영혼 앞에 서 있어. 이 행복! 그걸 경험한 후 이 죄를 속죄하기 위해 파멸하는 거야. 죄라고?

11월 26일

나는 가끔 나 자신에게 이렇게 말해. "너 같은 운명은 세상에 둘도 없을 거야. 다른 사람들의 운명은 행복하다고 찬미할 수 있겠지. 너처럼 고통 당한 사람은 아직 아무도 없었어." 그러고 나서 옛 시인의 시를 읽으면, 마치 나 자신의 마음을 들여다보는 듯한 생각이 들어. 나는 그만큼 참아야 하는 거야! 아, 나 이전에 벌써 수많은 사람들이 그렇게 비참했단 말이야?

11월 30일

난, 난 말이야 제정신을 차리지 못할 것 같아! 어딜 가든 자제력을 잃게 만드는 일과 마주치니까 말이야. 오늘도! 아, 운명이란! 아, 인간이란!

점심때면 나는 물가로 가곤 하는데, 오늘은 밥 생각이 없었어.

모든 것이 황량했고, 산에서는 습하고 차가운 서풍이 불어왔으며, 잿빛 비구름이 계곡으로 몰려 들어왔어. 저 멀리 초라한 초록색 상의를 입은 남자가 보이더군. 그 사람은 바위 사이를 기어 다니며 약초를 찾고 있는 듯했어. 가까이 다가가자 그 사람은 내 인기척에 뒤를 돌아보았어. 나는 그의 인상에 대단히 흥미를 느꼈어. 그의 얼굴에는 고요한 슬픔이 감돌고 있더군. 하지만 그 슬픔에서 묻어나는 것은 선하고 곧은 심성이었어. 그의 검은 머리는 핀을 사용해 두 갈래로 고정되어 있었고, 나머지 머리는 굵게 땋인 채 등 쪽으로 흘러내리고 있었어. 옷차림을 보아하니 신분이 낮은 사람 같아서, 그가 하는 일에 관심을 기울여도 크게 기분 나빠 할 것 같진 않았어. 그래서 뭘 찾고 있느냐고 물어봤지. 그가 깊은 한숨을 쉬며 대답했어. "꽃을 찾고 있는데, 보이질 않는군요." "꽃 필 시기가 아니니까요." 나는 웃으면서 말했어. 그는 내 쪽으로 내려오며 대답했어. "꽃에는 여러 가지 종류가 있지요. 우리 집 정원에는 장미와 두 종류의 인동덩굴이 있어요. 그중 하나는 아버지가 제게 주신 거예요. 이놈들은 마치 잡초처럼 자란답니다. 벌써 이틀째 찾고 있는데 보이질 않네요. 이 근처에는 언제나 노랗고 파랗고 빨간 꽃들이 있어요. 그리고 자주쓴풀에는 작고 예쁜 꽃이 피지요. 그런데 하나도 볼 수가 없군요." 나는 왠지 섬뜩한 느낌이 들었어. 그래서 에둘러 물어봤지. "꽃은 어디다 쓰려는 거지요?" 갑자기 그의 얼굴에 불가사의한 미소가 번졌어. 그러고는 입에 손가락을 갖다 대며 말했지. "다른 사람에게는 말하지 마세요. 애인에게 꽃다발을 주겠다고 약속했답니다." "그것참 멋진데요." 나는 이렇게 대꾸했지. "아! 그녀는 다른 것은 많이 갖고 있어요. 부자니까요." "그래도 당신이 주는 꽃다발을 좋아할 거예요." 그는 계속해서 말을 이었어. "그녀는 보석도 있고 왕관도 있어요." "그녀의 이름이 뭐지요?" 그는 이렇게 대답했어. "네덜란드 정부가 나한테 봉급을 지불했더라면 내가 이런 꼴은 아니었을 겁니다! 나도 정말 잘나가던 때가 있었어요! 그러나 이제는 글렀어요. 난 지금……." 하늘을 바라보는 젖은 눈이 모든 것을 말해 주고 있었어. 나는 계속해서 물어보았어. "그러니까 전에는 행복했었군요?" "아, 다시 그 시절이 왔으면 좋겠어요! 그땐 정말 좋았고 너무나도 즐거웠어요. 마치 물 만난 고기 같았지요!" 그때 할머니 한 분이 우리 쪽으로 오면서 소리쳤어. "하인리히! 하인리히, 어디 있니? 널 찾으러 사방을 돌아다녔잖아. 밥 먹으러 가자." "아드님이신가요?" 나는 할머니 쪽으로 다가서며 물어봤어. "그래요, 내 불쌍한 아이랍니다! 하느님께서 내게 무거운 십자가를 얹어 놓으셨지요." "저렇게 된 지는 얼마나 됐나요?" "이렇게 잠잠해진 건 반년쯤 됐어요. 이만한 게 천만다행이지요. 그전에는 1년 내내 미쳐 날뛰어서 사슬에 묶인 채 정신 병원에 있었답니다. 지금은 아무한테도 해코지를 하진 않아요. 다만 항상 왕이니 황제니 하는 걸 만들어 내지요. 전에는 착하고 조용한 아이여서 생계도 돕고 글씨도 잘 썼답니다. 그런데 갑자기 우울해지더니 고열에 빠졌다가 미쳐 버리더군요. 지금은 보시는 대로입니다. 말씀드리자면, 선생님……." 나는 폭포수처럼 쏟아져 나오는 할머니의 말을 끊고 물어봤어. "아드님이 너무나도 행복하고 좋은 시절이 있었다고 자랑하던데 그건 언제지요?" "바보 같으니!" 할머니는 애처로운 미소를 지으며 소리쳤어. "그건 그 애가 정신이 나가 있던 때를 말하는 겁니다. 자기 자신에 대해 아무것도 모른 채 정신 병원에 있을 때 말이에요." 마치 벼락을 맞은 것 같았어. 나는 할머니에게 돈을 한 닢 쥐여 주고 서둘러 그 자리를 떠났어.

"너에게 행복했던 시절이라, 그때 너는 마치 물속에서 노니는 물고기처럼 좋았었지!" 나는 서둘러 시내로 가면서 이렇게 소리쳤어. "하늘에 계신 신이시여! 당신은 인간들이 제정신을 얻기 전과 그것을 다시 잃어버렸을 때를 제외하고는 행복을 느끼지 못하도록 인간의 운명을 정해 놓으셨나요?" 불쌍한 친구 같으니! 그런데도 나는 그대의 슬픔과 그대를 고통스럽게 하는 정신 착란이 얼마나 부러운지 모른다! 그대는 그대의 여왕에게 꽃을 꺾어 주기 위해 겨울인데도 희망에 가득 차 밖으로 나서지 않는가. 그리고 꽃을 발견할 수 없다고 슬퍼하지. 그러면서도 왜 꽃을 발견할 수 없는지는 이해하지 못해. 그런데 나는 희망도 없고 목적도 없이 나섰다가 나갈 때와 똑같이 다시 집으로 돌아와. 그대는 네덜란드 정부가 그대에게 봉급을 지불하면 그대가 어떤 사람이 될지를 상상하지. 자신의 불행을 세상의 방해 탓으로 돌릴 수 있는 사람은 복 있을지어다! 그대는 알지 못해. 그대는 그대의 무너져 내린 가슴속과 착란을 겪고 있는 머릿속에 그대의 비참함이 있고, 이것은 지상의 어떤 왕도 해결해 줄 수 없다는 것을 알지 못하지.

어떤 병자가 병을 고치려고 샘을 찾아 여행을 떠나는데, 누군가 비웃으며 샘이 너무 멀리 있어 그의 병을 악화시키거나 그의 임종을 더 고통스럽게 만들 것이라고 한다면, 그렇게 말하는 사람은 아무런 위로도 받지 못하고 죽어 마땅해! 양심의 가책에서 벗어나거나 영혼의 고통을 덜기 위해 성자의 무덤을 찾아 순례를 떠나는 곤경에 처한 이를 멸시하는 사람도 마찬가지지. 길도 나 있지 않은 곳에서 발걸음을 뗄 때마다 발바닥이 상처를 입는다 해도, 근심에 찬 영혼에겐 그 한 걸음 한 걸음이 한 방울의 진통제인 셈이야. 그리고 하루하루 연장되는 여행길과 더불어, 마음은 온갖 괴로움을 내려놓고 한층 가벼워지는 법이지. 그런데 안락한 쿠션 위에 앉아 미사여구나 늘어놓는 그대들은 이것을 망상이라고 부를 수 있을까? ─ 망상이라! ─ 오, 신이시여! 당신은 나의 눈물을 보고 계시지요! 인간을 충분히 가난하게 만들어 놓은 당신은, 그에게서 그 알량한 가난과 한량없이 자비로운 당신에 대해 그가 갖고 있는 약간의 신뢰마저 빼앗아 가는 형제들까지 그에게 덤으로 주셔야 했단 말입니까? 우리를 둘러싼 모든 것에 치료의 힘과 진정시키는 힘을 숨겨 놓은 당신이여, 병을 고치는 약초 뿌리나 포도즙에 대한 믿음이야말로 우리가 시시각각 필요로 하는 당신에 대한 믿음이 아니고 무엇이겠습니까? 내가 알지 못하는 아버지여! 전에는 내 영혼을 가득 채웠지만 지금은 나를 외면한 아버지여, 나를 당신 곁으로 불러 주세요! 더 이상 침묵하지 마세요! 나의 목마른 영혼은 당신의 침묵을 견뎌 내지 못할 거예요. 뜻밖에 돌아온 아들이 목에 매달려 다음과 같이 외친다면 어떤 인간이, 어떤 아버지가 화를 낼 수 있을까요? "제가 돌아왔어요, 아버지! 아버지가 원하셨던 것보다 일찍 방랑을 끝내고 도중에 돌아왔다고 화내지 마세요. 세상은 어딜 가나 똑같아요. 수고하고 일하면 대가와 기쁨이 따르지요. 하지만 그게 무슨 의미가 있겠어요? 아버지가 계신 곳만이 내게 편안함을 주는데요. 저는 아버지가 계시는 곳에서 고통 당하며 즐기고 싶습니다." 사랑하는 하늘의 아버지, 당신은 그런 아들을 쫓아내시겠습니까?

12월 1일

빌헬름! 내가 언급한 그 남자, 그 행복한 불운아는 로테 아버지의 서기였어. 남몰래 키워 오던 로테에 대한 열정이 발각되어, 그 때문에 서기 직에서 쫓겨났고 끝내 미쳐 버리고 말았지. 아마도 너는 이 이야기를 읽으며 알베르트가 내게 그 얘기를 해 줄 때처럼 태연하겠지만, 그 얘기가 얼마나 얼토당토않게 나를 사로잡았는지 이 무미건조한 글에서 느껴 주길 바라.

12월 4일

제발 부탁이야. 알겠어? 나는 이제 끝이야. 더 이상 참을 수가 없어! 난 오늘 그녀 옆에 앉아 있었어. 난 앉아 있었고 그녀는 피아노를 쳤지. 다양한 멜로디였는데 온갖 것을 표현했어! 온갖 것, 온갖 것을! ― 넌 어떻게 할 것 같아? ― 로테의 어린 여동생은 내 무릎 위에 앉아서 인형을 단장시키고 있었지. 내 눈에는 눈물이 고였고 나는 고개를 숙였어. 그녀의 약혼반지가 눈에 띄었지. 눈에서 눈물이 흘렀어. 그런데 그녀가 갑자기 천상에서 흘러나오는 듯한 달콤한 옛날 멜로디를 치기 시작했어. 너무나 갑작스러운 일이었는데, 내 영혼 속으로 위로와 과거의 기억 그리고 내가 예전에 그 노래를 들었을 때의 기억이 스쳐 지나가고, 로테와 헤어져 있던 암울한 기간의 불쾌한 기억과 이루지 못한 소망에 대한 기억도 떠오르는 거야. 그때 나는 방 안을 이리저리 걸었는데, 밀어닥치는 격정으로 인해 가슴이 미어졌어. 나는 격렬하게 감정을 드러내면서 그녀 쪽으로 다가가 말했어. "제발, 제발 그만 쳐요!" 그녀가 피아노를 멈추고 나를 뚫어져라 쳐다봤어. "베르터 씨." 그녀는 내 마음에 사무치는 그런 웃음을 지으며 말했어. "베르터 씨, 많이 아프신 것 같군요. 당신이 가장 좋아하는 곡을 거부하시다니 말이에요. 돌아가셔서 제발 마음을 가라앉히세요." 나는 서둘러 그녀를 떠나왔어. 신이시여! 당신은 내 비참함을 보고 계시니 그걸 끝내 주실 수 있겠지요.

12월 6일

그녀의 모습이 날 얼마나 따라다니는지 몰라! 자나 깨나 그녀는 내 영혼을 가득 채우고 있어! 눈을 감으면, 여기 내면의 시력이 집중되는 내 이마 속에 그녀의 검은 눈이 나타나. 여기! 너에게 그걸 표현할 방법이 없군. 내가 눈을 감으면 그 눈이 나타나. 마치 바다처럼, 마치 심연처럼 그 눈은 내 앞에, 내 안에 놓여 있고, 내 이마의 감각을 가득 채우지.

반쯤은 신을 닮았다고 칭송받는 인간이란 도대체 무엇일까? 그가 가장 절실하게 힘을 필요로 하는 바로 그 순간에 그 힘이 사라져 버리지 않는가? 그리고 그가 떨 듯이 기뻐할 때나 고통에 빠져 있을 때, 그리고 이러한 감각에 사로잡혀 무한의 충일함 속에서 스스로 망각하기를 바라는 바로 그때 그는 덜미를 붙잡히는 것이 아닐까? 바로 그때 그는 차갑고 둔감한 의식으로 다시 돌아가는 것은 아닐까?

편집자가 독자에게 드리는 글

우리의 친구가 보낸 기이한 며칠간에 관해 될 수 있으면 많은 자필 기록이 남아 있어서, 그가 남긴 편지에 이어지는 부분을 내 설명으로 중단하지 않았으면 하고 얼마나 바랐는지 모릅니다.

나는 베르터의 이야기를 자세히 알 만한 사람들의 입에서 정확한 소식을 모으려고 신경을 썼습니다. 그 이야기는 간단하며, 그에 관한 모든 설명은 사소한 몇 가지를 제외하곤 한결같이 일치합니다. 다만 관계되는 사람들의 심적 상태에 대해서는 견해들이 제각각 다르고 의견도 나뉘었습니다.

결국 우리에게 남은 방법은, 거듭된 노력을 통해 알 수 있게 된 것을 양심적으로 설명하고, 고인이 남긴 편지를 끼워 넣고, 찾아낸 쪽지가 아무리 사소하더라도 소홀히 하지 않는 것뿐입니다. 특히 평범하지 않은 사람의 경우 아무리 단순한 행위일지라도 그 독특하고 진정한 동기를 발견해 내는 것이 아주 어렵기 때문입니다.

불만과 불쾌함이 베르터의 영혼에 점점 깊이 뿌리를 내렸고 더욱 단단히 얽혔으며, 그의 전 존재를 차츰 사로잡고 말았습니다. 그의 정신이 지니고 있던 조화는 완전히 파괴되었고, 그의 본성이 가진 모든 힘을 뒤죽박죽으로 만든 내면의 흥분과 격렬함은 가장 불행하게 작용하여, 마침내 그에게 쇠약함만 남겨 주었습니다. 그는 지금까지 어떤 불행과 싸웠을 때보다 더욱 두려운 마음으로 이러한 쇠약함에서 벗어나려고 애를 썼습니다. 그의 가슴속에 있는 불안감은 그의 정신이 그나마 가지고 있던 힘과 그의 생동감, 그의 명민함을 소진시켰습니다. 그는 모임에서 슬픈 모습을 보이기 일쑤였고 점점 불행해졌으며, 그렇게 불행해질수록 점점 공정하지 못한 모습을 보여 주었습니다. 적어도 알베르트의 친구들은 그렇게 말하고 있습니다. 이들은, 오랫동안 원하던 행복을 마침내 손에 넣은 순수하고 평온한 사람, 그리고 이 행복을 미래에도 유지하고자 하는 알베르트의 행동을 베르터가 제대로 평가할 수 없었다고 주장하고 있습니다. 베르터는 날마다 자신이 가지고 있는 전부를 다 써 버리고, 저녁이면 굶주리며 고통 받는 사람이었으니 말이지요. 이들은 알베르트가 그렇게 단기간에 변했을 리 없으며, 아직도 베르터가 그를 처음에 보았던 모습 그대로라고, 그가 아끼고 존경하던 예전의 그라고 말하고 있습니다. 알베르트는 무엇보다 로테를 사랑했고, 그녀를 자랑스러워했으며, 누구나 그녀를 훌륭한 존재로 인정했으면 하고 바랐다고 합니다. 그러니 그가 일말의 의혹이라도 살 만한 일은 피하려 했다거나, 아무리 순수한 방식이라 하더라도 그가 그러한 순간에 누구와도 이 값진 소유물을 함께 나눌 생각을 하지 않았다고 그를 나쁘게 생각해야만 할까요? 이들의 고백에 따르면, 베르터가 로테 곁에 있을 때면 알베르트는 자주 아내의 방에서 나와 주었다고 합니다. 그것은 자신의 친구에 대한 증오나 거부감 때문이 아니라, 자기가 있으면 그가 압박감을 느끼는 것 같았기 때문이라는 것입니다.

로테의 아버지가 병에 걸려 방 안에만 있게 되자, 그가 로테에게 자신의 마차를 보냈습니다. 로테는 마차를 타고 나섰습니다. 때는 첫눈이 많이 내려 사방을 덮은 아름다운 겨울날이었습니다.

베르터는 다음 날 아침 그녀의 뒤를 따라나섰습니다. 만약 알베르트가 그녀를 데리러 가지 않으면 자신이 데려올 생각으로 말이지요.

맑은 날씨도 그의 우울한 마음에 그다지 영향을 미치지 못했습니다. 뭔가 묵직한 것이 그의 영혼을 짓누르고 있었고, 슬픈 영상들이 그의 내면에 굳게 자리를 잡고 있었습니다. 그리고 그의 심정은 하나의 고통스러운 생각에서 다른 고통스러운 생각으로 움직여 갔습니다.

그가 자기 자신과 영원히 불화에 빠져 산 것처럼, 다른 사람의 상태 역시 그에게는 더욱 의심스럽고 혼란스럽게 생각되었습니다. 그는 알베르트와 로테 사이의 아름다운 관계가 깨졌다고 생각하며 스스로를 비난했는데, 여기에는 알베르트에 대한 은밀한 반감도 섞여 있었습니다.

길을 가는 도중에도 그의 생각은 바로 이 문제에 미치게 되었습니다. 그는 남몰래 이를 갈면서 스스로에게 말했습니다. "그래, 그렇군, 그런 것이 바로 친숙하고 친밀하며 부드러우면서 모든 것에 공감하는 관계이자, 편안하고 지속적인 신의란 말이지! 그건 권태와 무관심이야! 그는 훌륭하고 멋진 아내를 놔두고 온갖 하찮은 일을 좇아다니고 있잖아? 도대체 그는 자신의 행복을 제대로 알아보기나 하는 걸까? 그는 로테가 당연히 받아야 할 만큼 그녀를 존중할 줄 아는 걸까? 그는 그녀를 소유하고 있긴 해, 그래 좋아, 그녀는 그의 것이야. 그건 나도 알고 있어. 내가 어떤 다른 사실에 대해 아는 것처럼 말이야. 이미 그 생각에 익숙해졌다고 생각했는데, 그 생각만 하면 여전히 미칠 것 같고, 죽어 버릴 것만 같아. 그런데 그가 내게 느끼는 우정은 끄떡없었단 말인가? 그는 로테에 대한 나의 애착을 자신의 권리에 대한 침해라고 생각하거나, 그녀에 대한 나의 관심이 은밀한 비난이라고 여기진 않을까? 나는 그렇다는 걸 잘 알고 있고, 절감하고 있지. 그는 나를 보는 걸 달갑게 여기지 않아. 그는 내가 조금 떨어져 있기를 바라지. 내가 함께 있으면 그는 귀찮게 생각해."

가끔씩 그는 빠른 발걸음을 멈추었고, 조용히 멈춰 서서 돌아가려는 것처럼 보였습니다. 하지만 그는 다시 계속해서 발걸음을 앞으로 내디뎠고, 위와 같은 생각을 하거나 혼잣말을 중얼거리며 자신의 의지와 상관없이 마침내 사냥용 별장에 도착했습니다.

그는 문 안으로 들어서며 로테의 아버지와 로테에 대해 물어보았는데, 집 안이 약간 어수선하다는 걸 알게 되었습니다. 가장 큰 남자아이의 말에 따르면, 발하임에서 사고가 생겼는데, 어떤 농부가 맞아 죽었다는 얘기였습니다! 하지만 이 얘기는 그에게 아무런 인상을 남기지 않았습니다. 그는 방 안으로 들어갔는데, 로테가 아버지를 설득하는 중이었습니다. 노인이 아픈데도 불구하고 사건을 조사하기 위해 현장으로 가려고 했기 때문이지요. 범인이 누군지는 아직 모르는 상태였습니다. 사람들은 피살자를 아침에 집 문 앞에서 발견했습니다. 추측에 따르면 피살자는 어떤 미망인의 하인이었는데, 이 여인은 전에 다른 하인을 부리고 있었던바, 이 하인이 해고될 때 다툼이 있었다고 했습니다.

베르터는 이 얘기를 듣자 갑자기 벌떡 일어났습니다. 그러고는 이렇게 소리쳤습니다. "그럴 수도 있어요! 그리로 가 봐야겠군요. 한시도 지체할 수가 없어요." 그는 발하임으로 서둘러 떠났는데, 온갖 기억이 생생하게 떠올랐습니다. 베르터는 자신이 가끔 대화를 나누었고 그사이 자신에게 소중한 존재가 된 그 남자가 범행을 저질렀다는 사실을 한 치도 의심하지 않았습니다.

사람들이 시신을 눕혀 놓은 술집으로 가려면 보리수 사이를 지나가야 했는데, 베르터는 전에 그렇게 좋아하던 장소 앞에 이르자 소름이 끼쳤습니다. 이웃집 아이들이 자주 놀던 문지방은 피로 물들어 있었습니다. 인간의 감정 중에 가장 아름다운 감정인 사랑과 성실이 폭력과 살인으로 변해 버렸습니다. 우람한 나무들은 잎을 다 떨어뜨린 채 서리가 앉아 있었고, 교회 묘지의 나지막한 담장 위로 아치를 이루고 있던 아름다운 덤불도 잎이 다 떨어진 상태였습니다. 묘비들은 눈에 덮인 채 그 사이로 내다보고 있었지요.

온 마을 사람들이 모여 있는 술집으로 베르터가 다가갔을 때 갑자기 소란이 일었습니다. 사람들이 멀리서 한 무리의 무장한 남자들을 발견했던 것입니다. 사람들은 그들이 범인을 데려오고 있다고 외쳤습니다. 베르터가 그쪽을 바라보니 의심의 여지가 없었습니다. 그렇습니다. 바로 미망인을 그토록 사랑했던 그 하인이었습니다. 얼마 전 은밀한 분노와 남모르는 절망을 가지고 헤맬 때 베르터가 만났던 그 사람이었지요.

"도대체 무슨 일을 한 건가, 딱한 사람 같으니!" 베르터는 잡혀 온 사람에게 다가가며 소리쳤습니다. 하인은 베르터를 조용히 바라보더니 침묵을 지키다가 마침내 아주 담담하게 이렇게 대꾸했습니다. "아무도 그녀를 차지할 순 없어요. 그녀는 아무도 취하지 못할 거예요." 사람들은 사내를 술집 안으로 데리고 들어갔고, 베르터는 서둘러 떠났습니다.

놀라움과 엄청난 흥분 때문에 그의 내면에 있던 모든 것이 뒤죽박죽되는 동요를 겪었습니다. 베르터는 슬픔과 언짢음, 될 대로 되라는 자포자기의 심정에서 순간적으로 벗어났습니다. 떨쳐 버릴 수 없는 동정심이 그를 엄습했고, 사내를 구해야겠다는 말할 수 없는 욕망이 그를 사로잡았습니다. 베르터는 사내가 너무 불쌍했고, 범죄자이긴 해도 죄가 없다고 생각했으며, 그의 처지에 너무나도 공감했기 때문에 다른 사람들도 설득할 수 있다고 굳게 믿었습니다. 곧바로 베르터는 그 사내를 위해 변호할 수 있기를 바랐고, 벌써 그의 입에서는 아주 생생한 변론이 튀어나올 듯했습니다. 그는 서둘러 사냥용 별장으로 향했는데, 가는 도중에 정무 집행관 앞에서 진술할 말을 반쯤 소리 내서 말하는 것을 멈출 수가 없었습니다.

방 안으로 들어섰을 때 베르터는 알베르트가 거기 있는 것을 발견하고 순간적으로 기분이 상했습니다. 하지만 그는 이내 마음을 다잡고 정무 집행관에게 불을 뿜듯 열정적으로 자신의 견해를 피력했습니다. 정무 집행관은 몇 번 머리를 저었습니다. 베르터가 너무나도 격렬하고 열정적이며 진심 어린 마음으로, 한 인간이 다른 인간을 변호하기 위해 할 수 있는 모든 말을 동원했음에도 불구하고 — 쉽게 상상할 수 있는 얘기지만 — 정무 집행관은 아무 감동을 느끼지 못했습니다. 오히려 정무 집행관은 우리의 친구가 말을 끝내기도 전에 강하게 그를 반박하며, 암살범을 감싸고 있다고 나무랐습니다. 그러고 나선 만약 이런 식이라면 모든 법이 무효화될 것이며, 국가의 안전이 전혀 보장되지 못할 것이라고 베르터에게 설명했습니다. 여기에 덧붙여 그는 이러한 사안에 있어서는 무언가 해 보려고 덤비는 순간 엄청난 책임을 져야 하며, 규정된 절차를 따르는 것이 가장 정상적인 방법이라고 말했습니다.

베르터는 여전히 굽히지 않고, 그 사내가 도망치도록 도와주는 사람이 있더라도 눈감아 달라고 부탁했습니다! 하지만 정무 집행관은 이 요청도 거절했습니다. 마침내 대화에 끼어든 알베르트는 늙은 정무 집행관 편에 섰습니다. 베르터는 수적으로 밀렸고, 정무 집행관이 몇 번에 걸쳐 "안 되네, 그를 구할 길은 없어!"라고 내뱉자 말할 수 없이 고통스러워하며 그곳을 떠났습니다.

이 말이 얼마나 그에게 사무쳤는지는, 그가 남긴 서류 속에 있던 쪽지를 보면 알 수 있습니다. 이 쪽지는 틀림없이 그날 쓴 것입니다.

"자네는 구원받을 길이 없어, 딱한 사람 같으니! 우리가 구원받을 수 없다는 걸 나는 잘 알고 있어."

지난번 알베르트가 정무 집행관 앞에서 체포된 사람에 관해 한 얘기는 베르터에게 아주 불쾌했습니다. 그는 알베르트의 주장 속에 자신에 대한 반감이 얼핏 숨어 있다고 느꼈습니다. 그의 명석함을 고려할 때, 여러 번 생각을 해 보았다면 두 사람이 옳다는 사실을 모를 리 없었겠지만, 만약 그렇다고 고백하거나 그러한 사실을 인정한다면 자신의 가장 핵심적인 현존을 체념하는 것이라고 느꼈습니다.

이와 관련된 것으로, 아마도 알베르트와 베르터의 관계를 숨김 없이 표현해 주리라 생각되는 쪽지를 우리는 그의 서류 가운데서 발견할 수 있습니다.

"그가 모범적이고 선하다는 것을 나 자신에게 거듭해서 말한들 무슨 소용이 있을까? 다만 그것은 나의 내장을 갈기갈기 찢어 놓는다. 나는 공정할 수가 없다."

　포근한 저녁이었고 눈이 녹기 시작하는 날씨였기 때문에, 로테는 알베르트와 함께 걸어서 돌아왔습니다. 도중에 로테는 가끔씩 뒤를 돌아보았습니다. 마치 베르터가 동행했으면 하고 바라는 것처럼 말입니다. 알베르트가 베르터에 관한 얘기를 하기 시작했는데, 베르터를 공정하게 취급하면서도 그를 비난했습니다. 알베르트는 베르터의 불행한 열정을 언급한 후에, 가능하면 그를 멀리하는 것이 좋겠다고 말했습니다. "우리를 위해서도 그랬으면 좋겠소"라고 말한 그는, 계속해서 이렇게 얘기했습니다. "부탁인데, 당신에 대한 그의 태도가 달라질 수 있도록 주의하고, 그가 너무 자주 방문하지 않도록 신경 써요. 사람들의 이목을 끌게 될 거예요. 벌써 여기저기서 소문이 돈다는 걸 나도 알고 있어요." 로테는 아무 말도 하지 않았습니다. 알베르트도 그녀가 입을 다물고 있다는 것을 느낀 듯했습니다. 적어도 그때부터 알베르트는 로테에게 베르터에 관한 이야기는 꺼내지 않았습니다. 그리고 그녀가 베르터를 언급하면 이야기를 끊거나 화제를 다른 곳으로 돌렸습니다.
　베르터가 그 불쌍한 사내를 구하기 위해 기울였던 허무한 노력은, 꺼져 가는 빛의 불꽃이 마지막으로 타오른 것이었습니다. 그는 더욱더 깊이 고통과 무위(無爲) 속으로 빠져 들어갈 뿐이었습니다. 특히 그 사내가 범행을 부인하고 있기 때문에 사람들이 자신을 반대 신문을 위한 증인으로 요청할지도 모른다는 얘기를 들었을 때는 거의 정신이 나갈 지경이었습니다.

그가 자신의 활동적인 삶 가운데 이제껏 겪었던 모든 불쾌한 일, 공사관에서 있었던 화나는 일, 그 밖에 그가 실패한 모든 것, 그의 마음을 상하게 했던 것이 그의 머릿속에서 떠올랐다 사라지기를 반복했습니다. 그는 이 모든 일을 겪었기 때문에 자신이 무위에 빠지게 된 것을 정당하다고 생각했습니다. 그는 자신의 모든 전망이 차단되었으며 일상적인 삶의 활동을 할 수 있는 기회를 잡는 것이 불가능하다고 여겼습니다. 때문에 그는 자신의 기이한 감정과 사고방식 그리고 끝없는 열정에 몸을 맡긴 채, 사랑하는 존재의 평안을 방해하면서 그녀와 슬픈 관계를 단조롭게 계속 유지하는 가운데, 자신의 힘에 달려들어 그 힘을 아무 목적이나 전망도 없이 소모하면서, 마침내 슬픈 결말을 향해 점점 다가갔습니다.

그의 혼란과 정열, 그의 쉼 없는 활동과 노력, 그리고 삶의 권태에 대해서는 그가 남긴 몇 장의 편지가 강하게 증언을 해 주고 있습니다. 우리는 그 편지를 여기에 끼워 넣고자 합니다.

12월 12일

사랑하는 빌헬름, 나는 악령에게 쫓기고 있다고 생각되는 불행한 사람들이나 처해 있을 그러한 상태에 빠져 있어. 때로 무언가 나를 사로잡아. 그건 두려움이나 욕망이 아니야. 그건 내 가슴을 찢어 버릴 듯이 위협하고 내 목을 조르는, 알 수 없는 내면의 광란이지! 고통스러워! 너무나도! 그럴 때마다 나는 이렇게 고약한 계절에 끔찍한 밤 풍경 속을 이리저리 헤매고 다녀.

어제 저녁에 나는 밖으로 나가야만 했어. 눈이 녹는 포근한 날씨가 갑자기 찾아왔지. 강물이 범람하고 모든 개천이 넘쳐흘러 발하임 아래쪽의 내가 좋아하는 계곡이 물에 잠겼다는 얘기가 들렸어! 밤 11시가 넘은 시각에 나는 밖으로 뛰쳐나갔어. 바위에 서서 아래를 보니 땅을 파 헤집을 것처럼 떨어지는 큰물이 달빛 속에서 맴도는 끔찍한 광경이 보였지. 밭과 목초지, 울타리 할 것 없이 모든 것이 물로 뒤덮였고, 넓은 계곡은 거칠게 불어 대는 바람 속에서 폭풍우가 몰아치는 바다가 되어 있었어! 그러고 나서 달이 다시 모습을 드러내며 검은 구름 위로 솟아올랐을 때, 그리고 내 앞쪽으로 홍수 진 물이 소름 끼치도록 장엄하게 달빛을 반사하면서 소리를 내며 흘러갔을 때, 내게는 전율이 엄습했고, 이어 동경 같은 것이 찾아왔어! 아, 나는 팔을 활짝 벌리고 심연을 향해 서서 아래쪽으로 숨을 내쉬었어! 아래쪽으로! 내 괴로움과 고통이 파도처럼 저 아래로, 저 멀리 쏴쏴거리며 떠내려가는 그 기쁨에 나는 넋을 잃고 말았어! 아! ─ 그런데 너는 바닥에서 발을 들어 올려 모든 괴로움을 끝내 버릴 수 없었구나! ─ 내게 주어진 시간은 아직 끝나지 않았어. 나는 그걸 느끼고 있지! 오, 빌헬름! 저 폭풍우로 구름을 헤치고 홍수를 일으키기 위해서라면 인간으로서의 내 존재를 얼마나 기꺼이 버리고 싶었는지 몰라! 아, 지상에 사로잡힌 이 몸에도 언젠가 그런 기쁨이 주어지지 않을까?

그리고 언젠가 더운 날씨에 산책을 하다가 내가 로테와 함께 버드나무 아래 쉰 적이 있던 아담한 장소를 얼마나 슬픈 마음으로 내려다보았는지. 그곳도 물에 잠겨 있어서 버드나무조차 알아볼 수 없었어! 빌헬름! 나는 그녀의 목초지, 그녀의 사냥용 별장 주변은 어떻게 되었을까 생각했어. 휩쓸고 지나가는 물살에 우리의 정자는 지금쯤 얼마나 파괴되었을까 생각했지. 마치 감옥에 갇힌 죄수에게 가축 떼와 목장 그리고 명예로운 자리에 대한 꿈이 찾아오듯, 과거의 태양 빛이 비쳐 들어왔어. 나는 그 자리에 서 있었어! 나는 나 자신을 꾸짖지 않겠어. 왜냐하면 나는 죽을 용기가 있으니까 말이야. 나는 차라리……. 지금 나는 이 자리에 늙은 여인처럼 앉아 있어. 즐거움이라곤 하나 없이 죽어 가는 자신의 존재를 그래도 한순간이나마 연장시키고 고통을 덜어 보고자, 울타리를 뜯어 땔감을 모으고 남의 집 문간에서 빵을 구걸하는 그런 노파 말이야.

12월 14일

사랑하는 빌헬름, 도대체 이게 무슨 일일까? 나는 나 자신을 보며 놀라고 있어! 그녀에 대한 나의 사랑은 가장 성스럽고 순수하며 형제애 같은 사랑이 아니란 말인가? 벌 받을 만한 소망을 내 마음속에 품은 적이 한 번이라도 있었던가? — 맹세를 하고 싶지는 않아 — 그런데 지금 꿈을 꾼 거야! 아, 너무나도 모순되는 여러 작용을 낯선 힘 탓으로 돌리곤 했던 사람들의 느낌은 그야말로 진실된 것이었어!

사실을 말하려니 온몸이 떨리지만, 지난밤 나는 그녀를 품 안에 안았어. 가슴에 꼭 껴안고 사랑을 속삭이는 그녀의 입술에 한없이 입맞춤을 퍼부었어. 내 눈은 그녀의 취한 듯한 눈동자 속에서 헤엄치고 있었어! 신이시여! 이처럼 타오르는 듯한 기쁨을 진실된 마음으로 다시 불러내는 행복감을, 편지를 쓰는 지금도 여전히 느낀다고 해서 내가 벌을 받아야 할까요? 로테! 로테! 이제 나는 끝났어! 내 감각은 혼돈에 빠져 있고, 일주일 전부터 나는 더 이상 생각할 힘을 잃어버렸어. 내 눈은 눈물로 가득 차 있어. 나는 어디서도 편치 않고, 그러면서도 어디서나 편안해. 나는 원하는 것이 아무것도 없고, 바라는 것도 없어. 아마도 떠나는 게 좋을 것 같아.

이 시기에 베르터의 이러한 내면적 상태로 인해 세상을 떠나고자 하는 그의 결심은 점점 더 강해졌습니다. 로테 곁으로 돌아온 이후 그것은 언제나 그의 마지막 기대이자 소망이었습니다. 하지만 그는 이 일을 성급하게 실행에 옮기지는 않을 것이며, 최선의 확신을 가지고 가능한 한 조용히 결단을 내려 마지막 발을 내딛겠다고 스스로에게 얘기했습니다.

그가 얼마나 회의하며 자기 자신과 싸웠는지는 다음 쪽지에 잘 나타나 있습니다. 이것은 아마도 빌헬름에게 보내는 편지의 첫머리 같은데, 날짜가 적혀 있지 않은 채 그의 서류 가운데서 발견됐습니다.

"그녀가 함께 있는 것, 그녀의 운명, 내 운명에 대한 그녀의 동감은, 다 타 버린 내 머릿속에서 아직도 마지막 눈물을 짜내.

장막을 들어 올리고 그 뒤로 들어서는 것! 그거면 돼! 그런데 사람들은 왜 머뭇거리며 망설이는 걸까? 그 뒤에 무엇이 있는지 모르기 때문일까? 아니면 두 번 다시 돌아오지 못해서? 확실한 걸 알지 못할 때 그곳에 혼돈과 암흑이 있다고 예단하는 것이 우리 정신의 특성이야."

마침내 베르터는 슬픈 생각에 점점 더 익숙해지다 못해 친근감을 느끼게 되었고, 그의 결심은 돌이킬 수 없이 확고해졌습니다. 이러한 사실에 대해서는 그가 친구에게 쓴 애매한 내용의 다음 편지가 잘 알려 주고 있습니다.

12월 20일

내 말을 그런 뜻으로 받아들이다니, 빌헬름 네가 보여 준 사랑 고마워. 그래, 네 말이 맞아. 내가 어디론가 떠나는 것이 좋겠지. 너희들이 있는 곳으로 돌아오라는 제안은 내 마음에 썩 들진 않아. 그렇게 하더라도 최소한 어딘가 들른 후에 가고 싶어. 특히 추위가 지속돼서 길이 좋아지는 걸 바라야 할 형편이니 말이야. 게다가 네가 나를 데리러 오겠다니 너무 기뻐. 하지만 두 주일만 기다려 줘. 좀 더 자세한 건 다음번 편지로 알려 줄게. 그 무엇도 익기 전에 따서는 안 되지. 두 주일 더 많고 더 적고는 대단한 차이야. 우리 어머니께는 아들을 위해 기도해 달라는 말씀과, 내가 어머니에게 저지른 모든 못된 일에 대해 용서를 구한다고 말씀드려 줘. 기쁨을 줘야 할 사람들을 슬프게 하는 것이 내 운명이었던 듯싶어. 잘 있어, 내 소중한 친구! 하늘의 모든 축복이 너와 함께하길! 잘 있어!

그 무렵 로테의 머릿속에 어떤 생각이 오갔는지, 그녀의 남편이나 불행한 친구에 대한 그녀의 생각이 어땠는지, 우리는 차마 말로 표현할 수가 없습니다. 그녀의 성격을 잘 알고 있으니 그녀가 어떤 생각을 했을지 내심 짐작할 수 있고, 아름다운 영혼을 가진 여성이라면 누구나 그녀처럼 생각하고 그녀와 공감할 수 있긴 하겠지만 말입니다.

다만 이것만은 확실합니다. 그녀는 베르터를 멀리하기 위해 모든 방법을 동원해야겠다고 혼자서 단단히 마음을 먹었습니다. 만약 그녀가 이 일을 망설였다면 그것은 친구를 아끼는 진실한 마음 때문이었습니다. 왜냐하면 그렇게 하는 것이 베르터에게 얼마나 큰 대가를 치르게 하는 것인지, 아니 거의 불가능하리라는 것을 그녀가 잘 알고 있었기 때문입니다. 하지만 이 시기에 그녀는 더욱더 단호한 입장을 취해야 할 처지에 몰렸습니다. 이러한 정황에 대해 그녀가 침묵을 지킨 것과 마찬가지로, 그녀의 남편 역시 철저히 입을 다물었습니다. 그런 만큼 자신의 마음가짐이 남편의 마음가짐에 견주어 손색없다는 것을 행동으로 증명하는 일이 그녀에겐 더욱 중요하게 되었습니다.

위에 마지막으로 삽입된 편지를 베르터가 친구에게 쓴 것은 크리스마스 전의 일요일이었는데, 이날 저녁 그는 로테에게 찾아갔고 그녀는 혼자 있었습니다. 그녀는 자신의 동생들에게 크리스마스 선물로 주려고 준비한 장난감들을 정리하고 있었습니다. 베르터는 아이들이 가질 만족감에 대해 얘기했고, 갑자기 문이 열리면서 양초와 사탕, 사과로 장식된 나무가 등장해 천국에라도 온 것 같은 즐거움을 맛보았던 시절에 대해서도 언급했습니다. "당신도." 로테는 당황한 빛을 사랑스러운 웃음으로 감추면서 말을 꺼냈습니다. "얌전히 계시면 당신도 선물을 받으실지 몰라요. 양초랑 또 다른 뭔가를요." 베르터는 소리쳤습니다. "얌전히 있는 게 뭘 말하는 거지요? 어떻게 해야 하는 거지요? 어떻게 하면 그럴 수 있을까요? 로테!" 그녀는 말했습니다. "목요일 저녁은 크리스마스이브예요. 그날 아이들이 오고, 아버지도 오세요. 그때 모두 선물을 받게 될 거예요. 당신도 그때 오세요. 하지만 그전에는 안 돼요." 베르터는 놀라움에 멈칫했습니다. 로테는 계속 말을 이었습니다. "제발 부탁이에요. 그렇게 정해진 거예요. 제 마음의 안정을 위해 부탁드릴게요. 이래서는 안 돼요. 이런 식으로 계속 있을 수는 없어요." 베르터는 그녀에게서 시선을 돌리고 방 안을 왔다 갔다 하며 이를 문 채 중얼거렸습니다. "이런 식으로 계속 있을 수는 없다!" 자신의 말이 베르터를 끔찍한 상황으로 밀어 넣었다는 것을 감지한 로테는 여러 가지 질문을 해 대며 그의 생각을 다른 데로 돌리려고 애써 보았지만 헛수고였습니다. 그는 소리쳤습니다. "좋아요, 로테, 앞으로 다시는 당신을 보지 않겠어요!" 로테는 되물었습니다. "무슨 말씀이지요? 베르터 씨, 당신은 우리를 다시 볼 수도 있고 또 그래야만 해요. 제발 진정하세요. 아, 어째서 당신은 한번 손댄 모든 것에 대해 이처럼 격렬하고 억제할 길 없이 집착하는 열정을 가지고 태어나신 건가요! 제발 부탁이에요." 그녀는 베르터의 손을 잡으면서 계속 이야기했습니다. "진정하세요! 당신의 정신과 당신의 학식 그리고 재능이 당신에게 얼마든지 다양한 즐거움을 제공하잖아요! 남자답게 구시고, 당신을 애처롭게 생각하는 일밖엔 아무것도 할 수 없는 존재에게 이처럼 슬프게 애착을 갖는 일은 더 이상 하지 마세요." 그는 이를 갈며 음울하게 로테를 쳐다봤습니다. 그녀는 베르터의 손을 계속 잡은 채 말했습니다. "잠시나마 마음을 가라앉히세요, 베르터 씨! 당신이 스스로를 속이고 자진해서 스스로를 파멸로 이끌어 가고 있다는 걸 느끼지 못하시겠어요! 어째서 저란 말인가요, 베르터 씨? 하필이면 이미 다른 남자의 소유가 된 저를? 하필 다른 남자의 소유를? 저는 두려워요. 당신의 소망을 그처럼 매력적으로 보이게 하는 것이, 단지 저를 소유하는 것이 불가능하다는 사실 때문이 아닌지 두렵답니다." 베르터는 그녀를 언짢은 표정으로 물끄러미 바라보다 로테가 잡고 있는 자신의 손을 빼냈습니다. "현명하군요!" 그는 소리쳤습니다. "아주 현명해요! 아마 알베르트가 그런 언급을 했겠지요? 외교적입니다! 아주 외교적이에요!" 로테는 이렇게 되받았습니다. "그건 누구나 할 수 있는 말이에요. 그리고 이 넓은 세상에서 당신의 마음이 원하는 것을 만족시켜 줄 여자가 한 사람도 없을 리 있겠어요? 이겨 내시고, 그런 여자를 찾아보세요.

맹세컨대, 당신은 그런 여자를 찾으실 수 있을 거예요. 왜냐하면 당신이 요즘 들어 스스로를 얽어매고 있는 그런 구속이, 당신을 위해서나 우리를 위해서 벌써 오랫동안 제 근심거리였거든요. 제발 극복해 내세요. 여행을 하시면 기분이 조금 풀리실 거예요. 틀림없어요! 당신의 사랑에 걸맞은 상대를 구해 보시고 찾아내세요. 그리고 돌아와서 우리가 함께 진정한 우정의 축복을 누리도록 해 주세요."

베르터는 차갑게 웃으며 말했습니다. "그런 말씀은 인쇄를 해서 모든 가정 교사들에게 나눠 줘도 좋을 것 같군요. 사랑하는 로테! 내게 아주 조금만 더 여유를 주세요. 모든 게 잘될 거예요!" "베르터 씨, 다만 크리스마스이브 전까진 오시면 안 돼요! 베르터가 대답하려고 하는 순간, 알베르트가 방으로 들어왔습니다. 냉랭한 저녁 인사를 나눈 두 사람은 어쩔 줄 몰라 하며 나란히 방 안을 이리저리 거닐었습니다. 베르터는 별 의미 없는 이야기를 시작했는데, 곧바로 끝이 났습니다. 알베르트 역시 마찬가지였는데, 그는 이어서 자신의 아내에게 시킨 일은 어떻게 되었느냐고 물어보았습니다. 그 일을 아직 처리하지 못했다는 말을 들은 알베르트가 로테에게 몇 마디 말을 건넸는데, 그 말이 베르터에게는 차갑게, 아니가혹하다고 생각될 정도였습니다. 그는 나오려 했지만 그러지 못하고 저녁상이 차려지는 8시까지 머뭇거렸습니다. 이때까지 그의 불쾌감과 불만은 점점 커졌습니다. 마침내 그는 모자와 지팡이를 집어 들었습니다. 알베르트는 베르터에게 계속 있으라고 말했지만, 그는 그것이 별 의미 없이 던지는 말이라고 생각하고는 차갑게 고맙다는 말을 남기고 나와 버렸습니다.

그는 집으로 갔습니다. 하인이 불을 비춰 주려 하자 그에게 등불을 받아 들고 혼자서 자신의 방으로 간 그는 큰 소리로 울었고, 흥분해서 혼자 중얼거렸으며, 요란하게 방 안을 왔다 갔다 하다가 마침내 옷을 입은 채 침대에 몸을 던졌습니다. 11시쯤, 장화를 벗겨야 할지 물어보기 위해 용기를 내어 방 안으로 들어간 하인은 베르터가 그대로 침대에 누워 있는 것을 발견했습니다. 베르터는 장화를 벗겨도 좋다고 하면서, 다음 날 아침 자신이 부를 때까지는 방에 들어오지 말라고 단단히 일렀습니다.

12월 21일 아침 일찍 그는 로테에게 다음과 같은 편지를 썼습니다. 이 편지는 그가 죽은 후 봉한 상태로 그의 책상 위에서 발견되었고, 로테에게 전해졌습니다. 정황상 그가 이 편지를 단번에 쓰지 않은 것이 분명하므로, 저도 이 편지를 나누어 삽입하도록 하겠습니다.

"이제 결심을 굳혔어요. 로테, 나는 죽을 생각입니다. 나는 이 편지를, 당신을 마지막으로 보게 될 아침에 낭만적으로 과장하지 않고 담담하게 쓰고 있습니다. 사랑하는 로테, 당신이 이 편지를 읽을 때쯤이면, 생의 마지막 순간에 당신과 얘기를 나누는 것보다 더 큰 즐거움이라곤 알지 못했던 불안하고 불행한 자의 뻣뻣해진 몸뚱어리를 이미 차가운 무덤이 덮고 있을 거예요. 나는 끔찍한 밤을 보냈지만, 그것은 고마운 밤이기도 했습니다. 그 밤이야말로 내 결심을 굳히고 확실하게 해 준 순간이니까요. 나는 죽으려고 합니다! 어제 내가 얼마나 끔찍하게 흥분한 상태로 당신을 떠났는지, 그리고 모든 것이 내 마음속에 밀려와, 소망도 없고 기쁨도 없이 당신 곁에 있는 나의 신세가 얼마나 소름 끼칠 정도로 차갑게 나를 사로잡았는지 모릅니다. 나는 내 방에 들어서자마자, 나도 모르게 무릎을 꿇었습니다. 오, 하느님! 당신은 내게 쓰디쓴 눈물이라는 마지막 위로를 베풀어 주셨습니다! 수많은 계획과 전망이 머릿속에서 사납게 요동쳤는데, 죽어 버리자는 마지막 생각만이 확고하고 유일하게 나를 사로잡았습니다. 나는 그대로 자리에 누웠고, 아침이 되어 편안한 마음으로 깨어났는데도 그 생각은 여전히 확고하고 강력하게 내 마음에 자리 잡고 있군요! 그것은 절망이 아니에요. 내가 견디어 왔다는 것, 그리고 당신을 위해 내가 희생한다는 것에 대한 확증이지요. 그래요, 로테. 내가 그 사실을 왜 숨겨야 하겠습니까? 우리 셋 중 누군가 사라져야 한다면, 내가 바로 그 사람이 되겠습니다! 오, 내 사랑! 이 찢어진 가슴속에 이런 생각이 자주 요동치듯이 밀려들었습니다. 당신의 남편을, 당신을, 나를 죽여 버리자는 생각 말입니다. 그런들 어쩌겠습니까! 아름다운 여름날 저녁 혹시 산에 오르거든, 내가 자주 산골짜기에 오르던 것을 기억해 줘요. 그리고 교회 묘지 쪽으로 내 무덤을 바라보고, 석양빛이 비치는 가운데 높이 자란 풀을 바람이 흔드는 모습도 봐 줘요. 편지를 쓰기 시작할 때는 마음이 편안했는데, 앞에 말한 모든 것이 너무도 생생하게 내 눈앞에 떠오른 지금, 나는 어린애처럼 울고 있습니다."

10시경에 베르터는 하인을 불렀고, 옷을 입으면서, 며칠 후에 여행을 떠날 예정이니 옷을 손질하고 짐 쌀 준비를 해 놓으라고 일렀습니다. 또한 돈을 지불해야 할 곳에 빠짐없이 계산서를 요구하고, 빌려 준 몇 권의 책은 찾아오고, 매주 약간의 돈을 보태 주고 있는 가난한 사람들에게는 두 달 치를 미리 주라고 시켰습니다.

그는 방으로 식사를 가져오도록 했고, 식사를 마친 후에는 말을 타고 정무 집행관에게 갔는데, 그는 집에 없었습니다. 베르터는 깊은 생각에 잠겨 정원을 왔다 갔다 했는데, 마치 기억 속의 온갖 슬픔을 마지막으로 차곡차곡 쌓으려는 듯 보였습니다.

아이들은 그를 오랫동안 가만히 내버려 두지 않았습니다. 쫓아 와서 그에게 뛰어올랐고, 내일과 모레 그리고 하루가 더 지나면 로테로부터 크리스마스 선물을 받을 것이라고 얘기했습니다. 그리고 자신들의 조그만 상상력으로 기대할 수 있는 기적에 대해 그에게 늘어놓았습니다. 베르터는 외쳤습니다. "내일! 그리고 모레, 그리고 다시 또 하루!" 그러고는 아이들 모두에게 진심으로 입을 맞춘 후 그곳을 떠나려고 하는데, 그때 한 아이가 베르터의 귀에 대고 뭔가를 속삭였습니다. 아이는 형들이 예쁜 연하장을 썼는데 아주 크게 만들었다고 털어놓았습니다. 한 장은 아버지에게, 한 장은 알베르트와 로테를 위해, 그리고 또 한 장은 베르터에게 썼다는 것이었습니다. 아이들은 이 연하장을 새해 첫날 일찍 전달할 예정이라고 했습니다. 이 이야기에 감정이 북받친 베르터는 아이들에게 얼마씩 용돈을 쥐여 주고는 말에 올라탔습니다. 그는 정무 집행관에게 인사를 전해 달라고 부탁한 후 눈물을 머금고 그곳을 떠났습니다.

그는 5시경 집으로 돌아와, 하녀에게 불을 살펴보고 밤중까지 꺼뜨리지 말라고 일렀습니다. 하인에게는 책과 내의를 아래층에 있는 트렁크에 넣고, 옷가지를 커버에 싸서 꿰맨 뒤 봉하라고 시켰습니다. 아마 그러고 나서 로테에게 보내는 마지막 편지의 다음 구절을 쓴 것 같습니다.

"내가 오리라고 기대하지는 말아요! 당신은 내가 당신 말대로 크리스마스이브에나 당신을 다시 보러 오리라 믿고 있겠지요. 오. 로테. 오늘이 아니면 영원히 당신을 볼 일이 없을 겁니다. 크리스마스이브에 당신은 이 편지를 손에 들고, 떨면서 당신의 사랑스러운 눈물로 이 편지를 적시겠지요. 나는 실행에 옮기겠습니다. 그래야만 해요! 오, 결심을 하고 나니 마음이 얼마나 편안한지 모르겠어요."

한편 로테는 기이한 상태에 빠져 있었습니다. 지난번 베르터와 대화를 나눈 이후 그녀는, 자신이 베르터와 헤어지는 것이 얼마나 어려운 일일지, 또 그가 자신과 떨어지게 되면 어떤 고통을 당할지 절감했던 것입니다.

그녀는 알베르트의 면전에서 베르터가 크리스마스이브 전까진 오지 않을 것이라는 사실을 지나가듯 말했습니다. 알베르트는 말을 타고 이웃에 있는 관리를 찾아갔습니다. 그와 처리해야 할 일이 있어 알베르트는 그곳에서 하룻밤을 묵어야만 했습니다.

로테는 혼자 있었고, 동생들도 그녀 곁에 없었습니다. 그녀는 생각이 가는 대로 내버려 두었는데, 자연스레 자신의 처지에 대한 이런저런 생각이 들었습니다. 그녀는 자신이 이제 남편과 영원히 맺어져 있다고 느꼈습니다. 남편의 사랑과 성실함을 그녀는 잘 알고 있었고, 남편을 진심으로 좋아했습니다. 그의 침착하고 믿음직한 성격은, 야무진 아내가 인생의 행복을 그 위에 세울 수 있도록 하늘이 정해 준 것처럼 보였습니다. 그녀는 남편이 자신과 아이들에게 영원히 어떤 존재가 될지를 느꼈습니다. 다른 한편 베르터 역시 그녀에게는 너무나도 소중한 존재가 되었습니다. 처음 만나자마자 두 사람의 마음이 일치한다는 사실이 너무나도 아름답게 드러났고, 그와의 오랜 교제 기간 동안 함께 겪은 여러 상황이 그녀의 가슴에 지울 수 없는 인상을 남겼습니다. 그녀는 자신이 흥미롭다고 느끼거나 생각하는 모든 것을 베르터와 함께 나누는 것에 익숙해져서, 그가 떠나는 것은 그녀의 전 존재에 다시는 채울 수 없는 구멍을 낼 것 같은 두려운 상황이었습니다. 아, 이럴 때 그녀가 베르터를 형제로 바꿀 수 있다면 얼마나 행복했을까요! 그를 자신의 여자 친구 중 한 명과 결혼시킬 수 있었다면, 베르터와 알베르트의 관계도 다시 회복되리라는 희망을 가질 수 있었을 것입니다!

그녀는 자신의 친구들을 차례로 떠올려 보았지만, 누구에게나 뭔가 빠지는 데가 있어 베르터와 어울릴 만한 친구를 찾을 수 없었습니다.

비록 분명하게 구체화한 것은 아니지만, 이렇게 여러모로 관찰을 거치면서 비로소 그녀는 베르터를 자기 곁에 머무르게 하는 것이 자신의 진심 어리고 비밀스러운 소망이라는 사실을 깊이 느끼게 되었습니다. 그러면서도 그녀는 자신이 그를 붙잡을 수 없고 붙잡아서도 안 된다고 스스로에게 타일렀습니다. 그녀의 순수하고 아름다운 감정, 평소라면 쉽게 제 몫을 하는 경쾌한 감정이 우울한 기분에 억눌려 어떤 행복에 대한 전망도 가질 수 없었습니다. 그녀는 가슴이 답답했고, 눈에는 먹구름이 끼어 있는 것 같았습니다.

그러다가 6시 반쯤 되었을 때 그녀는 베르터가 계단을 올라오는 소리를 들었습니다. 그녀는 그의 발걸음 소리와 자신이 어디 있는지 묻는 그의 목소리를 금방 알아챌 수 있었습니다. 그녀의 가슴이 얼마나 뛰었는지 모릅니다. 그가 왔을 때 이처럼 가슴이 뛴 것은 이번이 처음이라고 말할 정도였습니다. 그녀는 자신이 집에 없다고 말하게 하고픈 마음이 간절했습니다. 그래서 베르터가 들어왔을 때, 그녀는 흥분한 나머지 갈피를 잡지 못한 채 소리쳤습니다. "약속을 지키지 않으셨군요." "전 약속한 적이 없는데요"라고 베르터는 대답했습니다. "그렇더라도 최소한 제 소원을 들어주셨어야 했어요. 우리 두 사람의 평화를 위해 부탁드렸던 거니까요."

그녀는 자신이 무슨 말을 하고 있는지 몰랐습니다. 이와 마찬가지로, 베르터와 단둘이 있지 않기 위해 친구를 부르러 보내면서도 무슨 일을 하고 있는지 아무 생각이 없었습니다. 베르터는 자신이 가져온 몇 권의 책을 내려놓으면서 다른 사람들은 어디 있는지 물었습니다. 로테는 한편으로는 친구들이 와 주기를 바랐고, 다른 한편으로는 오지 않기를 바랐습니다. 하녀가 돌아와 친구 둘이 다 오지 못한다는 소식을 전했습니다.

로테는 하녀에게 옆방에서 일을 하도록 시키려다 마음을 바꿨습니다. 베르터는 방 안을 왔다 갔다 했고, 로테는 피아노 앞에 앉아 미뉴에트를 치기 시작했는데, 막힘없이 나가질 않았습니다. 로테는 정신을 가다듬고 태연하게 베르터 쪽으로 가 앉았습니다. 베르터는 평상시에 앉던 긴 소파에 자리를 잡고 있었습니다.

"읽을거리가 없으신가요?" 그녀가 물었습니다. 그는 아무것도 가지고 있지 않았습니다. 그녀가 다시 말했습니다. "제 서랍에 당신이 번역하신 오시안의 노래 몇 편이 있어요. 전 아직 읽어 보지 못했어요. 왜냐하면 당신이 읽어 주시길 바라고 있었거든요. 그런데 그 이후 기회가 생기지도 않았고, 만들 수도 없었어요." 베르터는 웃으며 노래 원고를 가져왔습니다. 원고를 손에 들자 그의 온몸에 소름이 끼쳤고, 그것을 들여다보고 있자니 눈에는 눈물이 맺혔습니다. 그는 자리에 앉아 읽기 시작했습니다.

"저물어 가는 밤하늘의 별이여, 그대는 서쪽에 아름답게 빛나며, 구름 사이로 그대의 빛나는 머리를 들고 당당하게 그대의 언덕을 거니는구나. 그대는 황야의 어느 곳을 바라보고 있는가? 휘몰아치는 바람은 잦아들었고, 멀리서 급류 흘러가는 소리가 들려온다. 철썩거리는 물결은 바위와 유희를 벌이고, 저녁 파리 떼는

웅웅거리며 떼 지어 들판 위를 날아간다. 아름다운 빛이여, 그대는 어디를 보고 있는가? 그러나 그대는 웃으며 지나가고, 파도가 그대 주위를 기쁘게 둘러싸며 그대의 사랑스러운 머리카락을 씻기는구나. 잘 있어라, 평화로운 빛이여. 나타나라 그대, 오시안의 영혼에서 흘러나오는 멋진 빛이여!

이리하여 그 빛이 힘차게 나타난다. 나는 저세상으로 간 나의 친구들을 본다. 그들은 이미 지나간 시절에 그랬던 것처럼 로라에 모인다. 핑갈은 마치 축축한 안개 기둥처럼 오고, 주위에는 그의 영웅들이 있다. 그리고 보라! 노래하는 음유 시인들을. 백발의 울린! 건장한 리노! 사랑스러운 가인(歌人) 알핀! 그리고 그대, 부드럽게 호소하는 미노나! 친구들이여, 셀마에서 축제의 날들을 보낸 이후 그대들은 얼마나 변했는가. 그때 우리는 노래의 영예를 얻기 위해 서로 경쟁했지. 마치 봄바람이 이 언덕 저 언덕을 다니면서 연약하게 속삭이는 풀잎을 눕히는 것처럼 말이지.

그때 아름다운 자태의 미노나가 등장했다. 내리깐 눈에는 눈물이 가득했고, 언덕에서 쉴 새 없이 불어 내리는 바람에 그녀의 머리카락은 심하게 나부꼈다. 그녀가 사랑스러운 목소리를 드높이자 영웅들의 영혼은 어두워졌다. 이들은 살가르의 무덤을 자주 보았고, 하얀 콜마의 어두운 집도 자주 보아 왔기 때문이다. 아름다운 목소리를 가진 콜마는 언덕에 버려졌다. 살가르는 오겠다고 약속했지만, 사방에 어두운 밤이 찾아들었다. 콜마의 목소리를 들으라, 그녀는 혼자서 언덕에 앉아 있느니.

콜마

밤이 찾아왔다! 폭풍우 몰아치는 언덕 위에 길을 잃은 채 나 혼자 있다. 바람은 산속에서 쏴쏴거린다. 흐르는 물은 울부짖으며 바위에서 쏟아져 내린다. 비는 오는데 폭풍우 몰아치는 언덕에 버려진 나를 지켜 줄 오두막 하나 없다.

나오라, 오 달이여, 구름을 헤치고 모습을 드러내라, 밤의 별들이여! 어떤 빛이든 좋으니, 내 사랑이 활시위를 풀어 옆에 둔 채 사냥의 고달픔을 내려놓은 곳, 그의 개들이 그의 주변에서 킁킁거리고 있는 그곳으로 나를 데려가 다오! 하지만 나는 여기 물속과 물 밖에 초목들이 자라고 있는 강물 위로 솟아 나온 바위에 혼자 앉아 있어야만 한다. 강물과 폭풍우는 거친 소리를 내고 있는데, 내가 사랑하는 사람의 목소리는 들리지 않는구나.

나의 살가르는 왜 오지 않는 걸까? 자신이 한 약속을 잊었단 말인가? 저쪽엔 바위와 나무가 있고, 여긴 쏴쏴거리는 강물이 있다! 밤이 찾아오면 이리 오겠다고 당신은 약속했었지요. 아! 나의 살가르는 어디서 길을 잃은 것일까? 오만한 아버지와 오라비를 버리고 그대와 함께 도망치려 했건만! 오랫동안 우리는 집안끼리 원수였지만, 우리는 그렇지 않아요. 오, 살가르여!

오, 바람이여! 잠시만 멈춰 다오. 오, 강물이여, 아주 잠시만 조용히 있어 다오. 내 목소리가 계곡에 울려 퍼져 나의 방랑자가 들을 수 있도록. 살가르여! 외치고 있는 것은 바로 나예요! 여기 나무와 바위가 있어요! 살가르! 내 사랑! 난 여기 있어요. 왜 못 오고 있나요?

보라, 달이 뜨고 있고, 강물은 계곡에서 빛나며, 회색빛 바위는 언덕 위에 솟아 있다. 하지만 고지 위에 그의 모습은 보이지 않는구나. 그보다 앞서 달리며 그가 도착했다는 걸 알려 주는 개들도 보이지 않는다. 나는 여기 혼자 앉아 있어야 한다.

그런데 저 아래 황야에 누워 있는 것은 누구인가? 내 사랑인가? 내 오라비인가? 말해 보라, 친구들이여! 저들은 대답이 없구나. 내 마음이 어찌 이리 두근거리는지! 아, 저들은 이미 죽었구나! 저들의 칼은 쉼 없는 전투로 붉게 물들어 있다! 아, 나의 오라비여, 나의 오라비여, 왜 나의 살가르를 죽였나요? 오, 나의 살가르여, 어찌하여 나의 오라비를 죽였나요? 둘 다 내가 너무나도 사랑하는 사람이었는데! 아, 그대는 언덕 위의 수많은 사람 가운데 그토록 아름다웠건만! 전투는 끔찍했다. 내게 대답해 줘요! 내 목소리를 들어요, 내가 사랑하는 이들이여! 하지만 아, 저들은 말이 없다, 영원히! 저들의 가슴은 흙처럼 차갑구나!

언덕 위의 바위로부터, 폭풍우가 몰아치는 산 정상으로부터 목소리를 들려줘요, 죽은 자들의 영혼이여! 말해 줘요! 영혼의 목소리가 들린다고 두렵진 않아요! 안식을 얻기 위해 그대들은 어디로 갔나요? 산중 어느 무덤에서 그대들을 찾아야 할까요? 미세한 목소리도 바람결에 들리지 않는구나. 언덕의 폭풍우 속엔 아무 대답도 실려 오지 않는다.

나는 애통해하며 앉아서, 눈물을 흘리며 아침을 기다린다. 무덤을 파헤쳐 다오, 너희 죽은 자의 친구들이여. 하지만 내가 갈 때까지는 덮지 말아 다오. 내 삶은 꿈처럼 사라져 간다. 어떻게 내가 살아남을 수 있겠는가! 나는 여기 물살이 바위에 울려 퍼지는 강가에 친구들과 함께 살련다. 언덕 위에 밤이 찾아오고, 황야 위로 바람이 불어오면, 내 영혼은 바람 속에 서서 친구들의 죽음을 애도하리라. 사냥꾼은 자신의 오두막에서 내 목소리를 듣고 두려워하며, 한편으론 사랑하리라. 왜냐하면 친구들을 애도하는 내 목소리는 감미로울 테니. 그 둘은 내게 그토록 사랑스러웠노라.

이것이 너의 노래였다. 살짝 얼굴 붉히는 토르만의 딸 미노나여. 콜마를 위해 우리는 눈물을 흘렸고, 우리의 영혼은 슬퍼졌다.

울린이 하프를 들고 나와서 우리에게 알핀의 노래를 들려주었다. 알핀의 목소리는 부드러웠고, 리노의 영혼은 불꽃같았다. 하지만 이들은 이미 비좁은 집에서 쉬고 있던 탓에, 이들의 목소리는 셀마에서 점점 사라져 갔다. 이 영웅들이 아직 전사하기 전에 한번은 울린이 사냥에서 돌아오다가, 언덕 위에서 이들이 노래자랑을 하는 걸 들었다. 이들의 노래는 부드러웠지만 구슬펐다. 이들은 으뜸가는 영웅 모라르의 죽음을 애도했다. 그의 영혼은 핑갈의 영혼에 버금갔고, 그의 칼은 오스카의 칼과 맞먹었다. 하지만 그는 쓰러졌다. 그의 아버지는 애통해했고, 누이의 눈에는 눈물이 가득 찼다. 훌륭한 모라르의 누이 미노나의 눈에는 눈물이 가득했다. 그녀는 울린의 노래가 울려 퍼지기 전에 물러났다. 마치 서쪽의 달이 폭풍우가 올 것을 알아차리고 자신의 아름다운 얼굴을 구름 속에 감추듯이. 나는 비탄의 노래에 맞추어 울린과 함께 하프를 탔다.

리노

바람과 비가 지나가고, 한낮은 청명하며, 구름은 흩어진다. 무상(無常)한 태양은 빠르게 지나가며 언덕을 비춘다. 산속의 계곡물은 붉게 물든 채 흘러간다. 계곡물이여, 네 조잘거림이 감미롭구나. 하지만 내게 들리는 목소리가 더 감미롭다. 그건 알핀의 목소리다. 그는 죽은 자를 애통해하고 있다. 그의 머리는 나이 탓에 수그러졌고, 눈물 흘리는 그의 눈은 충혈되어 있다. 훌륭한 가인 알핀이여, 왜 혼자서 말없는 언덕 위에 있는가? 어찌하여 그대는 숲속에서 이는 돌풍처럼, 먼 해변의 파도처럼 애통해하고 있는가?

알핀

리노여, 나의 눈물은 죽은 자를 위한 것이며, 나의 목소리는 무덤 속에 사는 자들을 위한 것이다. 언덕 위의 그대 모습은 늘씬하고, 황야의 아들들 사이에서 아름답구나. 하지만 그대는 모라르처럼 쓰러지리라. 그리고 그대 무덤 위에는 애통해하는 자가 앉으리라. 언덕은 그대를 잊을 것이고, 그대의 활은 시위가 풀린 채 홀에 있을 것이다.

오 모라르여, 그대는 언덕 위의 노루처럼 날쌨고, 밤하늘에 타오르는 불처럼 무서웠다. 그대의 분노는 폭풍 같았으며, 싸움터에서 그대의 칼은 황야에 내리치는 번갯불 같았다. 그대의 목소리는 비 온 뒤 숲 속을 흐르는 물소리를 닮았고, 먼 언덕 위의 천둥소리와도 비슷했다. 많은 자들이 그대의 손에 쓰러졌고, 네 분노의 불길이 그들을 삼켜 버렸다. 하지만 전쟁에서 돌아오면 그대의 얼굴 표정은 얼마나 온화했던가! 그대의 얼굴은 뇌우가 지나간 후의 해와 같았고, 고요한 밤에 비치는 달과도 같았다. 그대의 가슴은 사나운 바람이 잦아든 호수처럼 편안했다.

지금 그대의 집은 비좁고, 그대가 누운 곳은 어둡다! 그대의 무덤은 겨우 세 걸음으로 잴 수 있도다. 오, 그대, 지난날 그렇게도 위대했던 그대여! 이끼 덮인 돌머리 네 개의 돌덩이가 그대를 기억하는 유일한 기념물이다. 잎이 다 진 나무 한 그루와 바람이 불면 속삭이는 길게 자란 풀이, 강력했던 모라르의 무덤을 사냥꾼의 눈에 알려 주고 있다. 그대를 위해 울어 줄 어머니도 없고, 사랑의 눈물을 흘려 줄 처녀도 없다. 그대를 낳은 이는 죽었고, 모르글란의 딸도 죽어 버렸으니.

지팡이에 몸을 의지한 저 사람은 누구인가? 나이 들어 머리는 하얗게 셌고, 눈물 때문에 눈이 빨갛게 충혈된 저 사람은 누구란 말인가? 오, 모라르여, 그는 그대의 아버지이다. 아들이라곤 그대밖에 없던 그대의 아버지. 그는 싸움터에서 그대가 날린 명성을 들었고, 뿔뿔이 도망치는 적들에 관해서도 들었다. 그는 모라르의 명성을 들었으나, 아, 그의 상처에 관해서는 듣지 못했단 말인가? 통곡하라, 모라르의 아비여, 통곡하라! 하지만 당신의 아들은 그 소리를 듣지 못할 것이다. 죽은 자는 깊이 잠들었고, 먼지로 된 그들의 베개는 아주 얇다. 그는 결코 목소리에 귀 기울이지 못할 것이고, 당신의 외침에도 깨어나지 못할 것이다. 아, 언제 무덤에 아침이 찾아와, 잠든 자에게 '일어나라!'고 청할 것인가.

잘 있어라, 인간 중에서 가장 고귀한 자여, 전장의 정복자여! 하지만 전장이 그대를 다시 보는 일은 없을 것이며, 어두운 숲이 그대 칼의 번득임으로 빛나는 일도 없을 것이다. 그대는 자식을 남기지 않았지만 노래가 그대의 이름을 보존할 것이며, 다가오는 시대가 그대에 관해 들을 것이다. 전사한 모라르에 관해.

영웅들의 비탄의 소리가 드높았는데, 그중에서도 아르민의 찢어질 듯한 한숨 소리가 가장 컸다. 모라르의 죽음은 그에게, 젊은 나이에 전사한 자신의 아들을 생각나게 했기 때문이다. 유명한 갈말의 영주 카르모르는 아르민 가까이 앉아 있었다. 그가 말했다. '어째서 아르민의 한숨에 흐느낌이 섞여 있는가? 여기에 울 일이 뭐가 있단 말인가? 영혼을 녹이고 즐겁게 해 주는 노랫가락이 울려 퍼지고 있지 않은가? 그 노래는 호수에서 솟아 올라와 계곡으로 퍼지는 부드러운 안개 같고, 물기가 피어나는 꽃들을 가득 채우고 있다. 하지만 태양은 다시 힘차게 떠오르고, 안개는 사라졌다. 호수로 둘러싸인 고르마의 지배자 아르민이여, 어째서 그대는 그처럼 애통해하는가?'

'애통해한다는 그 말이 맞노라. 내 슬픔의 원인은 결코 사소하지 않다, 카르모르여. 그대는 아들을 잃어 본 적이 없고, 꽃처럼 피어나는 딸을 잃어 본 적도 없다. 용감한 콜가르는 살아 있고, 더없이 아름다운 아니라도 그러하다. 그대 집안의 가지에는 꽃이 무성하다, 오 카르모르여. 하지만 나 아르민은 우리 집안의 마지막

핏줄이다. 아, 다우라여, 네 잠자리는 캄캄하구나! 무덤 속에서 너는 숨 막히는 잠을 자고 있다. 언제쯤 너는 듣기 좋은 네 목소리로 노래를 부르며 깨어날 텐가? 일어나라, 너희 가을바람이여! 일어나 어두운 광야 위로 몰아쳐라! 숲 속을 흐르는 시내여, 거칠게 흘러라! 폭풍우여, 떡갈나무 우듬지에서 울부짖어라! 오, 달이여, 찢어진 구름 사이로 다니며, 이따금 네 창백한 얼굴을 보여라! 내 아이들이 죽은 그 끔찍한 밤을 기억나게 하라. 강력한 아린달이 쓰러지고 사랑스러운 다우라가 사라진 그 밤을.

내 딸 다우라야, 너는 참으로 아름다웠다. 푸라 언덕 위에 걸린 달처럼 아름다웠고, 방금 내린 눈처럼 희었으며, 들이마시는 공기처럼 감미로웠다! 아린달아, 싸움터에서 네 활은 강력했고, 네 창은 빨랐으며, 네 눈초리는 물결 위의 안개와 같았고, 네 방패는 폭풍우 속의 불구름이었다!

전쟁터에서 이름을 날린 아르마르가 찾아와서 다우라에게 사랑을 구했다. 그 아이는 오래 거절하지는 못했다. 이들의 친구들이 품은 기대는 아름다웠다.

오드갈의 아들 에라트는 불만을 품었다. 왜냐하면 그의 형제가 아르마르에게 죽임을 당했기 때문이다. 그는 뱃사공으로 변장하고 왔다. 파도 위에 떠 있는 그의 나룻배는 아름다웠고, 나이 탓에 그의 곱슬머리는 희었으며, 진지한 얼굴은 평안했다. 그가 말했다. '처녀 중에 가장 아름다운 처녀여, 아르민의 사랑스러운 딸이여. 멀지 않은 곳 바다에 떠 있는 바위에, 나무의 붉은 열매가 이쪽을 향해 빛나는 곳에서 아르마르가 그대 다우라를 기다리고 있

다. 나는 파도가 일렁이는 바다를 건너 그의 사랑을 전하기 위해 왔노라.'

그녀는 에라트를 따라가 아르마르를 불렀다. 바위 소리 외에는 아무 대답도 없었다. '아르마르! 내 사랑! 내 사랑이여! 왜 나를 이렇듯 걱정하게 만드시나요? 내 말 들어요, 아르나르트의 아들이여! 들어 봐요! 당신을 부르고 있는 건 다우라예요!'

배반자 에라트는 웃으며 뭍으로 도망갔다. 다우라는 목소리를 높여 아버지와 오라비를 불렀다. '아린달! 아르민! 누구 다우라를 구해 줄 사람 없어요?'

그녀의 목소리가 바다를 건너 들려왔다. 내 아들 아린달은 사냥의 노획물을 든 텁수룩한 모습으로 언덕을 내려왔다. 그의 화살은 허리춤에서 달그락거렸고 손에는 활을 들고 있었으며, 그의 주위엔 암회색의 맹견 다섯 마리가 따랐다. 그는 해변가에서 대담한 에라트를 발견하고는 그를 사로잡아 떡갈나무에 묶고, 그의 허리를 친친 동여맸다. 묶인 자의 신음 소리가 대기에 가득 찼다.

아린달은 다우라를 데려오기 위해 배를 타고 파도에 몸을 맡겼다. 아르마르는 분노에 사로잡혀 달려와서는 회색빛 깃이 달린 화살을 쏘아 날렸고, 화살은 소리를 내며 네 가슴에 박혔다, 오 아린달, 내 아들이여! 배반자 에라트 대신 네가 죽었구나. 배는 바위에 닿았고, 거기서 아린달은 쓰러져 죽었다. 네 발치로 네 오라비의 피가 흘렀다. 너는 얼마나 애통해했는가, 오 다우라여!

파도가 배를 산산조각 낸다. 아르마르는 다우라를 구하기 위해서인지 아니면 죽기 위해서인지 바다로 뛰어들었다. 언덕에서 갑작스러운 돌풍이 파도 속으로 불어왔고, 물속으로 가라앉은 그는 다시 떠오르지 않았다.

나는 바닷물에 씻기고 있는 바위 위에서 내 딸이 홀로 애통해하는 소리를 들었다. 그녀는 계속해서 커다랗게 울부짖었지만, 아버지인 나는 그녀를 구할 수 없었다. 나는 밤새도록 기슭에 서서 어슴푸레한 달빛 속에 있는 그녀를 보았다. 그녀가 밤새 울부짖는 소리를 들었다. 바람 소리는 요란했고 비는 맹렬하게 산허리를 때렸다. 아침이 오기 전 그녀의 목소리가 잦아들더니, 바위틈에 피어 있는 풀잎 사이의 저녁 공기가 사라지는 것처럼 죽어 버렸다. 애통함에 잠긴 채 그녀는 죽었고, 아르민을 홀로 남겨 두었다! 전쟁터에서 내가 떨쳤던 용맹함은 사라져 버렸고, 처녀들 사이에서 회자되던 나의 명성도 사라졌다.

산에서 돌풍이 불어오거나 북풍이 파도를 크게 일렁이게 할 때면, 나는 울부짖는 해변에 앉아 끔찍한 바위 쪽을 바라본다. 달이 질 때면 나는 자주 내 자식들의 혼령을 본다. 이들은 희미한 모습으로 슬프게 어울려 떠돌아다닌다.'"

로테의 눈에서 쏟아져 나온 눈물은 그녀의 답답한 가슴을 시원하게 해 주었고, 이 눈물 때문에 베르터의 노래는 중단되었습니다. 그는 원고를 던지고 로테의 한쪽 손을 잡으며 쓰디쓴 눈물을 흘렸습니다. 로테는 다른 손에 몸을 의지한 채 손수건으로 눈을 가렸습니다. 두 사람의 감동은 너무나도 대단한 것이었습니다. 이들은 고귀한 인물들의 운명에서 바로 자신들이 처한 비참함을 느끼고 서로 공감했습니다. 두 사람의 눈물은 서로 합쳤습니다. 베르터의 입술과 눈은 로테의 팔에 닿으며 뜨겁게 타올랐습니다. 갑자기 뜨거운 전율이 로테를 사로잡아, 그녀는 몸을 빼려고 했습니다. 그런데 고통과 동정이 마치 납처럼 그녀를 짓누르며 마비시켰습니다. 그녀는 정신을 차리기 위해 심호흡을 한 뒤, 흐느끼며 베르터에게 계속 읽어 달라고 부탁했습니다. 천상의 목소리 그대로 부탁했던 것입니다! 베르터의 몸은 떨렸고, 그의 가슴은 터질 것 같았습니다. 그는 원고를 집어 들고 반쯤 갈라진 목소리로 읽기 시작했습니다.

"왜 너는 나를 깨우는가, 봄바람이여? 너는 애교를 떨며 '나는 천상의 이슬방울로 적시노라!' 라고 말하는구나. 하지만 나는 시들 때가 가까워졌고, 내 잎사귀를 떨어뜨릴 폭풍우도 가까이 있구나! 내일이면 나그네가 찾아오리라. 내가 아름답던 시절에 나를 보았던 그 나그네가 찾아와, 주변을 둘러보며 들판에서 나를 찾겠지만 끝내 나를 발견하지 못하리라."

이 구절이 지닌 강렬한 힘이 불행한 베르터를 덮쳤습니다. 그는 극도의 절망감에 사로잡혀 로테 앞에 몸을 던지고, 그녀의 두 손을 잡아 자신의 눈에 지그시 누르며 이마로 가져갔습니다. 그러자 베르터가 세운 두려운 계획에 대한 예감이 그녀의 머릿속을 스쳐 지나가는 것 같았습니다. 그녀의 모든 감각이 혼란에 빠졌습니다. 로테는 그의 두 손을 꼭 잡고 자신의 가슴에 가져다 댔습니다. 그녀는 애처로운 심정으로 베르터 쪽으로 몸을 구부렸습니다. 이들의 뜨거워진 뺨이 서로 맞닿았습니다. 순간 이들에게 바깥세상은 사라지고 없었습니다. 베르터는 자신의 두 팔로 로테를 휘감아 그녀를 가슴에 꼭 껴안은 채, 떨면서 중얼거리는 그녀의 입술에 격렬한 입맞춤을 퍼부었습니다. "베르터 씨!" 그녀는 숨 막힐 듯한 목소리로 몸을 돌리며 외쳤습니다. "베르터 씨!" 그녀는 연약한 손으로 베르터의 가슴을 자신으로부터 밀어냈습니다. "베르터 씨!" 그녀는 고상한 감정이 깃든 절제된 음성으로 외쳤습니다. 베르터는 거역하지 않고, 그녀를 풀어 주며 정신 나간 듯 그녀 앞에 몸을 던졌습니다. 로테는 벌떡 일어나, 두려우면서도 혼돈에 빠진 채 사랑과 분노 사이에서 떨며 말했습니다. "이것으로 끝이에요! 베르터 씨! 당신은 나를 다시는 보지 못할 거예요." 그녀는 비참한 그에게 사랑이 가득한 시선을 던지며 옆방으로 달려가 문을 잠갔습니다. 베르터는 그녀를 향해 손을 뻗었지만 차마 그녀를 잡지는 못했습니다. 그는 머리를 소파에 기댄 채 바닥에 앉아 있었습니다. 그리고 반 시간 이상을 그 자세로 있던 그는 어떤 소리를 듣고 제정신으로 돌아왔습니다. 식탁을 차리려고 들어온 하녀였습니다. 베르터는 방 안을 이리저리 왔다 갔다 하다가 다시 혼자가 되자 옆방 문 앞까지 가서 나지막한 목소리로 불렀습니다. "로테! 로테! 한마디만! 잘 가라는 말이라도!" 그녀는 침묵을 지켰습니다. 그는 기다렸다가 애원하고 또 기다렸습니다. 마침내 그가 잡아채듯 몸을 돌린 후 외쳤습니다. "잘 있어요, 로테! 영원히 안녕!"

베르터는 성문 근처에 도착했습니다. 베르터를 이미 잘 알고 있는 문지기들은 아무 말 않고 밖으로 내보내 주었습니다. 진눈깨비가 흩날리고 있었는데, 11시가 돼서야 그는 다시 성문을 두드렸습니다. 베르터가 집으로 돌아왔을 때 그의 하인은 주인이 모자를 쓰지 않고 있다는 것을 알아차렸습니다. 그는 차마 뭐라고 말은 하지 못하고 주인의 옷을 벗겼습니다. 모든 것이 흠뻑 젖어 있었습니다. 모자는 나중에, 언덕의 비탈진 곳에서 계곡 쪽을 바라보는 바위 위에서 발견되었습니다. 이해할 수 없는 점은, 날씨도 궂고 어두운 밤에 그가 어떻게 굴러 떨어지지 않고 그 바위까지 오를 수 있었는지 하는 것입니다.

베르터는 침대에 누워 오래 잠을 잤습니다. 다음 날 아침 하인이 부름을 받고 커피를 가져갔을 때 베르터는 무언가를 쓰고 있었습니다. 그는 로테에게 다음과 같은 편지를 쓰고 있었던 것입니다.

"이제 마지막으로, 마지막으로 나는 내 눈을 뜹니다. 이 눈은, 아, 태양을 더 이상 보지 못할 것입니다. 흐리고 안개가 낀 탓에 태양이 가려졌습니다. 자연이여, 너도 함께 슬퍼해 다오! 그대의 아들이자 그대의 친구, 그대의 연인이 마지막을 향해 다가가고 있으니. 로테, 이것은 무엇과도 비교할 수 없는 감정입니다만, 어렴풋이 꿈을 꾸는 상태와 가장 흡사한 듯합니다. '이것이 마지막 아침이다'라고 말하는 것 말입니다. 마지막 아침이라! 로테, 나는 이 말이 의미하는 바가 무엇인지 모르겠습니다. 지금 나는 여기 이렇게 멀쩡히 서 있는데, 내일이면 사지를 축 늘어뜨린 채 바닥에 누워 있게 될 것입니다. 죽음이라! 도대체 그게 뭘까요? 보십시오, 우리가 죽음을 애기할 때 우리는 꿈을 꾸는 것입니다. 나는 사람이 죽는 것을 여러 번 보았습니다. 하지만 인간은 너무나도 제한된 존재여서 자신이란 존재의 시작과 끝에 관해 아무것도 모르지요. 이 몸이 아직까지는 나의 것, 아니 당신의 것! 당신의 것이지요, 오 사랑하는 로테! 그런데 한순간 서로 헤어져, 떨어진 채 — 아니, 아마도 영원히? 아니에요, 로테, 아니에요 — 내가 어떻게 없어져 버릴 수 있겠습니까? 당신이 어떻게 사라질 수 있단 말입니까? 우리는 엄연히 존재하고 있습니다! 사라진다! 도대체 그게 무슨 말일까요? 그것은 단지 한 단어, 내 마음에 아무 느낌도 주지 못하는 공허한 울림이지요. 로테, 죽어서 비좁고 어두운 차가운 땅속에 묻힌다는 것! 내겐 여자 친구가 한 명 있었답니다. 의지할 데 없던 어린 시절에 나의 모든 것과 같은 존재였지요. 그런데 그녀가 죽어 버렸어요. 나는 그녀의 주검을 따라가 무덤 옆에 섰습니다. 사람들이 관을 내리는 것, 관 밑의 줄을 덜그럭거리며 빼내 재빨리 위로 거두어들이는 것, 그리고 첫 번째 삽질에 흙이 떨어지는 소리, 관이 겁먹은 듯 둔중한 소리를 내는 것, 그리고 그 소리가 점점 둔탁해지다가 마침내 다 덮여 버리는 모습을 봤어요. 나는 무덤 옆에 쓰러졌습니다. 내 마음은 충격을 받았고, 동요되었으며, 겁에 질렸고, 갈기갈기 찢어졌습니다. 하지만 내게 무슨 일이 일어났는지 몰랐습니다. 앞으로 무슨 일이 일어날는지도 몰랐지요. 죽음! 무덤! 나는 이 말들이 무엇을 의미하는지 모르겠습니다!

아, 나를 용서하세요! 용서해 주세요! 어제 일을! 그 순간이 내 생애의 마지막 순간이었어야 했습니다. 오, 천사 같은 그대여! 처음으로, 정말 처음으로 아무 의심 없이 내 깊숙한 내면을 통해 기쁨의 감정이 불타올랐습니다. 그녀가 나를, 그녀가 나를 사랑하고 있다는 감정이 말입니다. 내 입술엔 당신의 입술에서 흘러나온 성스러운 불길이 아직도 타오르고 있습니다. 막 생겨난 듯 따뜻한 기쁨이 내 가슴속에는 있습니다. 나를 용서해 주세요! 나를 용서해 주세요!

아, 나는 당신이 나를 사랑한다는 사실을 알고 있었습니다. 영혼이 깃든 당신의 첫 시선에서, 당신과의 첫 악수에서 그걸 알았지요. 하지만 내가 다시 당신 곁을 떠나고 알베르트가 당신 곁에 있는 것을 볼 때면, 나는 열병과 같은 의심에 빠져 낙담하게 되었습니다.

당신은 그 꽃을 기억하고 있나요? 저 끔찍한 모임에서 당신이 내게 말 한마디 건네지도 못하고 손을 내밀 수도 없었을 때 보내준 그 꽃 말이에요. 아, 나는 그날 밤을 반쯤 새우다시피 하며 그 꽃 앞에 무릎을 꿇고 있었습니다. 그 꽃은 내게 당신의 사랑을 확증해 주었습니다. 하지만 아, 이러한 인상은 사라져 버렸습니다. 마치 성스러운 계시를 통해 충만한 하늘의 은총이 주어졌던 신자의 영혼에서 신이 은총을 베푼다는 느낌이 다시 사라져 버리는 것처럼 말입니다.

모든 것은 헛됩니다. 하지만 내가 어제 당신의 입술에서 맛보았고 지금도 내 속에서 느끼고 있는 불타는 삶은 영원히 꺼지지 않을 것입니다! 그녀는 나를 사랑하고 있다! 이 팔이 그녀를 껴안았고, 이 입술은 그녀의 입술 위에서 떨었으며, 이 입이 그녀의 입에 닿은 채 중얼거렸다. 그녀는 나의 것이다! 그래요, 로테, 당신은 영원히 나의 것입니다.

그런데 알베르트가 당신의 남편이라는 건 도대체 무엇일까요? 남편이라! 그것은 아마 이 세상에서의 이야기일 것입니다. 내가 당신을 사랑하는 것, 내가 당신을 그의 팔에서 낚아채 내 팔에 안고자 하는 것은 이 세상에서는 죄가 되겠지요? 죄라? 좋습니다. 그렇다면 나 자신에게 스스로 벌을 주겠습니다. 나는 그 죄를 천상의 충만한 기쁨 속에서 맛보았으며, 그 삶의 향유(香油)와 힘을 내 가슴속에 빨아들였습니다. 이 순간부터 당신은 나의 것입니다! 나의 것이지요, 오 로테! 나는 먼저 갑니다! 나의 아버지이자 당신의 아버지인 그분께로 말입니다. 그분께 나는 호소하겠습니다. 그러면 그분은 당신이 올 때까지 나를 위로해 주시겠지요. 당신이 오면 나는 날듯이 당신에게 달려가 당신을 붙들고, 영원히 당신을 얼싸안은 채 무한자의 면전에서 당신 곁에 머무를 것입니다.

나는 꿈을 꾸고 있는 것도 아니고, 망상에 빠져 있는 것도 아닙니다! 무덤에 가까워질수록 내 정신은 점점 맑아집니다. 우리는 존재할 것입니다! 우리는 다시 만나게 될 것입니다! 당신의 어머니를 볼 것입니다! 나는 그녀를 볼 것이고 그녀를 찾게 될 것입니다. 아, 그리고 그녀 앞에서 내 안의 모든 것을 털어놓겠습니다! 당신의 어머니, 당신과 꼭 닮은 그분 앞에서."

11시경에 베르터는 하인에게, 알베르트가 돌아왔는지 물어보았습니다. 하인은 그의 말이 끌려가는 것을 보았다고 대답했습니다. 이 말을 듣고 베르터는 하인에게 다음과 같은 내용의 봉하지 않은 쪽지를 건네주었습니다.

"여행을 할 생각인데 당신의 권총을 빌려 주시지 않겠습니까? 안녕히 계십시오!"

로테는 지난밤 조금밖에 잠을 자지 못했습니다. 그녀가 두려워하던 일이 드디어 결판 났습니다. 그녀가 예감할 수도 없었고 걱정하지도 않았던 그런 식으로 결판이 난 것이지요. 평소에는 너무나도 맑고 가볍게 흐르던 그녀의 피가 열병과 같은 흥분 상태에 빠졌고, 온갖 감정이 그녀의 아름다운 마음을 혼란스럽게 했습니다. 그녀가 가슴속에 느꼈던 것은 베르터의 불꽃과 같은 포옹이었을까요? 혹은 그의 대담함에 대한 불쾌감이었을까요? 아니면 자신의 현재 상태를, 예전의 거리낌 없고 자유로운 순진함과 자신에 대한 근심 걱정 없는 신뢰와 비교해야 하는 불만스러움이었을까요? 그녀는 남편을 어떻게 대해야 했을까요? 고백을 해도 거리낄게 없지만, 그렇다고 해서 고백할 엄두가 나지도 않는 그런 상황을 어떻게 고백해야 했을까요? 두 사람은 오랫동안 서로 침묵을 지켜 왔는데, 이제 그녀가 먼저 침묵을 깨고 하필이면 이처럼 부적절한 시기에 남편이 생각지도 못했던 일을 알도록 해야 했을까요? 베르터가 왔었다는 단순한 사실만으로도 남편에게 불쾌한 인상을 주지 않을까 그녀는 지레 두려워했습니다. 그런데 하물며 이런 예기치 않은 파국은 어떤 결과를 가져올까요! 남편이 자신을 공정한 눈으로 보고 어떤 편견도 없이 받아들여 주리라고 기대할 수 있었을까요? 남편이 자신의 속마음을 읽어 주기를 바랄 수 있었을까요? 하지만 다른 한편으로, 남편 앞에서 그녀는 항상 수정같이 투명한 유리처럼 솔직하고 자유롭게 고백해 왔고, 이제껏 자신의 감정을 숨기지 않았으며 앞으로도 숨길 수 없을 텐데, 그런 남편을 속일 수가 있었을까요? 이런저런 생각이 그녀에게 걱정을 불러일으켰고, 그녀를 혼란스럽게 했습니다. 그리고 그럴 때면 그녀의 생각은 다시 베르터에게 돌아갔습니다. 그녀로서는 잃어버린 것이나 다름없지만 놓아 버릴 수도 없는 존재, 안타깝게도 그 스스로에게 맡겨 둘 수밖에 없으며, 로테 자신을 잃어버릴 경우 남는 것이 하나도 없는 베르터에게로 말입니다.

그 순간에는 로테가 분명하게 규정할 수 없었지만, 이들 부부 사이에 자리 잡기 시작한 꽉 막힌 상태가 지금 얼마나 무겁게 그녀를 짓눌렀는지 모릅니다! 그처럼 이해심 많고 선한 사람들이 서로 간의 어떤 은밀한 의견 차이 때문에 침묵을 지키게 되었습니다. 각자가 자기는 정당하고 다른 사람은 부당하다고 생각했습니다. 그리하여 상황은 꼬이고 점점 격화되어, 모든 것이 달려 있는 가장 중요한 순간에 그 매듭을 푸는 일이 불가능할 지경까지 이르렀습니다. 행복한 신뢰감이 이들을 좀 더 일찍 다시 가깝게 해 주고, 서로 간에 사랑과 배려가 살아나 이들의 마음을 열었다면, 아마 우리의 친구는 아직 구원의 여지가 있었을지도 모릅니다.

여기에 기이한 상황이 더해졌습니다. 우리가 베르터의 편지에서 알고 있듯이, 그는 자신이 이 세상을 떠나고 싶어 한다는 사실을 조금도 비밀로 하지 않았습니다. 알베르트는 자주 그에게 이의를 제기했습니다. 로테와 그녀의 남편 사이에서도 그에 대한 얘기가 가끔 화제가 되었습니다. 자살에 대해 단호한 거부감을 가지고 있던 알베르트는 평소 그의 성격과 달리 자주 민감한 태도로, 자신은 그런 의도가 진심에서 나온 것인지 의심스럽게 생각한다고 말해 왔습니다. 게다가 그는 이에 대한 농담도 몇 차례 했고, 그런 일을 믿을 수 없다고 로테에게 말했습니다. 로테는 슬픈 생각이 들 때면 한편으로 알베르트의 이런 말로 인해 안심이 되긴 했습니다. 하지만 다른 한편으로는 이 때문에 그때 그녀를 괴롭히고 있던 걱정거리를 남편에게 알리는 것을 방해받고 있다고도 느꼈습니다.

알베르트가 돌아왔습니다. 로테는 당황하면서 서둘러 그를 맞았습니다. 그는 기분이 좋지 않았습니다. 일 처리가 완벽하지 않은 데다, 근처에 있는 관리가 완고하고 편협한 인간이라는 사실을 알았기 때문입니다. 길이 형편없었던 것도 그를 불쾌하게 만들었습니다.

그는 아무 일 없었느냐고 물었습니다. 로테는 베르터가 어제 저녁에 다녀갔다고 곧바로 대답했습니다. 그는 편지 온 것이 있느냐 물었고, 편지 한 통과 소포가 그의 방에 있다는 대답을 들었습니다. 그는 자기 방으로 건너갔고, 로테는 혼자 남았습니다. 그녀가 사랑하고 존경하는 남편의 존재가 그녀의 마음에 새로운 인상을

주었습니다. 그의 고결한 마음과 사랑 그리고 호의를 생각하자 그
녀의 심정은 한층 편안해졌습니다. 그녀는 남편을 따라 들어가 보
고 싶은 마음이 불현듯 들어서, 평소에 자주 하던 대로 자기가 하
던 일거리를 들고 남편의 방으로 갔습니다. 그녀는 남편이 소포를
뜯어 읽고 있는 것을 보았습니다. 그중 몇 가지는 그다지 유쾌하
지 않은 내용인 것 같았습니다. 그녀는 남편에게 몇 가지 질문을
던졌는데, 남편은 짧게 대답한 후 경사진 탁자로 가더니 무언가를
썼습니다.

이들은 이런 식으로 한 시간을 함께 있었는데, 로테의 심정은
점점 어두워졌습니다. 그녀는 남편이 아무리 기분 좋은 상황이라
하더라도, 자신의 가슴속에 있는 것을 털어놓는 것이 스스로에게
얼마나 난감한 일일지 느끼고 있었습니다. 그녀는 우울한 기분에
사로잡혔는데, 이 기분을 감추고 눈물을 삼키려고 노력하면 할수
록 더욱 불안해졌습니다.

베르터의 심부름꾼 아이가 나타나자 그녀는 극도로 당황했습니
다. 아이는 알베르트에게 쪽지를 건넸고, 그는 태연히 자신의 아
내에게 몸을 돌려 말했습니다. "이 아이에게 권총을 내주어요."
그리고 아이에게는 이렇게 말했습니다. "즐거운 여행 되시라고
전해 다오." 이 말은 그녀에게 마치 벼락이 치는 듯한 충격을 주었
습니다. 그녀는 비틀거리며 일어섰는데, 어떻게 일어섰는지도 몰
랐습니다. 그녀는 천천히 벽 쪽으로 가서, 떨리는 손길로 권총을
내려 먼지를 닦고는 머뭇머뭇거렸습니다. 알베르트가 의아한 눈
길로 그녀를 재촉하지 않았다면 아마 계속 망설였을 것입니다. 그

녀는 한마디도 하지 않고 아이에게 그 불길한 도구를 건네주었습니다. 그리고 아이가 나가자 일거리를 주섬주섬 챙긴 뒤, 말할 수 없이 불안한 심정으로 자신의 방으로 갔습니다. 그녀의 마음은 끔찍한 일이 생길 것 같은 예감으로 가득 찼습니다. 당장이라도 그녀는 남편의 발 앞에 몸을 던지고 어제 저녁에 일어난 일과 자신의 잘못 그리고 예감을 모두 털어놓으려 했습니다. 하지만 다른 한편, 그렇게 한다고 해도 뾰족한 수가 없다는 것을 그녀는 알게 되었습니다. 남편을 설득해 베르터에게 가 보도록 한다는 것은 어림도 없는 일이었습니다. 식탁이 차려졌습니다. 뭘 물어보러 왔다가 금방 가려던 친한 여자 친구가 그냥 가지 않고 남은 덕분에, 식탁에서의 대화는 참을 만했습니다. 억지로라도 분위기를 맞췄고, 말을 했으며, 설명했고, 스스로를 잊었습니다.

심부름 갔던 아이는 권총을 가지고 베르터에게 돌아왔습니다. 그는 로테가 직접 권총을 건넸다는 말을 듣고 화색을 띠며 그것을 받아 들었습니다. 베르터는 빵과 포도주를 가져오게 한 후, 아이를 식사하러 보내고 자신은 편지를 쓰기 위해 자리에 앉았습니다.

"권총이 당신의 손을 거쳤군요. 당신이 권총의 먼지를 털었고요. 나는 지금 권총에 수없이 입을 맞추고 있습니다. 당신이 그걸 만졌으니까요! 천상의 정령이여, 그대는 내 결정을 유리하게 해 주었습니다. 그리하여 로테, 당신이 내게 그 도구를 건네주는군요. 당신의 손에서 죽음을 받아 들기를 원했는데, 그런데 아! 이제 이렇게 받아 들게 되는군요. 오, 나는 심부름하는 아이에게 낱낱

이 물어보았습니다. 당신은 그걸 건네며 떨고 있었고, 잘 가라는 말은 하지 않았습니다! 슬플 따름입니다, 정말로! 잘 가란 말도 없었다니! 나를 영원히 당신에게 붙들어 맸던 그 순간 때문에 당신은 나에 대한 당신의 마음 문을 꼭 닫아걸어야 했나요? 로테, 천 년이 지난다 해도 그 인상을 지울 수는 없을 겁니다! 그리고 나는 느끼고 있습니다. 당신을 위해 그토록 마음을 불태우는 사람을 당신이 미워할 수 없다는 것을 말입니다."

식사가 끝난 후 그는 심부름하는 아이에게 짐을 남김없이 꾸리라고 일렀습니다. 그리고 많은 서류를 찢은 후, 밖으로 나가 사소한 빚들을 처리했습니다. 그는 집으로 돌아왔다가, 다시 성문 앞으로 나갔습니다. 비가 오는데도 아랑곳하지 않고 백작의 정원으로 들어갔다가 그 근방을 계속해서 배회하던 그는, 날이 저물자 집으로 돌아와 편지를 썼습니다.

"빌헬름, 마지막으로 들판과 숲 그리고 하늘을 보고 왔어. 너도 잘 있어! 사랑하는 어머니, 나를 용서해 주세요! 어머니를 위로해 줘, 빌헬름! 하느님께서 그대들을 축복하시길! 내 물건들은 다 정리해 두었어. 잘 있어! 우리는 좀 더 즐거운 모습으로 다시 보게 될 거야."

"알베르트 씨, 당신의 호의를 악의로 갚았군요. 용서해 주시겠죠. 나는 당신 가정의 평화를 깨뜨렸습니다. 당신 부부 사이에 불신을 가져왔지요. 안녕히 계세요! 나는 이제 끝을 내려 합니다. 오, 당신들이 내 죽음으로 행복해질 수 있다면! 알베르트! 알베르트! 천사를 행복하게 해 주세요! 하느님의 축복이 당신 위에 깃들기를!"

베르터는 이날 저녁 숱한 서류를 뒤적였고, 많은 것을 찢어 난로 속에 넣었으며, 몇 개의 짐 꾸러미에 빌헬름의 주소를 적고 봉했습니다. 이 꾸러미에는 짤막하게 작문한 것과 잡다한 생각을 적은 글이 들어 있었는데, 그중 몇 개는 편집자인 내가 본 것입니다. 10시에 난로에 장작을 더 넣게 하고 포도주 한 병을 가져오도록 한 베르터는 하인을 자러 가게 했습니다. 하인의 방은 이 집 사람들의 침실과 마찬가지로 뒤쪽 멀찍이 떨어져 있었습니다. 하인은 아침 일찍 준비를 마칠 수 있도록 옷을 입은 채 자리에 누웠습니다. 역마차가 6시 전에 집 앞으로 올 것이라고 주인이 말했기 때문입니다.

"11시 넘어서

주위는 온통 고요합니다. 그리고 내 영혼도 편안합니다. 신이시여, 이 마지막 순간에 이처럼 따스한 온기와 이런 힘을 선사해 주시니 감사합니다.

내 사랑이여, 나는 창가로 다가섭니다. 그리고 보고 있습니다. 휘몰아치며 흘러가는 구름 사이로 영원한 하늘의 별이 몇 개 떠 있는 모습을 아직 보고 있습니다! 아니, 너희들은 떨어지지 않으리라! 영원한 분이 너희들을, 그리고 나를 그의 가슴에 품고 있으므로. 나는 모든 별 중에서 가장 좋아하는 수레자리의 손잡이 별들*을 보고 있습니다. 밤에 내가 당신과 헤어져 당신의 집 문을 나설 때면 그 별은 나를 마주 보고 있었습니다. 얼마나 넋을 잃고 그 별을 바라보았는지 모릅니다. 나는 자주 두 손을 들어 올려 그 별을 현재 내가 처한 행복의 성스러운 표식이나 표지로 삼았습니다! 그리고 지금도 여전히 — 오, 로테, 당신을 생각나게 하지 않는 것이 무엇이 있겠습니까! — 당신은 나를 둘러싸고 있지 않습니까! 그리고 나는 마치 어린아이처럼 만족할 줄 모르고, 성스러운 당신이 만졌던 것이라면 아무리 하찮은 것이라도 모두 긁어모으지 않았습니까!

사랑스러운 실루엣! 나는 그것을 당신에게 유품으로 남기고 갑니다, 로테. 그러니 제발 소중히 간직해 줘요. 수천 번 나는 그 위에 입을 맞췄습니다. 집에서 나가거나 들어올 때면 나는 수없이 그 그림에 인사를 건넸지요.

나는 당신의 아버지에게 내 유해를 돌봐 달라고 쪽지로 부탁드렸습니다. 교회 묘지에 두 그루의 보리수가 있습니다. 들판 쪽을 향해 나 있는 뒤쪽 모퉁이에 말입니다. 나는 거기 잠들고 싶습니다. 당신의 아버지는 친구를 위해 그렇게 해 주실 수 있고, 아마 그렇게 해 주실 겁니다. 하지만 당신도 부탁을 드려 줘요. 독실한 기독교 신자들에게 이 불쌍하고 불행한 인간 곁에 누우라고 요구할 수는 없는 노릇이지요. 아, 차라리 당신들이 나를 길가나 적막한 골짜기에 묻어 주면 좋겠습니다. 사제나 레위인이 축복하며 묘석을 지나가고 사마리아인이 눈물을 흘리도록 말이지요.

자, 로테! 나는 차갑고 끔찍한 잔을 들어 죽음의 도취를 마시는 것이 두렵지 않습니다! 당신이 그 잔을 내게 건네주었으니, 나는 주저하지 않겠습니다. 모든 것, 내 삶의 소망과 희망이 다 이루어졌습니다! 이처럼 차갑고 완고하게 죽음의 청동 문을 두드리는 것마저도.

당신을 위해 죽는 행복, 로테, 당신을 위해 이 몸을 바치는 행운에 참여했으면 하고 얼마나 바랐던지요! 내가 당신에게 당신 삶의 평안과 기쁨을 다시 줄 수 있다면 용감하고 기쁘게 죽으려 했습니다. 하지만 아, 자신과 가까운 사람을 위해 피를 흘리고 죽음을 통해 자신의 친구들에게 백배의 새로운 삶을 북돋우는 것은, 오직 소수의 고귀한 사람들에게만 주어진 것이었습니다.

로테, 나는 이 옷차림 그대로 묻히고 싶습니다. 당신이 이 옷을 만짐으로써 성스럽게 만들었지요. 당신 아버지께도 그렇게 부탁드렸습니다. 내 영혼은 관 위를 떠돌고 있습니다. 누구도 내 주머니를 뒤져서는 안 됩니다. 아이들과 함께 있는 당신을 내가 처음 보았을 때 당신의 가슴에 달려 있던 이 분홍색 리본은 — 오, 아이들에게 수없이 입 맞춰 주고, 이 불행한 친구의 운명을 얘기해 줘요. 사랑스러운 아이들! 그 아이들은 내 주위에 몰려들겠지요. 아, 내가 얼마나 당신과 연결되어 있었는지! 처음 만난 순간부터 나는 당신을 놓을 수가 없었습니다! — 이 분홍색 리본은 나와 함께 묻어 주셔야 합니다. 내 생일에 당신이 선물했지요! 그 모든 것을 내가 얼마나 기뻐하며 덥석 받아들였는지. 아, 그 길이 나를 여기 까지 이끌고 올 줄은 몰랐습니다! 침착함을 잃지 말아요! 부탁이 니 제발 침착함을 잃지 말아요!

총은 장전되었습니다. 이제 12시를 치는군요! 그러라지요! 로 테! 로테, 잘 있어요! 잘 있어요!"

이웃 사람이 화약의 불빛을 보았고 총소리를 들었습니다. 하지 만 그러고는 아무 소리도 들리지 않았기 때문에 그는 더 이상 신 경 쓰지 않았습니다.

아침 6시에 하인이 등불을 들고 방으로 들어섭니다. 그는 바닥 에 쓰러져 있는 주인과 권총 그리고 피를 발견하지요. 그는 소리 치며 주인을 끌어안습니다. 대답은 없고 주인은 그저 그르렁댈 뿐 입니다. 그는 의사에게로, 그리고 알베르트에게로 달려갑니다. 로 테는 초인종이 울리는 소리를 듣습니다. 전율이 그녀의 온몸을 사 로잡습니다. 그녀는 남편을 깨웁니다. 두 사람은 함께 일어나지 요. 울부짖으며 하인이 더듬더듬 소식을 전합니다. 로테는 정신을 잃고 알베르트 앞에 쓰러집니다.

베르터의 방에 도착한 의사는 그가 도저히 회복될 수 없는 상태 로 방바닥에 누워 있는 것을 발견했습니다. 맥박은 뛰고 있었지 만, 사지는 굳어 있었습니다. 베르터는 오른쪽 눈에서 머리를 관 통하도록 총을 쏘았고, 뇌수가 밖으로 흘러나와 있었습니다. 의사 는 별 소용이 없는 줄 알면서도 팔의 정맥을 째고 사혈(瀉血)을 했 습니다. 베르터는 여전히 숨을 쉬고 있었습니다.

의자 팔걸이에 묻은 피로 미루어, 그가 책상 앞에 앉아 일을 저질렀다는 것을 알 수 있었습니다. 그러고 나서 그는 바닥으로 미끄러져 내려와 경련을 일으키며 의자 주변을 뒹군 거지요. 그는 기진하여 창문을 향해 누워 있었는데, 옷은 다 차려입은 상태로, 장화도 신고 푸른 연미복에 노란 조끼까지 입고 있었습니다.

집 안과 이웃과 도시 전체가 발칵 뒤집혔습니다. 알베르트가 도착했습니다. 사람들은 그사이 베르터를 침대에 눕혔고, 이마에는 붕대를 감았습니다. 그의 얼굴은 이미 죽은 사람의 얼굴이나 다름없었습니다. 사지는 전혀 움직임이 없었습니다. 허파만이 끔찍할 정도로 그때까지 그르렁대고 있었는데, 때론 약했다가 때론 강해졌습니다. 모두 그가 숨을 거두기를 기다렸습니다.

따 놓은 포도주는 한 잔밖에 마시지 않았습니다.『에밀리아 갈로티』가 경사진 탁자 위에 펼쳐져 있었습니다.

알베르트의 당황함이나 로테의 슬픔에 관해서는 얘기하지 않겠습니다.

늙은 정무 집행관이 소식을 듣고 날듯이 뛰어들어 왔습니다. 그는 뜨거운 눈물을 흘리며 죽어 가는 베르터에게 입을 맞추었습니다. 아버지의 뒤를 이어 곧 그의 아이들이 걸어서 도착했습니다. 아이들은 참을 수 없이 고통스러워하며 침대 옆에 쓰러져, 베르터의 손과 입에 입을 맞추었습니다. 베르터가 가장 사랑했던 맏아들은 베르터가 죽을 때까지 그의 입술에서 떨어지지 않아, 사람들이 억지로 떼어 놓아야 했습니다. 베르터는 정오 12시에 숨을 거두었습니다. 정무 집행관이 현장에서 직권으로 일 처리를 한 탓에 큰

소동은 없었습니다. 밤 11시쯤 정무 집행관은 베르터를 그가 원하던 장소에 묻게 했습니다. 노인과 그의 아들들이 유해를 따라갔습니다. 알베르트는 그럴 수 없었습니다. 로테의 생명이 염려되었기 때문이었습니다. 일꾼들이 유해를 운반했습니다. 성직자는 한 명도 따라가지 않았습니다.

주

19 **바퇴** Charles Batteux (1713~1780). 프랑스의 철학자로 그의 저작
이 라믈러에 의해 독일에 소개됨.

우드 Robert Wood (1716~1771). 영국의 여행가이자 정치가.
1768년 호메로스의 저작에 관한 그의 에세이가 독일어로 번역되어
소개됨.

드 필레 Roger de Piles (1635~1709). 프랑스의 화가이자 미술 이
론가.

빙켈만 Johann Joachim Winckelmann (1717~1768). 독일의 미술
사가로『고대 미술사』(1764)의 저자.

줄처 Johann Georg Sulzer (1720~1779). 독일의 미학자.

20 **하이네** Christian Gottlob Heyne (1729~1812). 독일 괴팅겐 대학
의 고전 어문학자.

23 **발하임** 독자 여러분은 여기에 언급된 지명들을 찾으려는 수고를 하
지 말기 바랍니다. 원래의 지명들은 필요에 의해 다른 이름으로 바꾸
었습니다.(원주)

35 『……』 누군가 불평할 기회를 주지 않기 위해 편지의 이 부분은 부
득이 삭제했습니다. 원칙적으로 모든 작가는 아가씨들이나 젊고 변

덕이 심한 청년들의 판단을 별로 중요하게 생각하지 않지만 말입니다.(원주)

『……』 여기서도 몇몇 독일 작가의 이름은 생략했습니다. 로테의 칭찬에 공감하는 사람은 이 부분을 읽을 때 그들이 누구라는 것을 분명히 느낄 수 있을 것입니다. 그렇지 않은 사람이라면 굳이 그들이 누군지 알 필요가 없습니다.(원주)

36　**대무곡(對舞曲)** 남녀가 두 줄로 마주 서서 추는 춤.

51　**못했어요** 이 문제에 관해서는 현재 라바터의 탁월한 설교가 있습니다. 그중에서도 「요나서」에 관한 설교가 그것입니다.(원주)

58　**기름 단지** 「열왕기 상」 제17장.

80　**공주님에 관한 이야기** 공주가 갇혀서 굶어 죽게 되었을 때 천장으로부터 많은 손이 내려와 먹을 것을 주었다는 동화. 마리 카트린(Marie Catherine)의 「흰 고양이」에 나오는 모티프.

85　**베트슈타인** 암스테르담 출신의 출판인.

108　**사적인 편지** 이 탁월한 인물에 대한 존경심에서, 여기 언급된 편지와 나중에 또 거론하게 될 편지는 이 편지 모음집에 수록하지 않았습니다. 왜냐하면 독자들이 아무리 따뜻한 감사를 표할지라도 그처럼 도를 넘는 행위는 용서받을 수 없다고 생각하기 때문입니다.(원주)

133　**케니코트** 1718~1821. 영국의 신학자.
　　　제믈러 1725~1791. 경건파의 신학자.
　　　미하엘리스 1717~1791. 신학자이자 동양학자.

142　**말하고 있잖아** 「요한의 복음서」 6장 44절과 65절 참조.

200　**손잡이 별들** 큰곰자리의 꼬리 부분 혹은 북두칠성의 손잡이 부분.

가장 개인적인, 하지만 사회적인

정현규 (이화여대 HK연구교수)

1. 제목에 대한 단상

다른 나라 말을 번역하는 데는 대단한 세심함과 꼼꼼함이 요청된다. 한번 정착된 번역어는 그것이 설령 틀린 번역이라 할지라도 여러 가지 사정에 의해 쉽사리 고쳐지지 않고 오랜 기간 그대로 사용되는 경우가 많기 때문이다. 특히 개념어는 항상 논란이 반복되기 때문에 사정이 매우 복잡하다. 하지만 이러한 개념어가 아닌데도 불구하고 단순한 인명조차 이런 운명을 비껴가기 어렵다.

'베르테르'라는 인명은 독일 현지에서 사용하지 않는 발음인 것은 물론이고, 우리 학계에서도 이미 오래전에 잘못된 발음이라는 것을 알고 있음에도 불구하고 아직까지 수십 여종의 번역서에서 그대로 사용되고 있는 실정이다.[1] 여기서도 잘못된 번역어의

---

1) 이에 대해서는 안삼환의 논문「괴테의 우리말 번역에 대한 몇 가지 단상」을 참조.

끈질긴 생명력이 확인된다. 베르테르라는 이름은 사실은 '베르터'라고 고쳐야 한다.

원제에 있는 다른 단어의 경우에는 사정이 이보다 훨씬 복잡하다. '슬픔'이란 번역어는 'Leiden'이란 독일어에 담겨 있는, 극히 일부분의 내용만을 담보하기 때문이다. 작품의 애상적 성격이 지나치게 강조된 이 번역은, 독자의 애잔한 감정을 자극하는 효과는 있을지 모르지만 터무니없이 부족한 번역임에 틀림없다. 원어를 고려하면 사실 '고통'이나 '괴로움' 혹은 '고뇌' 쪽이 더 가깝다고 할 수 있다. 하지만 어느 것을 따른다 해도 여전히 불씨는 남는다. 그럼에도 이 번역서에서는 작품의 제목을『젊은 베르터의 고통』(이하『베르터』로 약함)이라 하고자 한다. 왜냐하면 그가 겪는 고통은 개인적인 연애사를 넘어 시민으로서의 베르터가 봉건 질서 내에서 겪는 사회적 시련까지도 포함하고 있기 때문이다.

2. 생성사와 형식적 특성

『베르터』가 출간되자 괴테의 지인들은 혼란에 빠졌다. 작품 속에 언급된 정황이 너무나도 사실과 비슷해 자신들의 사생활이 침해되었다고 느꼈기 때문이다. 사실이 그랬다. 작품 속에는 괴테 자신의 경험과 친구들의 경험이 거의 사실 그대로 반영되어 있다.

1772년 23세의 괴테는 법률 실습을 위해 대도시 프랑크푸르트를 떠나 베츨라로 간다. 이곳에서 그는 요한 크리스티안 케스트너

(Johann Christian Kestner)라는 인물과 친교를 갖게 된다. 그리고 한 무도회에서 이 케스트너의 약혼녀로, 어머니를 일찍 여의고 열여섯 명이나 되는 형제자매의 둘째로서 어머니 역할까지 하고 있는 샤를로테 부프(Charlotte Buff)를 만나게 된다. 이후 이들의 삼각 관계는 묘한 긴장감을 유지하면서 지속되는데, 이러한 경험이 작품 속에 베르터와 알베르트 그리고 로테의 관계로 형상화되고 있다는 점을 우리는 금방 알 수 있다. 그뿐만 아니라 아이들을 좋아하는 베르터의 성향이라든지, 호메로스를 즐겨 읽는 모습, 미술에 대한 취미 등은 당시 괴테의 실제 모습과 크게 다르지 않다. 물론 자살로 끝나는 비극적 결말은 괴테 자신의 이야기는 아니다. 괴테는 위의 체험에 자신이 알고 지내던 예루살렘(Karl Wilhelm Jerusalem)이라는 청년의 죽음을 짜깁기한 것이다. 브라운슈바이크 공사의 비서였던 예루살렘은 친구의 부인을 사랑하다 자살한 것으로 알려져 있다. 게다가 베르터가 즐겨 입던 푸른 연미복과 노란색의 조끼와 바지는 예루살렘의 복장을 그대로 옮겨 놓은 것이다. 이 모든 과정을 노년의 괴테는 자서전 『시와 진실』 제12권과 13권에서 상세히 언급했다.

괴테는 이 소설의 형식적 특징이라고 할 수 있는 편지글의 형태가 어떻게 탄생되었는가 하는 점 역시 자신의 개인적 버릇으로 규정했다. 혼자서 생각하는 것도 타인과의 대화로 변화시키는 것을 즐겼다고 기술한 괴테는 이 '머릿속의 대화'가 서신 왕래와 유사하다는 점을 지적했다. "베르터의 편지들이 그렇게 다양한 매력을 지니게 된 것은, 처음에는 그 여러 가지 내용이 몇몇 개인을 상대로 한 이 같은 관념상의 대화로 다루어진 것인데, 후에는 이 편지들이 친구인 동시에 그의 운명에 동참하는 유일한 한 인물에게 보낸 것처럼 보이도록 구성"(『시와 진실』, 전영애, 최민숙 옮김, 민음사, 746면. 이하에서는 제목과 면수만 표기)되었기 때문이다.

하지만 자신의 주변에서 소재와 형식을 취했다 하더라도 고도의 예술적 치밀함과 당시의 문학적 영향 없이 이 작품의 예술성을 논할 수는 없다. 단순한 개인적인 취향보다 더 중요한 것이 작품의 내적 연관성이라는 것은 두말할 나위가 없다. 주인공의 치유할 길 없는 고독을 대답 없는 일방적인 편지로 강조하는 것보다 더 훌륭하게 표현하기란 힘들기 때문이다. 이외에도 당시의 '감상주의' 문화에서 유행하던 글쓰기 방식이 이 소설에 미친 영향 역시 언급해야 한다. 느끼고 생각한 내밀한 것을 남김없이 보고하고자 했던 당시의 취향은 편지와 일기 형식을 선호했고, 이러한 글쓰기 취향은 문학적 차원으로까지 드높여졌던 것이다. 여기에 당시에 유행했던 루소의 『신(新) 엘로이즈』와 라 로슈 부인의 『슈테른하임 양의 이야기』 역시 이러한 경향에 일조했다.

3. 치료로서의 글쓰기

20대 초반의 젊은 천재 괴테가 유럽 독자층에 선풍을 불러 일으켰던 『베르터』가 나온 지 50년이 지난 즈음, 괴테는 「열정의 삼부작」이란 연작시에서 베르터를 회상하며, 아니 재회하며 베르터에게 바치는 시를 지었다.

베르터에게

다시 한 번 머뭇머뭇, 너를 두고 많이도 눈물 흘렸던 그림자여,

네가 날빛 속으로 나아오는구나

나와 만나는구나, 새롭게 꽃핀 풀밭에서

내 눈길을 피하지 않는구나.

네가 마치 살아 있는 것만 같다, 새벽,

한 들판 이슬이 우리에게 원기를 주는 때

또 반길 수만은 없는 노고의 하루가 끝나며

지는 해의 마지막 햇살이 우리를 황홀하게 할 때.

나는 머물도록, 너는 떠나도록 선택되었다

네가 한 걸음 앞서 갔다. – 많이 잃지는 않았다.

(『괴테 시 전집』, 전영애 옮김, 690면 이하)

이 시가 나오게 된 직접적 계기는 괴테의 『베르터』 초판을 인쇄했던 라이프치히의 편집자 바이간트(Weygand)가 출간 50주년 기념판본을 출간하면서 괴테에게 이 판본에 들어갈 서시를 부탁했기 때문이다. 하지만 이러한 외적 정황 외에도 이 시에는 노년의 괴테가 '현재' 겪고 있는 고뇌가 표현되어 있다. 그리고 이 회상이 '재회'인 이유는 바로 괴테에게 다시 찾아온 사랑의 고통 때문인 것이다. 마리엔바트 요양지에서 만난 17세의 울리케 폰 레

베초프(Ulrike von Levetzow)는 50이 넘는 나이 차에도 불구하고 괴테에게 사랑의 감정을 일게 했다. 그는 이 감정을 「마리엔바트 비가」에 담았는데, 바로 이 비가가 「열정의 삼부작」의 일부로 「베르터에게」 다음에 나오는 시다. 괴테는 그녀가 19세 되던 해인 1823년 청혼을 할 정도로 진지하게 이 사랑에 몰두했지만, 이 제안은 정중하게 거절되었다. 이 과정에서 겪게 된 열병의 고통과 체념, 그리고 동병상련의 감정이 「베르터에게」라는 시의 배경이 된 것이다. 그리고 괴테는 이 과정을 시로 옮김으로써 스스로 치유의 길을 제시했다.

이 모든 과정이 50년 전 『베르터』를 쓸 때와 크게 다르지 않았다. 괴테는 이런 식의 치유를 '가정 처방'이라고 스스로 이름 지었는데, 어찌할 수 없는 내면의 소용돌이와 고통을 잠재우기 위해 글쓰기라는 치료 방법을 동원했다고 그는 자서전에서 고백했다.

나는 다른 어떤 작품보다도 이 작품의 구성을 통하여 폭풍우처럼 격렬한 경지에서 구제되었기 때문이었다. 자신의 죄과와 타인들의 죄과로 인해서, 우연적인 삶의 방식과 내가 선택한 삶의 방식으로 인해서, 계획과 무모함으로 인해서, 또 고집과 양보로 인해서 아주 난폭하게 이리저리 쫓겨 다니고 있었던 경지에서 말이다. 나는 마치 총고해를 하고 난 후처럼 다시 즐겁고 자유롭게 느꼈으며, 새 인생을 시작할 권리가 주어진 것처럼 느꼈다. 이전의 가정 처방이 이번에도 훌륭한 역할을 했던 것이다.(『시와 진실』, 760면 이하)

그는 이어서 "현실을 문학으로 변화시킴으로써 마음이 가벼워지고 맑아진 느낌이었"다고 적었다. 이는 일반적으로 확인되는 글쓰기의 효능이기도 하지만, 괴테는 자신의 삶을 텍스트로 삼아 언뜻 보기에 무질서하고 우연적인 사건들에 내적 개연성을 부여함으로써 이를 예술적인 차원으로까지 드높였던 것이다.

4. 고통의 사회성 그리고 예수

베르터가 세상에 대해 느끼는 염증의 원인 중 하나는 이미 껍데기밖에 남아 있지 않은 봉건적 질서가 여전히 주인처럼 영향력을 발휘하는 세태다. 로테에게서 떠나기로 결심한 후 그가 경력을 쌓게 되는 공사 휘하에서 그는 인간 일반에 대한 혐오와 더불어 귀족 사회의 허세를 더욱더 뼈저리게 경험한다.

사실 자리라는 것은 아무 의미가 없고 가장 상석을 차지한 사람이 가장 중요한 역할을 하는 건 아주 드문 일인데, 그걸 모르는 바보들이라니! 얼마나 많은 왕들이 장관들에게 지배되고, 얼마나 많은 장관들이 비서들에 의해 지배받는가 말이야! 그렇다면 누가 대체 일인자일까? 내 생각엔 다른 사람들을 굽어보고, 이들이 자신의 계획을 실행하는 데 힘과 열정을 다 쏟게 할 정도로 권력과 기지를 가진 사람이 바로 일인자야.(1월 8일자 편지)

게다가 3월 15일자와 16일자 편지에는 그가 귀족의 사교 모임에서 당한 수모가 고스란히 담겨 있다. 베르터는 평소에 자신을 호의적으로 대해 주던 백작과 대화를 나눈 후 마침 이어 열린 귀족들의 모임에 남아 있다가, 있어서는 안 될 자리에 주제도 모르고 와 있다는 노골적인 모멸의 시선을 감당해야만 한다. 게다가 로테를 떠난 후 잠시 마음을 주었던 여자 친구에게서 이러한 얘기를 전해 들으면서 그는 심한 좌절감에 빠진다. 여기에는 몰락할 운명에 처해 있으면서도 아직 그 영향력을 완전히 잃지는 않은 귀족 계급과, 새로운 정치 경제적 주체로 등장하는 시민 계급 사이의 갈등이 그려져 있다. 루카치는 베르터의 이러한 사회적 관점에 주목하여 『베르터』에서 젊은 괴테가 유럽 계몽주의 운동의 정점에 도달했다고 보면서 다음과 같이 언급했다.

> 『베르터』 전체는 시민적 혁명을 준비하는 과정에서 생겨난 저 새로운 인간에 대한 빛나는 고백이자, 시민 사회의 발전을 가져온 인간의 다방면에 걸친 활동이 일깨워진 동시에 이것이 비극적으로 몰락에 처해진 것에 대한 빛나는 고백이다. 그러니까 이러한 새로운 인간의 형성은 신분 사회와 속물적 시민과 극적으로 끊임없이 대조되는 가운데 일어난다.(루카치, 『괴테와 그의 시대』 중)

그에 따르면 베르터는 다가오는 새로운 시대의 새로운 인간상을 대변하는 인물이며, 그가 받는 고통은 단순한 사랑의 애상 때문이 아니라, 그를 아직도 강력하고 옥죄고 있는 사회적 질곡 때문이다.

더불어 베르터의 자기 이해에는 지상에서의 순교자상, 더 나아가 예수의 자기 이해가 숨겨져 있다. 새로운 복음을 가지고 세상에 왔으나 오해받고 십자가에 달려 고통 당할 수밖에 없던 예수의 모습 말이다. 그가 다음과 같이 말할 때 우리는 그가 예수의 말을 거의 글자 그대로 옮겼다는 것을 알 수 있다.

인간의 운명이란 자신이 처한 한계를 참고 견디며 자신의 잔을 남김없이 마시는 것과 무엇이 다를까? 그리고 이 잔은 인간이 된 신의 입술에도 너무 썼어. 그런데 내가 왜 허세를 부리며 마치 그 잔이 단 것처럼 가장해야 하지?(11월 15일)

예수가 자신이 죽을 것을 암시하는 복음서(마태복음 26장 39절)를 빗댄 이 말은 동시에 베르터 자신의 죽음도 암시한다. 그리고 구속사의 새로운 패러다임을 완성하는 십자가의 죽음이 있던 날처럼 온 세상이 요동치던 날, 베르터는 마치 십자가에 달린 예수와 같이 두 팔을 벌리고 죽음을 준비한다.

밭과 목초지, 울타리 할 것 없이 모든 것이 물로 뒤덮였고, 넓은 계곡은 거칠게 불어 대는 바람 속에서 폭풍우가 몰아치는 바다가 되어 있었어! 그리고 나서 달이 다시 모습을 드러내며 검은 구름 위로 솟아올랐을 때, 그리고 내 앞쪽으로 홍수 진 물이 소름 끼치도록 장엄하게 달빛을 반사하면서 소리를 내며 흘러갔을 때, 내게는 전율이 엄습했고, 이어 동경 같은 것이 찾아왔어! 아, 나는 팔을 활짝 벌리고 심연을 향해 서서 아래쪽으로 숨을 내쉬었어! 아래쪽으로! 내 고통과 고뇌가 파도처럼 저 아래로, 저 멀리 쏴쏴거리며 떠내려가는 그 기쁨에 나는 넋을 잃고 말았어!(12월 12일)

그리고 자신의 삶을 마감하기로 결심을 굳혔을 때, 그는 마치 예수가 십자가에서 제자인 요한에게 어머니를 부탁하듯이 친구인 빌헬름에게 어머니를 부탁한다.

어머니를 위로해 줘, 빌헬름!

하지만 베르터의 일생이 예수의 삶을 모델로 하고 있기는 해도 그것이 현실 기독교적 범주에 속한 것은 아니라는 점이 마지막에 드러난다. 자살한 베르터는 따르는 성직자도 없이 무덤으로 옮겨져 교회 묘지 한켠에 겨우 장사되는 것이다. 범신론에 가까운 베르터의 종교관은 기존의 종교적 관행에서 수용될 수 없다는 점이 이로써 분명히 드러났다. 이처럼 베르터를 특징짓는 측면에는 사랑의 고통 외에도 기존의 사회에 대한 비판적 측면이 강하게 자리잡고 있다.

5. 독자 베르터

베르터는 작품이 시작되면서부터 죽기 바로 전까지 당시의 사조를 반영하는 다양한 독서 체험을 독자에게 제시하는데, 그의 이러한 체험은 작품의 전체 구조를 조망하는 데 아주 중요한 구실을 한다. 호메로스로부터 시작해 클롭슈토크와 골드스미스를 거쳐 오시안에 이르는 베르터의 독서 목록은 그의 내면의 움직임을 충실하게 반영하기 때문이다. 그중에서도 가장 중요한 비중을 차지하는 것은 호메로스와 오시안이다. 작품이 시작되는 5월 13일자 편지에서 그는 이미 다음과 같이 썼다.

내 책을 이곳으로 보내도 되겠느냐고? 빌헬름, 제발 그러지 마! 난 더 이상 무엇에 의해 지도를 받거나 격려되거나 고무되기를 원치 않아. 내 마음은 혼자서도 충분히 끓어오르고 있으니 말이야. 내게 필요한 건 자장가야. 한데 그것은 내가 좋아하는 호메로스의 작품 속에 충분히 있어. 얼마나 자주 나는 그의 시를 읊으며 들끓는 나의 피를 잠재우고 있는지 몰라.

호메로스가 주는 마음의 안정은, '죽음에 이르는 병'으로 시달리는 후반기의 베르터와 비교할 때 그를 '건강한 베르터'로 부를 수 있게 한다. 그리고 그가 얻는 마음의 안식의 실체가 무엇인지는 자주 인용되는 6월 21일자 편지가 밝혀 준다.

아침이면 해가 떠오르자마자 나의 발하임으로 나가 그곳에 있는 음식점 주인의 정원에서 나의 완두콩을 수확하고, 거기 앉아 콩깍지의 심줄을 떼고 짬짬이 나의 호메로스를 읽을 때, 또 작은 부엌에서 냄비를 하나 골라서 버터를 퍼내 완두콩을 불에 올려놓고 뚜껑을 닫은 후 가끔씩 뒤집어주기 위해 그 옆에 앉을 때, 이럴 때 나는 마치 페넬로페의 불손한 구혼자들이 소와 돼지를 도살한 뒤 잘게 잘라 굽는 것처럼 생동감을 느껴. 조용하고 진정한 느낌으로 나를 가득 채우는 것은 다름 아닌 족장 시대 삶의 특성들이지. 다행스럽게도 나는 이러한 특성들을 가식 없이 내 삶의 방식으로 만들 수 있어. 자기가 뽑은 양배추를 식탁으로 가져오는 사람의 단순하고도 무해한 즐거움을 내가 느낄 수 있다는 것이 얼마나 행복한지 모르겠어. 이 사람은 단순히 배추뿐만 아니라 그 배추를 심었던 저 아름다운 아침과 모든 좋은 날들, 그리고 물을 주던 기분 좋은 저녁들, 또 점점 자라는 배추를 보고 즐거움을 느끼던 날들, 이 모든 것을 한순간에 다시 향유하게 되는 거야.

베르터가 찬미하는 호메로스의 세계는 소박한 자연적 형태의 사회다. 그가 못 견뎌 하는 속물들의 세계와 달리, 이 세계는 자연적인 소박한 욕구와 이것이 충족되었을 때의 행복감으로 충만한 세계다. 물론 베르터는 이것을 완전하게 향유할 수 없다. 왜냐하면 베르터는 그 사회에 정주할 수 없는 방랑자이기 때문이다. 그리하여 짧은 사랑의 기쁨이 끝나면서 그가 소박한 사회에서 느끼던 마음의 안정도 끝나고, 마침내 그의 내면에서 우울한 오시안이

주도권을 넘겨받는다. "오시안이 내 마음 속에서 호메로스를 밀어냈어."(10월 12일자 편지) 오시안이 묘사하는 자연은 베르터의 상처 입은 속마음을 그대로 표현했다.

밤이 찾아왔다! 폭풍우 몰아치는 언덕위에 길을 잃은 채 나 혼자 있다. 바람은 산 속에서 쐬쐬거린다. 흐르는 물은 울부짖으며 바위에서 쏟아져 내린다. 비는 오는데 폭풍우 몰아치는 언덕에 버려진 나를 지켜 줄 오두막조차 없다.

그리고 마침내 이러한 내면적 절망감은 돌이킬 수 없는 방향으로 치닫는다. 그가 자살하던 날 밤, 그의 책상 위에는 레싱의 『에밀리아 갈로티』가 펼쳐진 채 그가 마지막으로 가는 길을 동행한다. 어떤 대목이 그의 주목을 받았는지는 레싱의 작품을 읽어 본 사람이라면 누구나 추측할 수 있다.

6. 수용과 영향

『베르터』가 출간되자마자 독일은 말할 것도 없고 유럽 전역에서 이 작품과 직간접적으로 연관된 수많은 예술 작품이 쏟아져 나왔다. 1909년에 만들어진 서지에 따르면, 당시까지 독일에서만 무려 140종이 넘는 『베르터』 변종이 출현했으니, 그 이후로 또 100년이 지난 지금은 그 수를 헤아릴 수 없다고 해도 과언이 아니다. 장르도 다양해 소설은 말할 것도 없고, 드라마와 시, 편지 모음집, 회화, 오페라, 발레, 민중극, 광대극에 이르기까지 『베르터』를 모델로 삼았다. 그뿐만 아니라 '베르터 열병'이라 할 정도로 이 작품은 당시 유럽인들의 삶을 지배했다. 사람들은 베르터와 로테가 입었던 옷을 입었으며, 베르터의 이름을 딴 향수를 뿌렸고, 베르터의 뒤를 따라 목숨을 던졌다. 나폴레옹이 『베르터』를 일곱 번이나 읽고 독일 원정 당시 괴테를 만나 작품의 비개연성을 지적했다는 이야기는 이 작품을 언급할 때 빠지지 않고 등장하는 일화다.

『베르터』가 출간된 바로 다음 해인 1775년 베를린의 서적상이자 작가인 프리드리히 니콜라이(Friedrich Nicolai)는, 자신을 합리성의 옹호자로 내세우며 청년들이 열정적인 감상주의에 빠지는 것을 막기 위해 서둘러 『베르터』의 마지막 장면을 냉소적으로 각색한 『젊은 베르터의 기쁨』이란 작품을 내놓았다. 여기서 베르터는 자살을 결행하긴 하지만 알베르트가 총알 대신 장전해 둔 닭피 덕에 목숨을 건지고, 알베르트의 양보로 로테와 결혼해 행복한 삶을 살아간다.[2]

역시 괴테와 동시대 작가였던 야코프 미하엘 라인홀트 렌츠

---

2) 괴테는 니콜라이의 이러한 시도에 대해 「베르터 무덤 위의 니콜라이」라는 풍자시로 응수했다. "한 젊은이가 어쩌된 셈인지 / 우울증으로 죽었다네. / 그리고 무덤에 묻혔겠지. / 그때 글깨나 안다는 신사가 와 / 사람들이 그럴 때 있듯이 / 뒤 마려운 기를 느꼈겠다. / 급한 대로 그는 무덤 위에 주저앉아 / 한 무더기 싸질렀다. / 자기 똥 무더기를 애틋하게 바라보다 / 한숨을 내쉰 다음 가버렸다. / 그러고는 생각에 잠겨 혼잣말을 했겠다. / '저 선량한 인간이 어찌 저리 엉망진창이었을까! / 나처럼 똥을 잘 쌌던들 저렇게 죽지는 않았을 것을!'" 이에 대한 자세한 내용은 괴테의 『시와 진실』 763면 이하 참조.

(Jakob Michael Reinhold Lenz)는 베르터의 죽음을 애도하는 로테를 화자로 등장시킨 시를 비롯해, 합리주의적 비판과 니콜라이의 패러디로부터『베르터』를 옹호하는 열 편의 편지를 썼고, 괴테와 자신이 주고받은 실제 편지를 기반으로『숲속의 은자, 베르터의 고통의 자매편』이란 산문을 썼다.

20세기 들어서도『베르터』는 여전히 작가들의 상상력을 자극했는데, 그중 가장 중요한 작품으로는 토마스 만의『바이마르의 로테』(1939)와 울리히 플렌츠도르프(Ulrich Plenzdorf)의『젊은 W.의 새로운 고통』을 들 수 있다. 토마스 만은 로테의 실제 모델이었던 샤를로테 케스트너를 등장시켜, 미망인이 된 그녀가 바이마르를 방문해 괴테를 만나는 과정을 그렸다. 플렌츠도르프의 작품에서는 사회주의 동독에서 성장기를 보내고 있는 젊은 청년 에트가르 비보(Edgar Wibeau)가, 이상화되고 고착화된 사회 규범을 비판하다가 다시 적응해 가려는 도중에 사고로 죽는 과정이 묘사되었다. 괴테의 베르터가 구사하는 언어는 비보의 십대 은어와 비교되며 사뭇 다른 것처럼 보이지만, 베르터가 겪고 있는 내면의 갈등은 2백 년 후의 비보가 겪는 그것과 크게 다르지 않다는 것이 드러난다.

이미 수십 종이나 되는『베르터』번역서가 있음에도 불구하고 지면을 허락해 주신 을유문화사에 이 자리를 빌려 감사를 드린다. 기존의 번역서를 참조하면서 조금이라도 더 나은 번역을 내놓고자 애썼지만, 역자의 역량이 미치지 못하는 부분이 있으리라는 생각에 두려움이 앞선다. 하지만 부족한 부분은 읽히고 비판되는 과정에서 다음 기회에 더 나은 번역으로 재탄생할 수 있기를 기대해 본다.

판본 소개

1774년 초에 완성된 『젊은 베르터의 고통』 초판본은 라이프치히의 바이간트 출판사에서 그해 여름 인쇄되었다. 바이마르로 거처를 옮긴 괴테는 그곳의 체험을 바탕으로 개작에 착수하여 1787년 두 번째 판본을 내놓았다. 첫 번째 판본과 결정적으로 다른 점은 형식이 좀 더 다듬어졌다는 점과, 초판본이 나왔던 질풍노도기의 특징적인 언어들이 바뀌었다는 점이다. 두 번째 판본에서 알베르트는 좀 더 호의적으로 그려지고 있으며, 베르터는 자신이 알베르트와 로테의 행복을 방해하고 있다는 점을 깨닫는데, 이로써 베르터의 고독은 더욱 심화된다.

이후로 괴테는 이 작품에 더 이상 손을 대지 않았으며, 이 두 번째 판본은 이후에 나온 중요한 선집과 전집에 그대로 수록되었다. 1899년에 출간된 바이마르 판본이나, 1906년에 나온 기념판, 그리고 현재 가장 대중적으로 접할 수 있는 함부르크 판본 역시 이 두 번째 판본을 따르고 있다. 본서의 번역은 에리히 트룬츠(Erich

Trunz)가 편집하고, 트룬츠와 베노 폰 비제(Benno von Wiese)가 해제를 쓴 14권짜리 함부르크 판본의 제6권을 대본으로 했다. 이 판본은 원래 1951년부터 1968편에 걸쳐 함부르크 소재 크리스티안 베그너(Christian Wegner) 출판사에서 나왔는데 여기에서 사용한 것은 1981년에 뮌헨 소재 벡(C. H. Béck) 출판사에서 나온 열 번째 개정판이다.

요한 볼프강 폰 괴테 연보

1749 8월 28일 프랑크푸르트 암 마인에서 출생.

1750 누이동생 코르넬리아 출생.

1757 조부모에게 신년시를 써서 보냄. 이것은 현재 보존된 괴테의 시 작품 중 가장 오래된 것이다.

1765 라이프치히 대학 입학.

1766 식당 주인 쇤코프의 딸 케트헨에게 시집 『아네테(*Annette*)』를 바침.

1767 첫 희곡 『연인의 변덕(*Die Laune des Verliebten*)』 집필 시작. 이듬해 4월에 완성.

1768 폐결핵에 걸려 학업을 중단하고 귀향.

1769 희곡 『공범자들(*Die Mitschuldigen*)』 완성

1770 슈트라스부르크 대학에 입학하여 법학 공부. 눈병 치료차 슈트라스부르크에 온 헤르더(Herder)와 교제하며 많은 영향을 받음. 근교에 있는 제젠하임의 목사 딸 프리데리케 브리온(Friederike Brion)과 사랑에 빠져 그녀를 위한 서정시를 많이 씀.

1771 교회사 문제를 다룬 학위 논문이 민감한 내용으로 인해 불합격 처리. 하지만 이에 준하는 시험에 통과하여 학업을 마침. 프랑크푸르

트에서 변호사 활동. 희곡 『괴츠 폰 베를리힝엔(*Götz von Berlichingen*)』 초고 완성.

1772 베츨라의 고등법원에서 견습 생활. 이곳에서 약혼자가 있는 샤를로테 부프(Charlotte Buff)를 연모. 이 체험은 『젊은 베르터의 고통(*Die Leiden des jungen Werther*)』의 소재가 됨.

1773 『괴츠 폰 베를리힝엔』 출간. 『파우스트(*Faust*)』 집필 시작. 시 『마호메트(*Mahomet*)』, 『프로메테우스(*Prometheus*)』를 쓰고, 오페레타 『에르빈과 엘미레(*Erwin und Elmire*)』 집필 시작.

1774 『젊은 베르터의 고통』 완성. 『괴츠』가 베를린에서 초연. 희곡 『클라비고(*Clavigo*)』 집필.

1775 프랑크푸르트 은행가의 딸 릴리 쇠네만과 약혼했으나 반년 후 파혼. 희곡 『스텔라(*Stella*)』 집필. 카를 아우구스트(Karl August) 공의 초청을 받아 바이마르 방문.

1776 바이마르에 정착하기로 결심한 후 추밀참사관에 임명.

1777 『공범자들』, 『에르빈과 엘미레』 공연.

1778 희곡 『에그몬트(*Egmont*)』 집필 시작.

1779 산문 『이피게니에(*Iphigenie*)』 완성.

1780 희곡 『타소(*Tasso*)』 구상. 『파우스트』 원고를 아우구스트 공 앞에서 낭독한 것이 나중에 『초고 파우스트(*Urfaust*)』의 기반이 됨.

1782 황제 요제프 2세에게 귀족 작위를 받음. 아버지 별세. 『빌헬름 마이스터의 수업 시대(*Wilhelm Meisters Lehrjahre*)』 집필 시작.

1786 식물학과 광물학 연구. 지인들 몰래 이탈리아 여행길에 올라 이곳에서 화가 티슈바인, 앙겔리카 카우프만 등과 교제하며 고대 유적에 대한 관심을 가짐. 『이피게니에』를 운문으로 개작.

1787 이탈리아 체류를 연장하여 나폴리와 시칠리아 섬을 둘러봄. 『에그몬트』 완성.

1788 스위스를 거쳐 바이마르로 귀환. 나중에 정식 부인이 된 평민 출신의 크리스티아네 불피우스(Christiane Vulpius)와 만나 동거 시작.

실러와 처음 만남.

1789   크리스티아네와의 사이에서 아들 아우구스트 출생.

1790   색채론과 비교해부학 연구에 몰두.

1791   바이마르에서 『에그몬트』 초연.

1792   프랑스 군에 대항하는 프로이센 군에 소속되어 프랑스 종군에 참여.

1794   실러와 친교하기 시작. 실러가 발행하는 잡지 『호렌(Horen)』지 제작에 협조.

1795   『독일 피난민의 대화(Unterhaltungen deutscher Ausgewanderten)』 출간.

1797   서사시 『헤르만과 도로테아(Hermann und Dorothea)』 집필. 『파우스트』 중 〈헌사〉, 〈천상의 서곡〉, 〈발푸르기스의 밤〉을 집필.

1803   희곡 『사생아(Die natürliche Tochter)』 완성과 공연.

1806   크리스티아네 불피우스와 결혼.

1808   『파우스트』 1부 출간. 어머니 별세. 나폴레옹과 접견.

1810   『색채론(Zur Farbenlehre)』 완성.

1811   『시와 진실(Dichtung und Wahrheit)』 1부 완성.

1812   베토벤의 음악을 곁들인 『에그몬트』 초연. 『시와 진실』 2부 집필.

1813   『시와 진실』 3부 완성.

1815   수상으로 임명. 희곡 『에피메니데스의 깨어남』 공연.

1816   아내 크리스티아네 사망. 『이탈리아 기행』 1부 완결.

1817   바이마르 궁정 극장 운영 책임.

1819   『서동시집(West-östlicher Divan)』 출간.

1821   『빌헬름 마이스터의 편력 시대(Wilhelm Meitsters Wanderjahre)』 완성.

1828   카를 아우구스트 대공 사망.

1830   아들 아우구스트 로마에서 사망.

1831   『파우스트』 2부 완성.

1832   3월 22일 바이마르 자택에서 운명.

새롭게 을유세계문학전집을 펴내며

을유문화사는 이미 지난 1959년부터 국내 최초로 세계문학전집을 출간한 바 있습니다. 이번에 을유세계문학전집을 완전히 새롭게 마련하게 된 것은 우리가 직면한 문화적 상황에 적극적으로 대응하기 위해서입니다. 새로운 을유세계문학전집은 세계문학의 역할이 그 어느 때보다 중요해졌다는 인식에서 출발했습니다. 오늘날 세계에서 타자에 대한 이해는 우리의 안전과 행복에 직결되고 있습니다. 세계문학은 지구상의 다양한 문화들이 평등하게 소통하고, 이질적인 구성원들이 평화롭게 공존할 수 있는 문화적인 힘을 길러 줍니다.

을유세계문학전집은 세계문학을 통해 우리가 이런 힘을 길러 나가야 한다는 믿음으로 만들어졌습니다. 지난 5년간 이를 준비하기 위해 많은 노력을 기울였습니다. 세계 각국의 다양한 삶의 방식과 문화적 성취가 살아 있는 작품들, 새로운 번역이 필요한 고전들과 새롭게 소개해야 할 우리 시대의 작품들을 선정했습니다. 우리나라 최고의 역자들이 이들 작품 속 한 문장 한 문장의 숨결을 생생히 전하기 위해 심혈을 기울였습니다. 또한 역자들은 단순히 번역만 한 것이 아니라 다른 작품의 번역을 꼼꼼히 검토해 주었습니다. 을유세계문학전집은 번역된 작품 하나하나가 정본(定本)으로 인정받고 대우받을 수 있도록 최선을 다했습니다. 세계문학이 여러 경계를 넘어 우리 사회 안에서 주어진 소임을 하게 되기를 바라며 을유세계문학전집을 내놓습니다.

을유세계문학전집 편집위원단(가나다 순)
김월회(서울대 중문과 교수)
김헌(서울대 인문학연구원 교수)
박종소(서울대 노문과 교수)
손영주(서울대 영문과 교수)
신정환(한국외대 스페인어통번역학과 교수)
정지용(성균관대 프랑스어문학과 교수)
최윤영(서울대 독문과 교수)

을유세계문학전집

을유세계문학전집은 계속 출간됩니다.

을유세계문학전집 연표